JN174606

南 英男

裏捜査

実業之日本社

実業之日本社文庫

目次

第一章　謎の医療事故……7
第二章　乗っ取り屋の影……82
第三章　消されたナース……155
第四章　偽装の気配……229
第五章　透けた悪銭……302

裏捜査

第一章　謎の医療事故

1

銃声が轟《とどろ》いた。

残響は長かった。放たれた銃弾が天井を穿《うが》つ。斜め後ろで、女の悲鳴が聞こえた。

東都銀行渋谷支店のカウンター前である。

九月下旬のある午後だ。時刻は三時近い。客は疎《まば》らだった。

深見慎也《ふかみしんや》は振り返った。

出入口に近いロビーにいた。預金を引き出し、帰りかけたところだった。

黒いフェイスキャップで顔を隠した男が二十七、八歳の美女の首に左腕を回し、彼女の側頭部に自動拳銃の銃口を押し当てている。真正銃《しんせいじゅう》だ。間違いない。

銀行強盗だろう。二人組だった。

片割れは大理石のカウンターの上に立っていた。体つきは、まだ若々しい。どちらも二十代の半《なか》ばと思われる。

客の女性を人質に取った男が握《にぎ》っているのは、ブラジル製のタウルスPT138だった。グリップフレームはプラスチックで、割に軽い。ダブルアクション銃だ。

「支店長はどこにいる？」

カウンターの上の男が、近くにうずくまっている若い女性行員に訊《き》いた。手にしているのは、ノーリンコ59だった。中国でパテント生産されているマカロフだ。原産国は旧ソ連である。

女性行員が顔を引き攣《つ》らせながら、無言で奥を指さした。そこには、五十年配の男がいた。中肉中背だ。眼鏡《めがね》をかけている。

「こっちに来な」

ノーリンコ59を持った男が支店長に命じた。五十男がカウンターに歩み寄ってくる。

「支店長、名前は？」

「根岸《ねぎし》です」

「渋谷支店に現金《ゲンナマ》はいくらある？」

「正確な数字はちょっとわかりません」

「ふざけんじゃねえ」

カウンターに立った男が、また拳銃の引き金《トリガー》を絞った。

壁時計が撃ち砕《くだ》かれた。ガラスの破片が飛び散る。

「二億円弱はあると思います」

「だったら、一億円をいただくぜ。誰も非常ボタンは押してねえな?」

「は、はい」

「みんなを腹這《ば》いにさせて、早く金を用意しろ! 言われた通りにしねえと、皆殺しにするぞ」

「わかりましたから、もう発砲しないでください」

根岸支店長が九人の部下を床《ゆか》に這わせ、急ぎ足で奥に向かった。ノーリンコ59を持った男は、カウンターの上を横に移動しはじめた。

「おまえらも床に這え!」

人質の片腕を摑《つか》んだ男が三人の客に言った。二人は指示に従ったが、深見は突っ立ったままだった。

「おい、どういうつもりなんだっ。死にてえのかよ!」

「もう銀行強盗なんかやれる時代じゃない。どの銀行も、セキュリティーシステムが万全なんだ。じきにパトカーがやってくるだろう」

「警官《マッポ》みてえなことを言いやがって」

「おれは一年前まで刑事だったんだ。六年前までは、警視庁警備第一課特殊急襲部隊《SAT》にいたんだよ。だから、銃器に対する恐怖心はない」

「カッコつけてると、撃《ハジ》くぞ」

相手がブラジル製の拳銃のスライドを滑《すべ》らせた。初弾が薬室《やくしつ》に送り込まれる。

深見は、ほくそ笑《え》んだ。相手を引き寄せたくて、わざと挑発したのだ。

人質の女性は七、八メートルは離れていた。いまタウルスPT138を握った男に躍《おど》りかかるのはリスクが大きい。

「至近距離から頭《ベテン》を撃ち抜いてやらあ」

男が人質の腕を引っ張りながら、間合《まあ》いを詰めてきた。

深見は冷静だった。彼は都内の有名私大を卒業した春、警視庁採用の一般警察官《ノンキャリア》になった。警察学校を出ると、第六機動隊に配属された。体力と運動能力を買われたのだろう。

SAT《サット》の隊員に選ばれたのは、二十五歳のときだ。名誉なことだった。深見は素直に喜んだ。SATはハイジャック、テロ、武装籠城《ろうじょう》事件などが発生した場合に出動し、強行突入や狙撃によって犯人グループを制圧する。危険を伴《ともな》う任務だが、やり甲斐《がい》はあった。

入隊時は二十五歳以下の独身男性と限られ、最長所属期間は五年間と定められている。本庁の採用枠は六十人と少ない。深見は誇らしい気持ちで職務にいそしんだ。

SATの拠点は、品川区勝島《かつしま》一丁目にある警視庁第六機動隊本部庁舎の五階に置かれている。隊員たちは活動服に身を包んで連日、ハードな訓練に励《はげ》む。

まず握力、背筋、懸垂《けんすい》、腹筋、腕立ての基礎メニューで全身の筋肉をほぐし、立ち幅跳《と》び、土のう運搬、砲丸投げに移る。

短い休憩を挟み、八百メートル走、五キロのランニングとつづく。体力訓練ばかりではない。

坐学《ざがく》と称されている講義も必須トレーニングだった。射撃理論や弾道理論をみっちりと叩《たた》き込まれ、銃器の組立・分解もしなければならない。もちろん、時間には制限がある。

扱われる拳銃はリボルバーのチーフズ・スペシャル、オートマチックのシグ・ザウエルP228・P230、ヘッケラー＆コッホP9S、グロック26・32などだ。アサルトライフルや各種の短機関銃《サブマシンガン》の実射訓練もする。

射撃訓練は、江東区新木場《しんきば》の警視庁術科センターで行われている。実物大の建造物や航空機を使った突入・制圧訓練も定期的に受けなければならない。

SATの活躍はマスコミには伏せられているが、深見は在隊中に三件の人質籠城事件を鎮圧させた。そのつど犯人グループと銃撃戦を繰り広げた。幾度《いくど》も被弾しそうになったが、一度も怯《ひる》んだことはない。

できることなら、三十代半《なか》ばまでSATで働きたかった。しかし、年齢制限がある。

深見は三十歳のとき、新宿署刑事課強行犯係になった。その三年後には渋谷署生活安全課保安係に配置替えになった。

刑事の職務は、それなりに愉《たの》しかった。しかし、SAT時代のような連帯意識は持てなかった。

警察は階級社会である。およそ六百人の警察官僚《キャリア》たちが組織を支配し、一般警察官《ノンキャリア》たちも職階ばかりに拘《こだわ》っていた。同僚たちの足の引っ張り合いは日常茶飯事だった。見苦しかった。

深見は次第に職場の人間関係が煩《わずら》わしくなってきた。

そんなころ、優秀な先輩刑事が神経を擦《す》り減らして心を病《や》んでしまった。身近にそうしたことがあって、深見は改めて自分の生き方を見つめ直してみた。

人生は片道切符の旅だ。生まれ変わることはできない。自分らしく伸びやかに生きてきただろうか。悔《く》いは残していないか。

深見は自問を重ねているうちに、無性《むしょう》に自由になりたくなった。何物にも縛《しば》られない人生こそ最高なのではないか。

まだ独身である。杉並区天沼《あまぬま》の生家には両親がいるが、兄弟はいない。父母に迷惑さえかけなければ、どう生きてもいいのではないか。

当然ながら、日々の糧《かて》を得る必要はある。霞《かすみ》を喰《く》っては生きられない。しかし、腐り切った社会で真っ当に働くだけの意義があるのか。

世の中はいんちきだらけで、理不尽なことばかりだ。法律は必ずしも万人に公平ではない。

それどころか、悪知恵の発達した狡猾《こうかつ》な者が権力や富を手にして、のさばっているではないか。要領の悪い善人たちは、いつも割を喰っている。

こんな社会でまっすぐ生きても、虚《むな》しいだけではないだろうか。法律や道徳に囚《とら》われなければ、悔いのない人生を送れるはずだ。

深見はアナーキーに生きることにした。渋谷署を去ってから、彼は定職に就《つ》いていない。表向きはフリーの調査員だが、その素顔は恐喝屋だ。

深見は犯罪絡《がら》みの汚れた金をせしめ、優雅に暮らしていた。これまでに犯罪者たちから毟《むし》り取った〝口止め料〟は一億円ではきかない。

深見は都心の一級ホテルを塒《ねぐら》にして、泡銭《あぶくぜに》を湯水のように遣《つか》っている。

もともと彼は金銭には執着しないタイプだった。また、善良な市民を強請《ゆす》ったことはない。救いようのない悪人だけから、巨額の金を脅《おど》し取ってきた。弱者には心優しい。

無器用なワーキングプアや路上生活者《ホームレス》たちには、さりげなくカンパをしている。肌を重ねた女たちにも惜《お》しみなく金品を与えていた。

といっても、偽善めいたことはしない。他者に何かを与えるときは、相手のプライドを傷つけないよう常に心掛けている。それがマナーだろう。

深見はアウトローだが、ただの悪党ではない。失意や絶望で打ち沈んでいる男女の再生や再起に力を貸していた。

調査の仕事は別段、看板を掲《かか》げているわけではない。雑多な悩みや心配事を抱えた人々が口コミで相談を持ちかけてくるのだ。経費とは別に一日五万円の調査報酬を貰《もら》っているが、依頼人に金銭に余裕がないとわかれば、出世払いにしてあげている。

深見は現在、満三十六歳である。長身で、俳優並のマスクだ。中性的な顔立ちだが、性格は男っぽい。

全身が引き締まり、贅肉《ぜいにく》は少しも付いていなかった。筋肉質だが、ボディービルダーのような不恰好《ぶかっこう》な体型ではない。

シルエットはすっきりとしている。モデルと間違われることは、しょっちゅうだった。

「てめえ、死にてえのかよ！」

美女を楯《たて》にした男が立ち止まった。三メートルほど離れた場所だった。右腕を一杯に伸ばしている。銃口は、小さく上下していた。

「ハンドガンの扱いには、さほど馴《な》れてないな。しっかりホールドしないと、的《まと》を外すことになるぞ」

「けっ、余裕ぶっこいてるつもりかっ」

「共犯者《レツ》と一緒に出ていったほうが利口だな。どうせ目的は果たせやしない」

「てめえ、偉そうに何なんだよっ」

カウンターに立った男が怒声を放ち、ノーリンコ59の銃口を向けてきた。

深見は周《まわ》りを見回した。すぐそばに観葉植物の鉢《はち》があった。ベンジャミンの葉が青々と繋っている。

「健人《けんと》、その野郎を撃っちまえ」

カウンターの上にいる男が仲間をけしかけた。人質のかたわらにいる男は小さくうなずいたが、引き金を絞る様子は見せない。

「根性ねえな。なら、おれがその野郎をシュートすらあ」

カウンターの男が床《フロア》に飛び降りた。

深見は中腰になって、ベンジャミンの鉢を両手で抱え上げた。そのまま投げ放つ。

ノーリンコ59を持った男は鉢に胸部を直撃され、棒のように後方に倒れた。弾《はず》みで一発、暴発した。硝煙が拡散《かくさん》する。女性行員たちの悲鳴が重なった。

深見は倒れた男に走り寄って、顎《あご》を蹴《け》り上げた。

男の右手から、中国製のマカロフが零《こぼ》れた。深見は素早く拳銃を拾い上げた。銃把《グリップ》の角で、男の眉間《みけん》を打ち据《す》える。

相手の骨と肉が鳴った。男が長く唸《うな》って、四肢《しし》を縮める。

「この女の頭を撃ち抜くぞ」

健人と呼ばれた男が声を張った。声は震えを帯びていた。

「その前におまえの頭をミンチにしてやろう」

「お、おれを撃つ気なのか⁉」

「場合によってはな。どうする？」

深見は床《ゆか》に転がった男が反撃する気配がないことを目で確かめてから、ノーリンコ59を構えた。

健人の顔から血の気《け》が失《う》せた。発砲するだけの度胸はなさそうだ。

「人質から離れろ」

深見は床を踏み鳴らした。

健人が人質の美女を突き飛ばし、出入口に走った。仲間を置きざりにして、瞬《また》く間に逃げ去った。三人の男性行員たちが、床に倒れて呻《うめ》いている犯人のひとりを取り囲んだ。もう逃げ切れないだろう。

深見は、人質に取られていた美しい女性に声をかけた。

「怪我《けが》は？」

「ありません。救《たす》けていただいて、ありがとうございました。お名刺をいただけないでしょうか。改めてお礼のご挨拶《あいさつ》をさせていただきたいので」

「そんな気遣《きづか》いは必要ありませんよ」

「でも……」

相手が途方に暮れた表情を見せた。

深見は曖昧《あいまい》に笑って、カウンターに歩み寄った。ノーリンコ59に付着した指掌紋《ししょうもん》をハンカチで手早く拭《ぬぐ》い、そっとカウンターの上に置く。すぐに深見は表に出た。

ちょうどそのとき、数台のパトカーが銀行の前に横づけされた。

銀行はJR渋谷駅の南口にある。深見は自然な足取りで脇道に入り、井の頭線のガード下を潜《くぐ》り抜けた。

三百万円を引き下ろしたとき、カウンター越しに女性行員と短い言葉を交わした。行内に設置されている防犯カメラにも、深見の姿は映っているだろう。

警察が身許《みもと》を割り出す可能性はある。所轄署の刑事が事情聴取に訪れるかもしれない。

そうなったら、そうなっただ。非合法な手段で大金を手に入れたことが発覚しなければ、たいした問題ではない。悪人どもから脅し取った金は、闇の口座屋から買い取った他人名義の通帳に預金してあった。恐喝容疑で検挙されることはないだろう。

深見は道玄坂《どうげんざか》まで歩き、タクシーを拾った。

三週間ほど前から恵比寿《えびす》にある外資系ホテルに投宿していた。一泊十五万円のスイートだった。深見は数カ月単位で都内のシティホテルを転々としていた。

その気になれば、都心の高級賃貸マンションを借りることもできる。だが、塒《ねぐら》を定めるのは危険だった。恨《うら》みを持つ人間に狙《ねら》われやすい。それ以前に住まいを定めたら、新鮮味がなくなる。

深見はほぼ毎晩、女たちと戯《たわむ》れている。女好きだが、自分で相手を口説《くど》くことは少ない。たいがい女のほうから言い寄ってくるからだ。ホテル暮らしのほうが何かと好都合だった。

一夜を共にした相手にしつこくまとわりつかれたら、こっそり別のホテルに移ればいい。深見は行きずりの女たちには偽名を使い、正体を明かしていなかった。

十五、六分で宿泊先に着いた。

深見は二十一階の部屋で三十分ほど寛《くつろ》ぎ、館内のスポーツクラブに足を向けた。マッスルマシーンを操《あやつ》り、仕上げにプールで千メートルを泳ぐ。さらにサウナで汗を絞り、五時半過ぎに部屋に戻った。

窓から夕景をぼんやりと眺《なが》めていると、携帯電話が着信音を刻んだ。

発信者は、大学時代からの友人の一ノ瀬《いちのせ》賢《けん》だった。同《おな》い年の弁護士である。

「酒の誘いか？　それなら、つき合うよ」

深見は先に口を開いた。

「残念ながら、そんな時間はないんだ。実はな、少し前に深見のおふくろさんがおれのオフィスを訪ねてきたんだよ」

「えっ⁉」

「おふくろさんは、おまえが本当におれの法律事務所で調査員をしてるかどうか確かめに来たようなんだ。うまく口裏を合わせておいたよ、ちょっぴり後ろめたかったがな」

一ノ瀬が言った。

深見は、ひとまず安堵《あんど》した。両親には一ノ瀬法律事務所で調査の仕事をしていると言ってあった。

父の恭吾《きょうご》は六十五歳だ。停年まで公立高校の国語教諭として真面目《まじめ》に生きてきた。六十二歳の母の澄代《すみよ》は専業主婦だが、人の道を外したことはない。

ひとり息子が無頼な暮らしをしていると知ったら、両親は嘆《なげ》き悲しむだろう。ことさら優等生を演じる気はなかったが、やはり親たちを失望させたくない。

「深見、本当におれんとこで働かないか。世間並の給料は払うよ」

「おまえの気持ちは嬉しいが、当分、フリーの調査員で気ままに暮らしたいんだ」

「そういうことなら、無理強《じ》いはしないよ。自由に生きるのも結構だが、親がいるうちはあまり無茶なことはするなよな」

「わかってる」

深見は短く応えた。

一ノ瀬は、深見が非合法に荒稼ぎしていることに薄々気づいているようだった。しかし、個人主義者の彼は干渉しなかった。人には、人の生き方があると考えているのだろう。

一ノ瀬はべたついた友人関係を嫌っているが、決して冷淡ではない。むしろ温《あたた》かな男だ。一ノ瀬は闇金融業者に泣かされた男女を手弁当で救済し、世界各地の難民キャンプも慰問《いもん》しつづけている。

人権派弁護士として高く評価され、それなりの収入も得ている。しかし、妻子とも質素な暮らしを心掛け、年収の約三割は慈善団体に寄附していた。性格も人生観も異《こと》なるが、なぜだか気が合う。生涯つき合いたいと思っている友人だ。

「そのうち、ゆっくりと飲《や》ろうや」

深見は終了キーを押した。

ソファに腰かけ、ピースに火を点《つ》ける。一服し終えたとき、また携帯電話が鳴った。着信したのは別のナンバーだった。深見は一台の携帯電話で、二つのナンバーを使い分けていた。

「フリーの調査員をなさっている野上翔《のがみしょう》さんでしょうか？」

若い女性が確かめた。深見は調査の仕事をするとき、偽名を用《もち》いていた。

「ええ、そうです。失礼だが、あなたは？」

「戸倉菜摘《とくらなつみ》と申します。代々木《よよぎ》にある戸倉クリニックの内科医です。父が院長を務《つと》めてる医院で働いてますの」

「そうですか。こちらのことは、どなたから……」

「獣医をされてる光浦晃子《みつうらあきこ》先生から、野上さんのことを教えていただいたんです。ご存じですよね？」

「ええ。光浦さんは猫の避妊手術に手落ちがあったと元やくざに難癖をつけられて、二千万円の示談金を要求されたんだっけな」

「はい、そう聞いてます。野上さんが相手と話をつけてくれたんで、十万円で和解が成立したとか。光浦先生、とても感謝してましたよ。わたし、光浦先生と同じクッキングスクールに通ってたんです」

「それで、こっちを紹介されたわけか。で、どのようなご依頼なんでしょう？」

「七カ月前、戸倉クリニックの医師と看護師が医療ミスをして、入院患者の病状を悪化させてしまったことがあるんです。そのことがマスコミに報じられて、患者数が激減してしまったんですよ」

「マスコミの影響力は大きいからな」

「そうですね。このままでは、戸倉クリニックは経営危機に陥《おちい》ってしまうでしょう。それはそれで仕方がないのですけど、もしかしたら、医療事故は仕組まれたのかもしれないんです」

「穏《おだ》やかではない話だな」

深見は早くも依頼を引き受ける気になっていた。医療ミスが仕組まれたものなら、恐喝材料を得られる。依頼人の女医の顔も見てみたかった。

「そのあたりのことを野上さんに調べていただきたいんです。お願いできますでしょうか？」

「きのう、急ぎの調査を片づけたとこなんだ。経費のほかに一日五万円の調査報酬が必要ですが、それでもよければ、お引き受けしましょう」

「ええ、結構です。よろしくお願いします」

「それでは、これから早速《さっそく》、そちらに伺《うかが》いましょう。戸倉クリニックの所在地を教えてください」

「はい」

戸倉菜摘が質問に答えた。

クリニックは、JR代々木駅の徒歩圏内にあった。医院と同じ敷地内に院長の自宅があるらしい。女医は、父親の戸倉功《いさお》と二人暮らしをしているという話だった。母親は三年前に病死したそうだ。

「できるだけ早く伺います」

深見は電話を切ると、すぐさま身仕度《みじたく》をした。

英国製のウールスーツをわざと着崩す。ノーネクタイだった。都会育ちの深見はダンディーだが、いかにも服装に気を配っているように見られることを最大の恥と思っている。

どんなに値の張る服もカジュアルに着こなす。腕時計はシンプルなデザインのフランク・ミュラーかIWCを選ぶ。間違っても、成金《なりきん》趣味のロレックスやピアジェは嵌《は》めない。

ほどなく深見は部屋を出て、ホテルの車寄せで客待ち中のタクシーに乗り込んだ。

戸倉クリニックに着いたのは、およそ二十五分後だった。医院は四階建てで、内科、外科、小児科、肛門科の看板が掲げられている。裏手に院長宅があった。

深見は戸倉クリニックの一階ロビーに足を踏み入れた。

照明は煌々《こうこう》と灯《とも》っていたが、ひっそりと静まり返っている。ナースステーションに足を向けると、左手の廊下から見覚えのある二十代後半の女性が歩いてきた。

白い上《うわ》っ張《ぱ》りを羽織《はお》っている。よく見ると、東都銀行渋谷支店で銀行強盗に人質にされた美女だった。

深見たちは、ほぼ同時に驚きの声をあげた。

「こんな形でお会いできるなんて、なんだかドラマチックですね」

戸倉菜摘がほほえんだ。理智的な面差《おもざ》しだが、みじんも冷たさは感じさせない。くっきりとした二重瞼《ふたえまぶた》の両眼は黒目がちで、鼻筋が通っている。

唇の形も申し分ない。卵形の顔に豊かなセミロングの髪が似合っている。

身長は百六十五、六センチか。バストが盛り上がり、脚《あし》がすんなりと長い。

「昼間は、お互いにとんだ災難だったね」

「ええ。あなたが、野上さんが居合わせてくれなかったら、わたしはピストルで撃たれてたかもしれません。本当にありがとうございました」

「そのことは、もういいんだ。それより、逃げた男はどうしたんだろうか」

「わたし、先に逮捕された男の様子を見に銀行に戻ったんですよ。逃げた男は職務質問されて、結局、仲間と一緒に手錠を打たれることになりました」

「そう」

「警察の人たちは、あなたのことをずいぶん捜したようですよ。なぜパトカーが来る前に銀行から出ていかれたのかしら？」

「人と会う約束があったんだ」

深見は言い繕《つくろ》った。

「そうだったんですか。犯人の二人は、暴走族上がりの半グレだという話でした」

「そんな感じだったな。それはそうと、失礼な言い方になるが、開店休業状態みたいだね」

「ええ、そうなんですよ。十三人いたドクターが医療事故騒ぎの後《あと》、次々に辞めて、いまは父とわたしを入れて医師は四人しかいないんです。ナースは五人残ってますけどね」

「院長は？」

「父は体調を崩して、裏の自宅で臥《ふ》せってるんです。詳しいことは、わたしがお話しします。どうぞこちらに……」

菜摘が踵《きびす》を返した。深見は美人女医の後《あと》に従った。

案内されたのは、一階の右手奥にある院長室だった。深見は改めて野上翔と騙《かた》り、応接ソファに腰を落とした。菜摘が経緯《いきさつ》を要領よく語った。

一方井《いちかた》強《いつよし》という四十六歳の会社員が戸倉クリニックで盲腸の手術を受けたのは、二月中旬のある日だった。執刀医は三十八歳の外科医の奈良橋《ならはし》悠一《ゆういち》だ。

入院患者の一方井は手術の翌日、三十八度六分の高熱を出した。担当医の奈良橋は患者の胸部X線撮影と採血をし、気管支炎の初期症状と診断した。二十五歳の担当看護師の内藤《ないとう》亜紀《あき》に抗生物質『ミノマイシン』の点滴投与を指示したが、一方井の熱はいっこうに下がらなかった。

奈良橋は患者に肝障害があったことを失念し、なおも点滴を続行するようナースの亜紀に命じた。

その結果、一方井の肝機能は悪化し、急性肝炎に陥《おちい》る恐れも出てきた。患者の妻は病院側の医療ミスを疑い、強引に夫を別の外科医院に転院させた。おかげで、一方井は劇症肝炎を患《わずら》うことは辛《かろ》うじて回避できた。

その転院騒ぎを知った患者の従弟《いとこ》の新聞記者が、全国紙の都内版で記事にした。そのことで、戸倉クリニックの医療ミスが表沙汰《おもてざた》になった。院長は、外科医と担当看護師の双方から事情を聴取した。奈良橋と亜紀の言い分は真っ向から対立した。

外科医は患者の熱が下がらなかった時点で、『ミノマイシン』の点滴投与を中止するよう看護師の亜紀に指示したと弁明した。亜紀は、そのような指示はまったく受けていないと反論した。

水掛け論だった。悪者にされた形の看護師は二月末日で辞表を書いて、職場を去った。外科医の奈良橋も居づらくなったという理由で、五月末に依願退職してしまった。現在は、別の私立総合病院の外科で働いているという。

「話のアウトラインはわかりました。医療ミスが仕組まれたかもしれないと思った根拠は?」

深見は美人女医に問いかけた。

「実はわたし、奈良橋先生に去年の暮れに結婚を前提にした交際を申し込まれたんですよ。でも、はっきりとお断りしました」

「相手が好きなタイプじゃなかった?」

「それもありますけど、彼が愛情よりも打算を優先させるタイプと感じてたからです。奈良橋先生はひとり娘のわたしと結婚して、行く行くは戸倉クリニックの二代目院長に収まりたいと考えてた節《ふし》があるんです。こちらが交際の申し入れを受け入れなかったせいか、奈良橋先生は仕事に手を抜くようになって、わたしとは挨拶《あいさつ》もしなくなりました」

「極端な奴だな」

「それから奈良橋先生は二年も前から、ナースの内藤亜紀さんと親密な間柄だったんですよ。そのことは、クリニックの関係者は誰もが知ってました」

「担当ナースは別の医院に移ったんだね？」

「いいえ、再就職はしてないはずです。臆測《おくそく》で軽々しいことは言ってはいけないんでしょうけど、奈良橋先生が腹いせに当クリニックの信用を失墜《しっつい》させる目的で……」

「明日から調査を開始しましょう。一方井、奈良橋、内藤亜紀に関する個人情報を提供してもらいたいんだ」

「わかりました。すぐに資料を揃《そろ》えます」

菜摘がソファから立ち上がった。深見は脚《あし》を組んで、煙草《たばこ》をくわえた。

2

古い記事がディスプレイに映し出された。

深見は、ノートパソコンの文字を目で追いはじめた。

ホテルの部屋だった。戸倉クリニックを訪ねた翌日の正午過ぎだ。

毎朝日報の都内版に載《の》った医療ミスを取り上げた記事は、二段扱いだった。さほど目立つ記事ではない。

深見は記事を読み終えたとき、素朴な疑問を懐《いだ》いた。

入院患者の一方井強は点滴ミスによって、肝機能が著《いちじる》しく低下した。といっても、植物状態になったり、死亡したわけではない。ニュース種《だね》になるような出来事だったのか。

記事を書いた一方井の母方の従弟の長谷《はせ》敬太郎《けいたろう》記者は個人感情に引きずられて、戸倉クリニックの信用を失墜させる気になったのだろうか。

あるいは、医療事故が仕組まれたものであるということを突きとめていたのか。後者だとしたら、続報が伝えられてもよさそうだ。

深見は縮小版をスクロールしてみたが、続報は見当たらなかった。検索を切り上げ、前日に美人女医に渡された調査資料に目をやる。

戸倉クリニックに取材に訪れた長谷記者の連絡先も記《しる》されていた。深見はホテルと提携しているレンタカー会社に連絡して、車を一台予約した。調査のときは、いつもレンタカーを使用していた。

深見は常客だった。ちょくちょく車を借りているレンタカー会社の営業所は、JR目黒駅の近くにある。深見は部屋を出て、ホテルの前でタクシーに乗った。

ワンメーターで、レンタカーの営業所に着いた。

深見は一万円札を初老の運転手に渡し、釣り銭は受け取らなかった。相手は恐縮し、何度も礼を言った。どうせ泡銭《あぶくぜに》だ。少しも惜《お》しくなかった。

営業所に入ると、顔馴染《なじ》みの従業員が走り寄ってきた。愛想《あいそ》笑いを浮かべていた。深見は鍵《キー》を受け取って、灰色のプリウスの運転席に入った。張り込みや尾行には、地味な大衆車を使う。それが鉄則だった。

深見はレンタカーを発進させた。

毎朝日報東京本社は竹橋にある。長谷は社会部の遊軍記者だった。さまざまな事件や事故の取材をしていて、記者クラブには詰めていない。ふだんは社内で待機しているはずだ。

道路は渋滞していなかった。

三十分ほどで、目的の新聞社に着いた。

深見はレンタカーを地下駐車場に置き、一階の受付に回った。

偽名を使い、長谷記者との面会を求める。幸運にも、一方井の従弟は職場にいた。

「長谷はすぐに参りますので、あちらでお待ちください」

丸顔の受付嬢がロビーのソファセットを手で示した。広いロビーには、五組のソファセットが置かれている。

深見は受付嬢に謝意を表し、エレベーター乗り場寄りのソファセットに歩《ほ》を運んだ。ロビーには誰もいなかった。

ソファに腰かける。

数分待つと、四十歳前後の男が函《ケージ》から出てきた。それが長谷記者だった。自由業っぽい身なりをしている。髪も長めだ。

深見はソファから立ち上がって、自己紹介した。長谷が名乗って、名刺を差し出した。やむなく深見は、野上名義の偽名刺を手渡した。住所はでたらめだったが、携帯電話の番号に偽りはない。

「お掛けください」

長谷が先にソファに腰かけた。深見も坐《すわ》った。

「二月に都内版に書いた記事のことで何か知りたいようですね？」

「ええ、そうなんです。あなたの従兄の一方井さんが入院中に点滴ミスをされたことは問題ですが、深刻な事態に陥ったわけじゃありませんよね？　記事にするようなことだったんだろうか」

「わたしの従兄は投薬ミスによって、急性肝炎になりかけたんですよ。死にはしなかったが、大変な医療事故でしょ？」

長谷が硬い表情で言った。

「ええ、確かにね。下手《へた》したら、一方井さんは亡《な》くなってたわけだから」

「そうですよ。さらに肝機能が悪化してたら、わたしの従兄は劇症肝炎で数日後には亡くなってたと思います。たかが盲腸の手術で殺されたんじゃ、たまりませんよ。だから、わたしは医療ミスのことを記事にしたわけです」

「そうですか」

「毎年、何十件も医療事故が起きてるんです。亡くなった方もたくさんいるんですよ。わたしの従兄は、命を落とさずに済みましたけどね。担当医の奈良橋は患者に肝障害があることをうっかり忘れてたなんて、ふざけすぎてますよ。気管支炎と誤診して、『ミノマイシン』を点滴投与するなんて、取り返しのつかないミスだ。担当のナースもどうかしてる。奈良橋が従兄の熱が下がらないんで投与を中止しろと指示したのに、点滴を続行してしまったというんですから」

「それは、ドクターの奈良橋の言い分ですよね？　看護師の内藤亜紀は、そうした指示は受けてないと主張してます」

「ええ、二人の言い分は喰《く》い違ってる。しかし、どちらも緊張感が足りませんよ。盲腸の手術だからって、気が緩《ゆる》んでる。そうでしょ？」

「そのことは同感ですね」

「わたし、従兄夫婦に医療過誤訴訟を起こすべきだと言ったんですよ。しかし、従兄たちは戸倉クリニックの院長が誠実に謝罪してくれて、多額の見舞い金も持ってきてくれたんで、和解に応じる気になってしまったようです」

「和解の件は、戸倉院長の娘さんから聞きました。五百万円の見舞い金を包《つつ》んで、一方井さんの転院先の入院加療費も全額負担したそうですね？」

「当然ですよ、そんなことは。戸倉クリニックの医療ミスで、わたしの従兄は肝機能が著《いちじる》しく悪化したわけですから。わたしが当事者なら、訴訟を起こしましたよ」

「しかし、医療ミスの裁判は時間と金がかかります。サラリーマンの一方井さんが二の足を踏む気持ちはわかるな」

「従兄は温和な性格だから、裁判騒ぎを起こしたくなかったんでしょう。当事者がそういう気持ちなら、外野は黙らざるを得ないからね。ところで、いまごろ春先の出来事をなぜ調べる気になったんです？」

「詳しいことは明かせないんですが、点滴ミスは仕組まれたものだったかもしれないんですよ」

深見は多くを語らなかった。

「まさか⁉　誰が医療事故を仕組んだというんです？　戸倉クリニックは患者が寄りつかなくなったんで、そんなことを言いだしたんじゃないのかな。多分、そうなんでしょう」

「結果はわかりませんが、調査を依頼されたんで……」

「あなた、以前は警察で働いてたんじゃないの？」

長谷がくだけた口調になった。来訪者が自分よりも年下と感じたからか。

「想像に任せます」

「否定しないとこを見ると、やっぱりそうなんだな。本庁じゃなく、所轄だね？　どこかで見かけた記憶があるんだよな。新宿署だったか、渋谷署だったか。どっちなんです？」

「昔のことは何もかも忘れてしまいました」

「うまく逃げたね。さては何か悪さをして、懲戒免職処分になったたな」

「それも想像にお任せしますよ。一方井さんはとっくに元気になられて、精和《せいわ》計器で働いてらっしゃるんですね？」

「そうです」

「では、一方井さんにもお目にかかってみます。アポなしで伺って、すみませんでした。ご協力に感謝します」

深見は立ち上がって、長谷記者と別れた。

階段を下《くだ》り、地下駐車場でレンタカーに乗り込む。一方井強の勤務先は、港区芝浦《しばうら》にある。深見はプリウスを走らせはじめた。

精和計器は東証《とうしょう》二部上場《じょうじょう》企業だ。一方井の勤め先を探し当てたのは、午後二時過ぎだった。ＪＲ田町《たまち》駅から八百メートルほど離れた場所にあった。本社ビルは九階建てで、外壁はくすんでいた。

深見はレンタカーを来客用の駐車場に入れ、受付に急いだ。資材部業務課長の一方井課長との面会を求める。

すでに従弟の新聞記者から電話があったとかで、一方井はじきに面会ロビーに姿を見せた。肝障害があるせいか、肌は黄ばんでいる。馬面《うまづら》で、細身だ。

二人はテーブルを挟んで向かい合った。

「従弟《いとこ》の話では、医療ミスは仕組まれた疑いがあるとか？」

一方井が切り出した。

「はい、もしかしたらね。そこで一方井さんに教えてもらいたいんですが、手術後に高熱を出されたとき、担当医の奈良橋はあなたに気管支炎だとはっきりと告げたんですか？」

「ええ、そういう診断でしたね。肺炎の一歩手前だとも言ってました。それで、抗生物質を点滴すると告げられたんですよ」

「そのとき、ドクターは『ミノマイシン』を点滴投与すると言いました？」

「いいえ、薬品名は教えてくれませんでした。もし『ミノマイシン』を使うと教えられてたら、わたし、待ったをかけてましたよ。『ミノマイシン』の副作用として、肝機能の検査値が異常に上昇することを知ってましたんでね。わたし、十年近く前から慢性肝炎患者なんですよ」

「そのことは、盲腸の手術前に奈良橋ドクターに言ってあったんですね？」

「もちろん、言いました。わたしだけではなく、家内もそのことは先生に話したんですよ。それなのに、ドクターは『ミノマイシン』を点滴するよう看護師の内藤亜紀に指示したんです。おかげで、ひどい目に遭《あ》いました」

「奈良橋医師はあなたの熱が下がらなかったんで、『ミノマイシン』の点滴をやめるよう担当ナースに指示したと言い張ったようですが、そういう遣《や》り取《と》りは耳にしました？」

深見は問いかけた。

「わたしは、そういう会話は聞いてません。ナースは、そんな指示はされてないと言い訳したようですね。どちらかが嘘《うそ》をついてるんだろうな」

「おそらく、そうなんでしょう。戸倉院長の娘から聞いた情報から判断すると、ドクターか看護師のどちらかが故意に医療事故を起こしたと思われますね」

「なぜ、そんなことをしたんです⁉」

「プライバシーに関することなので、残念ながら、具体的な話はできません。まだ確証はありませんが、医師と看護師が結託《けったく》したとも考えられます」

「あの二人は院長に対して何か不満があったんですかね。奈良橋ドクターはいい加減な男のようですが、戸倉院長は誠実な方だと思いますよ。担当医が投薬ミスをしたことは自分の責任だったと素直に詫《わ》び、まとまったお金を用意してくれましたから」

「あなた方ご夫婦は院長が五百万円の見舞い金を持参したんで、和解に応じる気になられたんですね？」

「五百万で怒りが収まったわけではないんですが、転院先で具合がよくなりましたんで。事を荒立てるのは大人げない気がしたんですよ」

「従弟の長谷さんは訴訟を起こすべきだと助言したようですね？」

「ええ。従弟は子供のころから負けず嫌いで、何事も黒白《こくびゃく》をはっきりさせたい性分《しょうぶん》なんです。しかし、わたしは他人《ひと》と争うことは好きじゃないんですよ」

「そうですか」

「従弟に点滴ミスがあったことを教えたのは、まずかったと少し悔《く》やんでます。長谷が記事にしたんで、戸倉クリニックの患者たちが遠ざかって、経営がだいぶ苦しくなったようですからね。院長先生には、申し訳ないと思ってますよ。しかし……」

「何です？」

「ドクターと担当看護師のどちらかが、あるいは二人が共謀して、わざと医療事故を起こしたんだったら、断じて赦《ゆる》せないな。当然、刑事告訴します。調査の結果、そうだとわかったら、すぐ教えてくださいね。お願いします」

一方井がコーヒーテーブルの端を両手で摑《つか》んで、深く頭を下げた。

深見は即座にうなずいたが、協力する気はなかった。恐喝材料を明かしたら、悪人から〝口止め料〟を脅し取ることができなくなってしまう。

「わざと医療ミスをする医者や看護師がいるんじゃ、うっかり入院もできないな。病院で殺されたんではシャレにもなりませんから」

「本当ですね」

「仕組まれた医療事故なら、わたし、自宅を売却してでも、裁判をやりますよ」

一方井が意を決したように言った。

「そうなったら、支援しましょう」

「嬉しいことを言ってくれるな。野上さんとは友達づき合いをしたいなあ」

「われわれは、もう友達ですよ」

「え？」

「知り合いに沖縄出身の男がいるんですが、そいつは一度でも会えば誰でも大切な友だと酔うたびに言ってます。沖縄県人の多くは、本気でそう思ってるようですよ。そんなふうに器《うつわ》の大きな人間になりたいものだな」

「ええ、そうですね」

「お忙しいところをありがとうございました」

深見は礼を述べ、ソファから立ち上がった。

一方井に見送られて、表に出る。

深見はレンタカーに乗り込み、亜紀の自宅アパートに向かった。美人女医に渡された調査資料によれば、二月に戸倉クリニックを退職した内藤亜紀の住まいは品川区小《こ》山《やま》五丁目にあるはずだ。

目的の『コーポ西小山』は、三十数分後に見つかった。

東急目黒線の西小山駅から五、六百メートル離れた住宅密集地の一角にあった。軽量鉄骨造りの二階建てアパートだった。築後二十年近く経《た》っているのではないか。鉄骨の外階段は赤錆《あかさび》だらけだ。

深見はプリウスをアパートのブロック塀《べい》に寄せ、運転席から離れた。

アパートの門を潜《くぐ》る。亜紀の部屋は一〇五号室だ。

一階の奥の角部屋である。ドアに近づくと、室内からラップミュージックが洩《も》れてきた。亜紀は寛《くつろ》いでいるようだ。

深見はドアをノックした。

ややあって、ドア越しに若い女性の声が響いてきた。

「新聞の勧誘なら、結構よ」

「内藤亜紀さんでしょうか？」

「ええ、そうよ。あなたは？」

「フリーライターの垂水到《たるみいたる》といいます。『新女性ライフ』という月刊誌をご存じですか？」

「何度か購読したことはあるわ」

「来月号に若い女性のさまざまなライフスタイルを紹介するルポを書くことになってるんですよ。ナースをしてらっしゃる内藤さんのことも取り上げさせてもらいたいんですが、取材に協力していただけますか」

深見は、とっさに思いついた嘘を澱《よど》みなく喋《しゃべ》った。

「わたしのことを雑誌で取り上げてくれるんですか。わっ、信じられなーい」

「協力してもらえます？」

「もちろん、オーケーです。ちょっと待っててね」

スリッパの音が聞こえ、一〇五号室のドアが開けられた。亜紀はデニム地のサロペットを着込んでいた。瞳が大きく、キュートな顔立ちだ。

「びっくり！」

「え？」

「あまりのイケメンなんで、びっくりしちゃったんです。カッコいいですね」

「ちょっとお邪魔させてもらうね」

深見は、一〇五号室の三和土《たたき》に滑り込んだ。亜紀が玄関マットの上に立った。

間取りは1DKだった。ミニコンポの音量は絞り込まれ、ラップはかすかに聞こえる程度だ。

「わたし、七カ月前に勤めてた代々木のクリニックを辞めちゃって、いまは看護師の仕事をしてないんですよ。ナースとして働いてるわたしを取り上げるつもりだったんでしょ?」

「そうなんだ。担当編集者がリストアップしてくれた取材対象者の看護師の中では、きみが一番チャーミングだったんでね。担当者が集めてくれたデータには、戸倉クリニックで働いてると書かれてたんだが……」

「クリニックでちょっと面倒なことがあって、二月に辞めちゃったの。雇用保険で食べるには困らなかったんで、じっくり新しい医院を探してるんですよ」

「そういうことなら、取材対象者になると思うな」

「なら、取材して。『新女性ライフ』にわたしのことが載ったら、自慢材料ができるもの。ぜひ、わたしのことを書いて」

「それじゃ、インタビューさせてもらおう」

「取りあえず上がって」

亜紀がスリッパを用意した。

深見は靴を脱ぎ、コンパクトなダイニングテーブルについた。亜紀が二人分のコーヒーを淹《い》れ、深見の前に坐った。

深見は卓上にICレコーダーを置き、インタビューの真似事《まねごと》をした。神奈川県内の公立高校を卒業した亜紀は看護学校を経《へ》て、横浜市内の私立総合病院に就職した。三年後に戸倉クリニックに移り、外科の正看護師として勤務していた。

「戸倉クリニックで何があったんだい？」

「外科医の先生が自分の医療ミスをわたしのせいにしようとしたんで、頭にきちゃったの。だから、二月に仕事をやめちゃったわけ」

「泣き寝入りするつもりなの？」

「わたし、そんなにおとなしくないわ。わたしに罪を着せようとしたドクターには、それなりに仕返しをしますよ。それより、垂水さんにはもう彼女がいるんでしょうね？」

「特別に親しくしている女性はいないんだ」

「嘘ばっかり！　それだけのルックスなら、女たちが放っておかないんでしょ？」

「本当にいないんだよ、つき合ってる女性は」

「それなら、わたし、垂水さんを誘惑しちゃおうかな。わたしも、いま空《あ》き家なの。

一度、デートしてくれません？」

亜紀が流し目をくれた。深見は気がある振りをして、亜紀を熱く見つめた。

「そんな目でイケメンに見つめられたら、わたし、淫《みだ》らな女になりそう」

「最近は草食系男子が多くなったみたいだが、きみのようないい女を空き家にしておくなんて、罰《ばち》当たりばっかりだな」

「遊び馴《な》れてるのね。そういう台詞《せりふ》は女擦《ず》れしてないと、なかなか言えないでしょ？」

「思ったことをストレートに言っただけさ」

「わたし、本気にしちゃいますよ。垂水さん、携帯のナンバーを教えて」

「ああ、いいよ。こっちも、きみのことをもっと知りたいな。一度、食事でもしたいね」

「なら、わたし、必ず電話します」

「待ってるよ」

「本当ですか⁉　わたし、今夜にでも逆ナンしちゃうかもしれませんよ」

「いつでも誘ってほしいな。仕事をほうり出して、きみに会いに行くから」

「強烈な殺し文句ね。絶対に電話します」

亜紀が目を輝かせた。核心に迫りたい衝動を抑《おさ》えて、深見は亜紀に熱っぽい眼差《まなざ》しを注《そそ》いだ。

亜紀が頬《ほお》を赤らめた。これ以上粘《ねば》って探《さぐ》りを入れたら、怪しまれることになるだろう。

「電話、待ってるから」

深見は、すっくと立ち上がった。

3

ギアをR《リヴァース》レンジに入れる。

深見は、レンタカーを二十メートルほどバックさせた。『コーポ西小山』から遠ざかったが、出入口は見通せる。

内藤亜紀が外出しても、見逃すことはないだろう。彼女が戸倉クリニックを辞めたのは、七カ月近く前だ。いまだに再就職していないのは、それだけ経済的に余裕がある。そういうことだろう。

亜紀は外科医の奈良橋が故意に医療ミスをしたことを覚《さと》り、恐喝めいたことをしたのではないのか。数百万円の口止め料を脅し取ったのかもしれない。

それだけあれば、当座の生活には困らないだろう。したがって、急いで次の働き口を探さなくてもいいわけだ。

依頼人が言っていたように奈良橋は美人女医に交際の申し込みを断られたことで、戸倉クリニックを逆恨《さかうら》みする気になったのか。

医療事故を起こせば、当然、患者たちの足は遠のく。犯行目的は、戸倉クリニックを廃業に追い込むことだったのか。

奈良橋がナースの亜紀にミスの責任をなすりつけようとしたのは、なぜなのか。

外科医は亜紀と親密な間柄だったのか。そうだったとしても、真剣な気持ちで交際していたわけではなかったのではないか。戯《たわむ》れの相手とは、いずれ手を切らなければならない。

奈良橋は、そろそろ腐れ縁を断ち切る汐時《しおどき》と判断したのだろうか。そう考えれば、一応、腑《ふ》に落ちる。

しかし、亜紀が潔白《けっぱく》だという確証を得たわけではない。彼女は交際中だったかもしれない奈良橋が自分から戸倉菜摘に乗り換えようとしたことを察知《さっち》して、外科医を陥《おとしい》れようとしたとも考えられる。

また、奈良橋と亜紀がつるんで、わざと医療事故を起こした可能性も全面的には否定できない。いずれも、まだ推測の域を出ていなかった。奈良橋と亜紀の動きを探《さぐ》りつづければ、何かが透《す》けてくるだろう。

まずは、亜紀をマークしてみよう。彼女は深見に関心を持ったようだ。何かの弾みで医療ミスに関する事柄を口走るかもしれない。

「それに期待するか」

深見は声に出して呟《つぶや》き、背凭《せもた》れを一杯に倒した。

ちょうどそのとき、上着の内ポケットで携帯電話が鳴った。反射的に携帯電話を掴み出し、ディスプレイを見る。非通知だった。

警戒心が膨《ふく》らんだ。深見は通話キーを押し込んだが、言葉は発しなかった。

「もしもし、おれだよ」

相手の男の声には聞き覚えがあった。渋谷署刑事課強行犯係主任の世良誠《せらまこと》警部補だった。三十九歳で、新宿署刑事課勤務時代の先輩だ。

世良はSAT隊員だった深見をサイボーグ刑事《デカ》とからかい、捜査活動に不馴《ふな》れなルーキーをお荷物扱いした。二年後に世良は渋谷署に異動になった。深見は天敵の世良と別々になって、せいせいした気分になった。

　ところが、一年後に彼は運悪く同じ渋谷署に転属させられた。深見は生活安全課に異動になったのだが、署内でよく世良と鉢合《はちあ》わせをした。同じ職場に世良がいなかったら、深見は依願退職していたかもしれない。それほど苦手な相手だった。

「黙ってないで、なんとか言えや。おれが誰だかわかるよな？」

「世良さんでしょ？」

「そう。おまえの実家に電話して、親父《おやじ》さんに携帯のナンバーを教えてもらったんだよ」

「そうですか。で、ご用件は？」

「ずいぶん素《そ》っ気《け》ねえな。おまえに刑事のイロハを教えてやったのは、このおれだぜ。ＳＡＴから新宿署の刑事課に移ったばかりの深見の取柄《とりえ》は体力だけだったからな。まさにサイボーグみたいだったよ」

「用件を聞かせてもらいたいな」

「いいだろう。きのうの午後の事件《ヤマ》のことで、ちょっと捜査に協力してもらいてえんだ。東都銀行渋谷支店の行内に設置されてる防犯カメラに、おまえの姿がばっちり映ってたぜ」

「そうですか」

「銀行強盗の片割れを取り押さえてくれたことには感謝してるが、そっちが犯人のひとりから奪ったノーリンコ59の指紋《モン》をきれいに拭《ぬぐ》ったことは捜査妨害になったんだよ」

「捜査妨害？」

「そう。現行犯逮捕《ゲンタイ》した野呂誉《のろほまれ》って犯人《ホシ》が行内で発砲したことは複数の目撃証言ではっきりしてるんだが、肝心のノーリンコ59に加害者の指掌紋がまったく付着してなかったんだよ。おまえ、なんだって余計なことをしたんだっ」

世良が苦々しげに言った。

「自分の指紋《モン》を拭ってから銀行を出たのは、事情聴取されたくなかったからですよ。元刑事のおれの指紋は、まだ警察庁のデータベースに残ってますからね」

「おまえが銀行強盗をやったわけじゃねえんだ。もっと堂々としてりゃいいじゃねえか。何か後ろ暗いことをしてるんで、拳銃の指掌紋を消したんじゃねえのか。え？」

「おれは警察官《サツカン》だったんですよ」

「職員も含めりゃ、警察には二十七万人もいるんだ。毎年、懲戒免職になる悪徳警官が五、六十人はいる。依願退職して裏社会に入った奴だって、ひとりや二人じゃない。元ＳＡＴ隊員の刑事だったからって、深見が悪さをしてないとは言い切れねえだろうが」

「言いがかりをつけないでもらいたいな」

深見は言い返した。

「よくねえ噂《うわさ》が耳に入ってんだよ。おまえは友達《ダチ》の弁護士のとこで調査員をして喰ってるらしいが、羽振りがいいそうじゃねえか？」

「そんな話はデマですよ。中傷の類《たぐい》でしょう。おれは地道に生きてる」

「そうじゃねえだろうが。何か法に触《ふ》れる方法で荒稼ぎしてるんじゃないのかよ？　おまえが派手な遊び方をしてるって情報も掴んだ。深見、どんな悪さをしてんだい？」

「世良さん、怒りますよ。仕事中なんで、電話を切らせてもらいます」

「待てよ。おまえがまともな生き方をしてねえことは、もうわかってるんだ。七月二十五日の夜、深見、どこで何をしてた？」

「急にそう訊《き》かれても、とっさには答えられないな」

「空とぼけるんじゃねえ。その晩、おまえは仁友会《じんゆうかい》の企業舎弟《フロント》の『光進《こうしん》エンタープライズ』のオフィスで、午後九時に三千万円を脅し取ったんじゃねえのか。やくざマネーを起業家に貸し付けて、会社を乗っ取った証拠をちらつかせてな」

世良が言った。深見は身に覚えがあったが、動揺はしなかった。

「それだけの度胸があったら、調査の仕事はとっくにやめてますよ」

「『光進エンタープライズ』の鴨下《かもした》社長がおまえに三千万円を恐喝《カツアゲ》されたって認めてる」

「幹部クラスのやくざが警察に恥を晒《さら》すわけないでしょ？　誰かが、おれを犯罪者に仕立てようとしてるようだな」

「誰かって、誰のことだい？」

「それはわかりません」

「その件で、ちょっと話をしてえんだ。おまえ、いま、どこにいる？　おれがそっちに出向くよ」

世良が言った。どこかで落ち合ったら、別の刑事に尾《つ》けられるだろう。投宿先を知られると、何かと都合《つごう》が悪い。

「妙な疑いを持たれるのは心外だな。こちらが渋谷署に出向きますよ」

「そうしてもらえると、ありがてえな。どのくらいで署に来られる？」

「三十分そこそこで行けると思います」

「それじゃ、待ってらあ」

世良が先に通話を切り上げた。

深見は張り込みを中断し、プリウスを発進させた。最短コースを選んで、渋谷署をめざす。一年前まで働いていた所轄署は渋谷駅の近くにある。明治通りに面していた。

渋谷署に着いたのは、二十四、五分後だった。

深見はレンタカーごと地下駐車場に潜《もぐ》り、エレベーターで三階に上がった。刑事課に足を踏み入れ、強行犯係の〝シマ〟に急ぐ。深見は顔見知りの刑事たちと短い挨拶《あいさつ》を交わし、主任の席に進んだ。

「別室で話そうや」

世良警部補が強張《こわば》った表情で言い、回転椅子《いす》から腰を浮かせた。深見は同じフロアにある会議室に連れ込まれた。

二人は楕円形《だえんけい》の机を挟んで向かい合った。深見は窓側に坐った。世良が無言で上着の内ポケットから写真の束《たば》を取り出し、卓上にプリントを並べた。

深見が『光進エンタープライズ』の事務所に入る姿が隠し撮《ど》りされていた。写真には日時が印字されている。七月二十五日の午後九時六分だった。

オフィスから出てくるところも撮影されていた。両腕で段ボール箱を抱えている。中身は札束だった。

出入口には、『光進エンタープライズ』の鴨下武志《たけし》社長が立っている。名門私大出の経済やくざで、四十六歳だった。

「この写真を撮ったのは、おれが昔から使ってる情報屋だ。深見に関する妙な噂が耳に入ったんで、おまえの動きを探らせてたんだよ。深見は堕落《だらく》したな。危《ヤバ》いことをやって、高級ホテルに連泊してるんだってな。贅沢《ぜいたく》をして、いい女たちとも寝てるらしいじゃねえか」

「写真の男、おれとよく似てるな。そっくりと言ってもいいですね」

「ふざけんな。写ってるのは、おまえじゃねえかっ」

「おれじゃありませんよ。鴨下のことは知ってますが、退職してからは顔を合わせてません」

「鴨下はおまえに三千万をたかられたと言ってるんだ。段ボールの中身は札束だな？」

「そうなんですかね？」

「とぼけやがって。鴨下は失敗《ドジ》踏んだと仁友会の会長にこっぴどく叱《しか》られて、三千万円、自腹を切らされたって話だぞ」

「へえ」

「喰えねえ野郎だ。ここで待ってろ！」

世良が声を荒らげ、会議室から出ていった。

深見は卓上のアルミの灰皿を引き寄せ、ピースを吹かしはじめた。一服し終えたとき、世良が会議室に戻ってきた。

彼の背後には、大柄な女性がいた。生活安全課保安係主任の矢沢千絵《やざわちえ》だった。深見のかつての上司だ。四十二歳の千絵は身長百七十三センチで、グラマラスだった。そんなことで、独身のころに職場でアマゾネス刑事《デカ》というニックネームをつけられたらしい。姐御肌《あねごはだ》で知られ、実際、頼り甲斐《がい》がある。

千絵の夫の矢沢洋貴《ひろたか》は四十五歳で、SATの部隊長を務《つと》めている。妻以上に巨身だった。面倒見がいい。

深見はSATに所属していたころ、第一小隊隊長だった矢沢に何かと世話になった。

矢沢夫妻には子供がいない。

深見はSATの隊員のころから、月に一度は矢沢宅で家庭料理をご馳走《ちそう》になってきた。彼は夫婦を自分の兄や姉のように慕《した》っている。二人も深見に身内のように接してくれ、本音を遠慮なく吐く。

深見は幼稚園児のころから、基本的にはピーマンとセロリは絶対に食べない。無理に食べようとすると、吐きそうになる。

千絵の作ってくれた料理にも、ピーマンやセロリが混じっていることがあった。

さりげなく苦手な食物《しょくもつ》を皿の端に寄せるのだが、アマゾネス刑事はそれを見逃さない。子供みたいで母性本能をくすぐられると言いつつも、ピーマンやセロリを強引に食べさせる。

「話は世良主任から聞いた」

矢沢千絵がぶっきら棒に言い、深見と向かい合った。

その目は、すぐ卓上の写真に落とされた。世良は千絵の斜め後ろに突っ立ったままだった。

「写真に写ってるのは、どう見ても深見君だね」

「おれじゃないんだ。似てるけど、別人なんですよ」

深見は疚《やま》しさを覚えつつも、頑《かたく》なに犯行を認めなかった。姉のように慕《した》っている千絵を失望させたくなかったからだ。自分は開き直った生き方を選び取ったが、一般の人間は良識を無視できないだろう。

「深見君、わたしの目をまっすぐ見られる？」

千絵が訊いた。

深見は大きくうなずき、千絵の顔を正視した。造作はやや大きいが、目鼻立ちは整っている。

「ちゃんとわたしの目を見られたわね。目の動きも自然だし、濁《にご》りも感じられないわ」

「矢沢主任、それだけで深見をシロと判断するのは乱暴すぎるでしょ？」

「わたしはね、SATのメンバーだったころから深見君と接してるの。彼が恐喝《カツアゲ》なんかするわけないわ」

「そう言われても、状況証拠はクロなんですっ」

「『光進エンタープライズ』の鴨下社長から被害届が出てるわけ？」

「いいえ、それは……」

「だったら、あなたが使ってる情報屋が深見君を陥れたくて、こんな合成写真を持ってきたんじゃない？」

「どれも合成写真じゃありませんよ」

世良が言い返した。

「鑑識課で確かめてもらったの？」

「いいえ」

「だったら、合成写真だと思うな。いまはパソコンがあれば、簡単に合成なんかできるからね」

「そうですが……」

「深見君は新宿署時代の後輩でしょ？　セクションは違うけど、渋谷署《ここ》でも一緒に働いてた時期もあるわね？」

千絵が上体を捻《ひね》って、世良を睨《にら》んだ。世良が目を伏せる。気圧《けお》されたようだ。

「そういう間柄なんだからさ、後輩の深見君を庇《かば》ってやろうという心理が働くんじゃない？　普通はね」

「退職後の深見に妙な噂があるんで、もし人の道を外してるんだとしたら、更生するチャンスを与えてやりたいと思ったんですよ」

「偽善者ね。そんな綺麗事《きれいごと》じゃないでしょうが！」

「え？」

「あなたは、ハンサムで体力と知力にも恵まれた深見君を妬《ねた》んでるんじゃない？　実際、深見君は職場の同僚たちに好《す》かれてたし、女性にモテモテだったからね。それに引き換え、あなたは……」

「魅力のない男ですよ、こっちは」

「だから、奥さんに逃げられちゃったのよね。バツイチになったのは何年前だっけ?」

「関係ないでしょ! 年上だからって、いい気にならねえでもらいたいな」

「つい地が出たわね。そういう口の利《き》き方のほうがあなたらしいわ。それはそれとして、いつまでも深見君を犯罪者扱いする気なら、わたし、黙っちゃいないわよ」

「好きなようにすればいいでしょ!」

「ええ、そうさせてもらうわ」

千絵が両腕を組んだ。豊満な乳房が一段と盛り上がった。

世良が険《けわ》しい顔つきで卓上の写真を掻《か》き集め、憤然《ふんぜん》と会議室から出ていった。

「ご迷惑をかけちゃいましたね。すみませんでした」

深見は謝った。

「いいのよ、気にしないで。わたし、深見君はちゃんとまっすぐに生きてると信じてるから。それはそうと、きのうは大変な活躍じゃないの。東都銀行渋谷支店に押し入った銀行強盗が人質に取った女医さんを救出して、二人組のひとりを取り押さえたんだってね」

「成り行きですよ。もう現職警官じゃないわけですが、傍観してられませんからね」

「勇気あるわよ。さすが元ＳＡＴ隊員ね。その話をしたら、矢沢もなんか誇らしげだったわ」

「隊員時代に矢沢さんから犯人制圧のオペレーションを手取り足取り教わってたんで、二人組の片割れを取り押さえることができたんですよ」

「そう。とにかく、お手柄だったじゃないの。それはそうと、どうして初動の連中が到着する前に深見君は銀行から消えたのかな。犯人から取り上げた拳銃《ハンドガン》をハンカチで拭ったのは、なぜなのかしら？」

「無意識の行動だったんですよ。パトカーが到着する前に事件現場を離れたのは、かつての同僚たちとなんとなく顔を合わせたくなかったからなんです。事情聴取されるのはうっとうしいという気持ちがありましたんでね」

「それはわかるけどさ、無意識に拳銃の指紋を拭ったという話には少し引っかかるな」

千絵が深見の顔を見据《みす》えた。深見は内心の狼狽《ろうばい》を隠し、目で笑った。

かつての上司は、恐喝を重ねてきたことを見抜いたのではないか。そう思うと、深見はにわかに落ち着きを失った。しかし、自分の違法行為を白状するわけにはいかなかった。

別に失うものは何もない。いつか刑務所に送られることは覚悟している。しかし、いま手錠を打たれるわけにはいかない。

生真面目《きまじめ》な父は息子が前科者になったら、妻を道連れにして無理心中を遂《と》げるだろう。恩義のある矢沢夫妻の顔にも泥を塗《ぬ》ることになる。友人の一ノ瀬にも多少の迷惑をかけることになりそうだ。

人は誰も、たった独りで生きているわけではない。両親、恩人、友達が存命中は無法者であることを知られては困る。深見は、千絵にすべてを告白したい衝動を抑えた。

「深見君を疑ってるわけじゃないけど、はっきり訊くよ。手が後ろに回るようなことはしてないよね？」

「ええ、もちろんですよ。犯罪現場や凶器に自分の指掌紋を残しておくと、どうしても事情聴取されることになります」

「そうね」

「一年前まで現職警察官だった者がそんなことになったら、なんとなく様《さま》にならないでしょ？　警察庁の指紋データベースはいじりようがないんで、反射的にノーリンコ59をハンカチで拭っちゃったんだと思います」

「うん、そうなんだろうね。でも、もうそういうことはしないほうがいいよ。犯人の指紋や掌紋まで消えちゃったら、結果的に捜査の邪魔をすることになるでしょ？」

「そうですね。今後は気をつけます」

「ええ、そうして。深見君、我が家で夕食でもどう？　きょうのメニューはカレーライスだったんだけど、きみが来るなら、スキヤキに変更しちゃう。矢沢は非番で家にいるの。よかったら、おいでよ」

「行きたいところですが、急ぎの調査があるんですよ。きょうは遠慮しておきます」

「そう。気が向いたら、いつでも遊びに来て。矢沢が留守のときだって、大歓迎よ。深見君と差し向かいで食事をするのは愉《たの》しそうだから。いまの話、矢沢には内緒だからね。うふふ」

千絵が色っぽく笑い、椅子から腰を浮かせた。

深見も立ち上がり、千絵の後《あと》から会議室を出た。

二人は肩を並べてエレベーターホールに向かった。深見はアマゾネス刑事に見送られ、函《ゲージ》に乗り込んだ。

西小山に舞い戻り、ふたたび亜紀の自宅アパートの近くで張り込むつもりだった。

エレベーターが地下駐車場に着いた。

深見は函《ゲージ》から出ると、レンタカーに走り寄った。

4

尾行されている。

予想した通りだ。深見は唇を歪《ゆが》めた。

渋谷署の地下駐車場を出てから、まだ二百メートルもレンタカーのプリウスを走らせていない。

追尾《ついび》してくる黒い覆面《ふくめん》パトカーは、スカイラインだった。世良警部補は助手席に坐っている。ステアリングを操っているのは、部下の藤代潔《ふじしろきよし》巡査部長だ。三十三歳で、陰気な男だった。

深見は明治通りから脇道にプリウスを乗り入れ、路肩《ろかた》に寄せた。ルームミラーを仰《あお》ぐ。警察車輌は三十メートルほど後方に見えた。ガードレールの際《きわ》に停止している。

深見は携帯電話を懐《ふところ》から取り出した。

『光進エンタープライズ』の鴨下社長のスマートフォンを鳴らす。電話はツーコールで繋《つな》がった。

「ちょっと確かめたいことがあるんだ」

深見は名乗って、そう切りだした。

「また無心する気じゃないだろうな。そうだったら、こっちも尻《けつ》を捲《まく》るぜ。あんたは捨て身で生きてるんだろうが、おれは筋者《すじもの》なんだ」

「鴨下、少し頭を冷やせ。勘違いするな。訊《き》きたいことがあって、電話しただけだよ」

「そうだったのか。で、どんなことを知りたいのかな」

「例の三千万のことなんだが、捜査関係者に洩《も》らしたことがあるか？」

「いや、ないね。あんたに渡した金は惜しいが、警察に泣きを入れたら、投資先のベンチャー企業を乗っ取ったことまで知られちゃうからな」

「渋谷署の刑事課の者が探《さぐ》りを入れに来たことは？」

「ない、ないよ」

「おれに七月二十五日に三千万をカンパした件で、仁友会の会長に怒られたこともないんだな？」

「ああ。会長は企業舎弟《フロント》の業務について直《じか》に何か言ったことは一遍《いっぺん》もないんだ。いったい何だってんです？」

「ある刑事がおれに鎌をかけてきたんだよ。例の金のことをバラしたら、『光進エンタープライズ』をぶっ潰《つぶ》す。当然、社長にも死んでもらう。いいな！」

「わかってるって。何があっても、警察には泣きを入れない。悪いが、来客を待たせてあるんだ。電話、切らせてもらうよ」

鴨下が通話を打ち切った。

深見は携帯電話を折り畳み、車を降りた。ゆっくりと歩き、最初の四つ角を左に曲がる。深見はすぐに走りだし、物陰に身を潜《ひそ》めた。

数十秒後、世良と藤代が目の前を駆け抜けていった。

二人の靴音が遠のいた。深見は首を伸ばした。世良たち二人が路地に消えた。

深見はレンタカーを駐《と》めた通りに駆け戻った。

プリウスを急発進させ、裏通りを進む。スカイラインが追ってくる様子はなかった。

深見は車を亜紀の自宅アパートに向けた。

二十数分で、目的地に到着した。『コーポ西小山』から三十メートルほど離れた路上にレンタカーを停め、張り込みを開始する。

時間が虚《むな》しく流れ、夕闇が濃くなった。

亜紀が表に現われたのは、午後六時四十分ごろだった。彼女は着飾り、ブランド物のバッグを提《さ》げていた。誰かと会う約束があるのだろうか。

深見は亜紀の後ろ姿が小さくなってから、プリウスのエンジンを始動させた。亜紀は表通りに向かっていた。

深見は車を走らせはじめた。

低速で進む。亜紀は表通りでタクシーを拾った。橙色《だいだいいろ》と濃緑《こみどり》のツートーンのタクシーだった。かなり目立つ。見失うことはなさそうだ。

深見は一定の距離を保《たも》ちながら、タクシーを追跡した。タクシーが停まったのは、駒沢公園の並びにあるファミリーレストランの前だった。

すぐ近くに『駒沢メディカルセンター』がある。外科医の奈良橋の再就職先だ。タクシーを降りた亜紀は、馴《な》れた足取りでファミリーレストランの中に入っていった。

深見はプリウスを店の広い駐車場に入れた。

ファミリーレストランの窓は、嵌《は》め殺しのガラスになっている。駐車場から店内は丸見えだ。

亜紀は窓側のテーブルについた。ほぼ中央だった。深見は亜紀の見える位置にレンタカーを駐《と》め、手早くヘッドライトを消した。エンジンも切る。

そのすぐ後《あと》、依頼人の女医から電話がかかってきた。

「何かわかりました？」

「せっかちだな。まだ調査に取りかかったばかりですよ」

「ごめんなさい、そうでしたね。調査に役立つかどうかわかりませんが、父が医大の同窓生から気になる話を聞いたらしいんです」

「どんな話なのかな」

深見は先を促《うなが》した。

「去年から今年にかけて何らかの医療事故を起こした首都圏の七つの開業医院が経営不振に陥って、同じ医療コンサルティング会社に経営権を譲渡してるそうなの」

「その会社の名は？」

「『スリーアロー・コーポレーション』という社名で、代表取締役は虻川勇《あぶかわいさむ》という方らしいの。まだ四十二歳だという話だけど、なかなか遣《や》り手なんですって」

「その虻川って男は、別に医師ではないんだね？」

「ええ。三十代前半まで医療業界紙の記者をやってたとかで、業界に精通してるようなんです。それで赤字経営の医院の相談に乗って、医療コンサルタントとしては知られた存在だというんですよ。ただ、よくない噂もあるようです」

「どんな噂があるのかな」

「経営指導をしながら、病院乗っ取りを企《たくら》んでいるのではないかとか。現に『スリーアロー・コーポレーション』は過去に数十のクリニックの経営権を手に入れてるそうなんです。医師の資格がなくても、病院経営はできるんですよ」

「そのことは知ってる」

「失礼しました。他意はなかったの。気を悪くなさらないでね」

菜摘が言った。

「別段、気分は害してないよ。そんなことより、虻川はいまも多くの医院の経営をしてるのかな」

「現在は一院も経営してないそうです。複数の医療法人に経営権を譲ってしまったらしいんですよ。そんなことで、虻川氏は病院乗っ取り屋という陰口をたたかれてるんですって」

「そう。『スリーアロー・コーポレーション』のオフィスは、どこにあるの？」

「中央区銀座三丁目の興和ビルの三階にオフィスを構えてるそうですが、社員がどのくらいいるのかはわかりません」

「医療ミス騒ぎがあってから、その虻川という奴が戸倉クリニックに接近したことはあるのかな？」

「そのことを父に確認してみたんですけど、『スリーアロー・コーポレーション』の関係者が訪ねてきたことはないそうです。ただ、三月上旬から夏ごろまで柄のよくない男たちがうちのクリニックの前で毎朝日報の例の記事のコピーを患者さんに配ってた事実はあります」

「そいつらを雇ってたのは、虻川だったのではないかと考えたんだね？」

「ええ、まあ。証拠があるわけじゃないんで、断定的なことは言えませんけど。でも、病院乗っ取りという噂もある方なんで……」

「虻川のことは、こっちが調べてみるよ。それはそれとして、確認したいことがあるんだ」

「何でしょう？」

「奈良橋医師は『駒沢メディカルセンター』に移ってから、そのまま同じ職場で働いてるんだね？」

「ええ、そのはずです。奈良橋さんは出身医大の名誉教授の紹介で、戸倉クリニック《うち》から『駒沢メディカルセンター』に移ったわけですから、すぐには辞めたりしないと思います。外科次長のポストも与えられたと聞いてますんで、長く勤める気でいるんでしょう」

「『駒沢メディカルセンター』が外科医の奈良橋を引き抜きたくて、わざと医療事故を起こさせたとは考えられないだろうか」

深見は問いかけ、ファミリーレストランの店内に目をやった。

亜紀はコーヒーを飲みながら、腕時計を見ていた。待ち人が姿を見せないことに焦《じ》れている様子だ。

「それは考えられませんね。奈良橋先生は力のあるドクターに取り入ることは上手ですけど、優秀な外科医というわけではありませんので」

「そうなのか。奈良橋が故意に医療事故を起こしたんだとしたら、やはり、きみにフラれたせいなのかな」

「うぬぼれてると思われるかもしれませんけど、そうだったんじゃないのかしら？」

「実は、いま内藤亜紀が『駒沢メディカルセンター』の近くにあるファミレスにいるんだ」

「えっ」

「亜紀を西小山の自宅アパートから尾《つ》けてきたら、ファミレスに入ったんだよ。多分、奈良橋と会うことになってるんだろう」

「そうだとしたら、あの二人が共謀して入院患者に『ミノマイシン』を点滴しつづけたのかもしれないんですね」

「そうなのかもしれないな」

「去年の暮れごろから二人の仲はしっくりいってないように見えたんですけど、それは疑惑を持たれないようにするための演技だったのかな？」

「そういうことも考えられるね。とにかく、亜紀に張りついてみるよ」

深見は終了キーを押し、携帯電話を上着の内ポケットに収めた。

それから一分も経《た》たないうちに、外科医の奈良橋が現われた。前夜、深見は美人女医から奈良橋のスナップ写真を見せてもらっていた。写真よりも幾分、老けて見える。

奈良橋は大股で亜紀のいるテーブル席に歩み寄った。

亜紀が立ち止まった奈良橋に険《けわ》しい顔を向けた。約束の時間に遅れたことを咎《とが》めたのだろう。奈良橋が両手を合わせて詫《わ》び、亜紀と向かい合った。

ウェイトレスがオーダーを取りにきた。

奈良橋が何か注文する。ウェイトレスが下がった。

客は多くなかった。店内が満席に近い状態なら、亜紀たちのいる席に近づいて会話を盗み聴きすることも可能だろう。しかし、客の数が少なすぎる。

変装用の黒縁眼鏡をかけても、亜紀に見破られてしまうだろう。レンタカーのグローブボックスには、〝コンクリート・マイク〟と呼ばれる小型盗聴器を入れてあった。

しかし、亜紀たちは外壁と外壁の間にいた。まさか素通しガラスに吸盤型マイクを押し当てるわけにはいかない。

深見はウインドーシールドを下げ、ピースに火を点けた。紫煙《しえん》をくゆらせていると、奈良橋のコーヒーが運ばれてきた。

ウェイトレスが遠ざかった。亜紀が奈良橋に短く何か言った。

奈良橋が前屈《まえかが》みになって、上着のポケットから厚みのある白い封筒を取り出した。下の部分にメガバンクのロゴマークが刷《す》り込んであった。中身は札束だろう。

奈良橋がテーブルの下で、封筒を亜紀に手渡した。どちらも無言だった。

亜紀が受け取った銀行の封筒を自分のバッグに収める。動きは速《はや》かった。

奈良橋がコーヒーをブラックのまま啜《すす》ってから、亜紀に声をかけた。何かを頼み込んでいるように見えた。

亜紀がすぐ首を横に振った。すると、奈良橋の顔つきが変わった。憤《いきどお》ったようだった。しかし、ほどなく元の表情に戻った。

亜紀が残忍な笑みを浮かべ、何か言い放った。

奈良橋がうろたえ、途方に暮れたような表情になった。

そのとき、別の席にいた三十七、八歳の男が亜紀たちのいるテーブルに近づいた。

奈良橋の同僚のようだ。彼は奈良橋のかたわらに腰かけ、亜紀ににこやかに話しかけた。

亜紀は作り笑いを浮かべたが、明らかに迷惑顔だった。奈良橋が隣の男を見ながら、亜紀に何か語りかけた。改めて紹介したのだろう。

亜紀がうなずき、斜め前の男に軽く頭を下げた。奈良橋の同僚と思われる男がウェイトレスを呼び、自分の飲み物を頼んだ。

亜紀が奈良橋に何か言って、ゆっくりと立ち上がった。奈良橋の同僚らしい男が亜紀を引き留《と》めたが、彼女はテーブルから離れた。男ががっかりした様子で奈良橋と向かい合う位置に移った。

亜紀が店から出てきた。彼女は十メートルほど歩くと、立ち止まってバッグからストラップの付いたスマートフォンを取り出した。

それから間もなく、深見の携帯電話が着信音を奏《かな》でた。発信者は亜紀だった。

「内藤亜紀です」

「ああ、どうも！　昼間はありがとう。おかげで、いい原稿が書けそうですよ」

「それはよかったわ。垂水さん、ちょっと軽く飲みませんか？　あなたのこと、少しでも早く知りたくなっちゃったの」

「こっちも、きみからの連絡を持ってたんだ。すぐにも会いたいな」

「なら、わたしの知ってる西麻布のダイニングバーで飲みましょうよ。お酒の種類が多いし、料理もおいしいの。ちょっと臨時収入が入ったから、わたしが奢《おご》ります」

「勘定はともかく、ぜひ一緒に飲みたいね。その店はどのへんにあるんだい？」

「西麻布交差点から広尾駅方面に少し歩くと、左側にルーマニア大使館がある通りがあるんだけど、わかります？」

「オリジナルの家具やインテリアを売ってる『コノ・シャンテ』のある通りだね？」

「ええ、そう。『コノ・シャンテ』の少し手前に、『ポワン』というダイニングバーがあるの。そこで八時半にどうかしら？」

「オーケー、必ず行くよ」

「わたし、早めに店に入って待ってます。愉《たの》しい夜にしましょうね」

「そうだね。それじゃ、後《あと》で！」

深見は電話を切った。

亜紀が駒沢通りに出て、タクシーの空車を停めた。深見は追わなかった。奈良橋を締め上げる気になったのだ。

しかし、同僚と思われる男は奈良橋にひっきりなしに喋りかけ、いっこうに席を立とうとしない。奈良橋はどこか上《うわ》の空《そら》だった。

やがて、午後八時になった。

奈良橋たち二人は、まだ話し込んでいる。時間切れだ。深見はレンタカーのイグニッションキーを捻《ひね》った。ファミリーレストランの駐車場を出て、西麻布に向かう。

『ポワン』は造作なく見つかった。店を素通りして、プリウスを有料立体駐車場に預ける。

洒落《しゃれ》た造りのダイニングバーに入ったのは、約束の時刻の数分前だった。

店内は仄暗《ほのぐら》かった。テーブル席にはキャンドルが置かれている。揺らめく赤い炎が妖《あや》しい。

亜紀はカウンターの端に坐っていた。

テーブル席は若いカップルであらかた埋まっていたが、カウンターの客は五人しかいなかった。そのうちの二組はカップルだ。

「強引な誘いだったのに、つき合ってくれて嬉しいわ。ありがとう」

「こっちこそ礼を言いたい気分だよ」

深見は亜紀と並んで腰かけた。

スツールの背凭《もた》れが高く、安定感がある。坐り心地は悪くない。

亜紀の前には、カクテルグラスと鯛《たい》のカルパッチョが置いてある。深見はジン・ロックと数種の創作料理を注文した。

「わたしもアレキサンダーのお代わりをお願いします」

亜紀が空いたカクテルグラスを宙に翳《かざ》した。酒と料理は待つほどなく運ばれてきた。

二人はグラスを触《ふ》れ合わせた。

深見はハイピッチで飲みながら、亜紀にもグラスを重ねさせた。人間は酔いが回ると、無防備になる。警戒心が緩《ゆる》み、口も軽くなるものだ。

「二月に辞めた戸倉クリニックで何があったんだい？　何か不快な思いをさせられたんじゃないの？」

深見は頃合を計《はか》って、探りを入れた。

「うん、ちょっとね。クリニックで盲腸の手術を受けた男性患者が急に高熱を出したんだけど、執刀医が気管支炎と診断して、わたしに『ミノマイシン』という抗生物質を点滴しろと指示したの」

「きみは指示通りにしたんだ？」

「そうなの。でも、患者さんの熱は下がらなかったのよ。わたしはドクターに教えられてなかったんだけど、その患者さんには肝障害があったの。そういう人には『ミノマイシン』を使用してはいけないのよ。副作用で肝機能が悪化することがわかってるからなの」

「そうなのか」

「なのに、担当医は同じ抗生物質をわたしに点滴投与させたの。その結果、患者さんが急性肝炎になって、別の医院に移っていったわけ」

「担当医の判断ミスなんだろうな」

「ええ、その通りね。その患者さんの母方の従弟《いとこ》が毎朝日報の記者をやってて、医療ミスのことを都内版で記事にしたの。そうしたら、担当ドクターは患者さんの熱が下がらなかったとき、わたしに点滴の中止をするよう指示したなんて弁解したのよ」

「そんな指示は受けてなかったんだね？」

「そうなの。わたしは責任をなすりつけられたんで、戸倉クリニックに居づらくなっちゃったわけ。その担当医とわたしは、二年近く親密な関係だったの。それなのに、わたしを悪者にするなんて、最低のドクターだわ」

亜紀が悔《くや》しげに言って、カクテルを呷《あお》った。

「ひどい奴だな。その外科医とは、もう別れたんだろう？」

「ええ。でも、ずっと彼を苦しめてやる。そいつはわたしとつき合いながら、ほかのナースにも手をつけてたの。それから去年、院長のひとり娘の内科医にも交際を申し込んだようなのよ。打算的な男だから、院長の娘を妻にして、クリニックをそっくり継《つ》ぐ気でいたんじゃないのかな。おそらく、そうだったんでしょうね。でもね、院長の娘に相手にされなかったの。いい気味だわ」

「計算ずくで生きてることを相手に見抜かれたんだろうな」

「そうにちがいないわ。院長の娘さんは美人で、頭もシャープなの。奈良橋の下心なんか簡単に見抜くわよ」

「奈良橋って名なんだ、きみがつき合ってた外科医は」

深見はポーカーフェイスで確かめた。

「ええ、そう。あいつの話はやめよう。お酒がまずくなるわ。垂水さんの話を聞かせて。頭が切れそうだから、いい大学を出てるんでしょ？」

「一応、西北大の法学部を卒業してるんだが、こっちは付属高校からエスカレーター式に入学したんだ。たいして学校の成績はよくなかったんだよ」

「それでも名門大学を出てるんだから、たいしたものだわ。出版社に就職してから、フリーライターになったの？」

「うん、まあ。しかし、物書きで喰《く》っていくのは大変なんだ。原稿料は安いし、単行本を出せるようになっても、初刷《しょず》りは五千部前後なんだよ。本がベストセラーにでもならないと、とても印税収入では暮らせないね」

「経済的にピンチになったら、わたしがスポンサーになってあげる」

「しかし、きみは求職中じゃないか」

「そうなんだけど、わたし、打ち出の小槌《こづち》を手に入れたの。その気になれば、一生働かなくても生活できるかもしれないわ。人間の形をした貯金箱を持ってるのよ」

「臨時収入があったと言ってたが、誰かから金を……」

「そんなこと、どうでもいいじゃないの。それより、わたし、少し酔ったみたい。カクテルをいつもより多く飲んじゃったからかな。どこか横になれる所に連れてって」

亜紀が縺《もつ》れた舌で言い、しなだれかかってきた。香水の甘い香りが欲情を息吹《いぶ》かせる。据《す》え膳《ぜん》を喰わないほど野暮ではない。

深見は亜紀の体を支《ささ》えながら、スツールから滑り降りた。勘定を払い、ダイニングバーを出た。西麻布交差点のそばにシティホテル風の造りのラブホテルがある。

深見は亜紀を高級ラブホテルに連れ込んだ。

五階の一室に入ると、亜紀が勢いよく抱きついてきた。

「酔ったなんて嘘よ。早く垂水さんに抱いてほしかったの」

「腰が抜けるほど愛し合おう」

深見は亜紀を抱きしめ、形のいい顎《あご》を上向かせた。軽く唇をついばんでから、舌を絡《から》め合う。

舌を強く吸いつけると、亜紀が喉《のど》の奥でなまめかしく呻《うめ》いた。彼女は切なげに喘《あえ》ぎ、乳房を密着させてきた。

ディープキスを交わしながら、深見は亜紀の体の線をなぞりはじめた。肉感的な肢体だった。張りもある。

亜紀の息遣《づか》いが乱れた。切れ切れに呻きながら、腹部で深見の股間《こかん》を刺激してくる。男の体を昂《たか》まらせるテクニックを心得ているようだ。

深見は亜紀の官能を煽《あお》るだけ煽ると、急に抱擁《ほうよう》を解《と》いた。

焦《じ》らしの基本テクニックだ。意図的《いとてき》にタイミングを外すと、多くの女たちは逆に燃え上がる。

「先にシャワーを浴びてきなよ。ちょっと一服したいんだ」

「そう。それじゃ、先に……」

亜紀はバッグをソファに置くと、軽やかな足取りで浴室に向かった。

深見はシャワーの音が響きはじめたのを確認してから、亜紀のバッグを覗《のぞ》いた。メガバンクの白い封筒には、帯封の掛かった万札の束が入っていた。百万円だろう。

どうやら奈良橋が打ち出の小槌らしい。亜紀は医療ミスの責任をなすりつけられたことに腹を立て、親密な関係にあった外科医を強請《ゆす》りはじめたのだろう。これまでに、いくら脅し取ってきたのか。

奈良橋は何か考えごとをしていて、担当ナースに『ミノマイシン』の点滴を中止させなかったのか。そうではなく、故意に何も指示しなかったのだろうか。まだ判断はできない。

急いで結論を出す必要もない。

いまは情事に溺《おぼ》れるべきだろう。それが礼儀だ。

深見は手早くトランクス一枚になり、浴室に向かった。シャワーを浴びながら、ひとしきり前戯に耽《ふけ》ってから、亜紀をベッドに運ぶつもりだった。

第二章　乗っ取り屋の影

1

巧《たく》みな舌技だった。

少しも無駄《ロス》がない。的確に感じやすい部分だけを刺激してくる。蕩《とろ》けそうだ。

深見はベッドの上に仰向《あおむ》けに横たわっていた。

室内には小さな照明が灯《とも》っているだけだった。ほどよい明るさだ。

亜紀は、深見の股の間にうずくまっていた。裸身は眩《まばゆ》いほど白い。後方に突き出した尻《しり》は水蜜桃《すいみつとう》を連想させる。胴のくびれが深い。

亜紀の舌は目まぐるしく動いている。小魚になり、虫になった。

深見は舐《な》められ、削《そ》がれ、くすぐられた。いつしか分身は雄々《おお》しく猛《たけ》っていた。

亜紀はペニスを含《ふく》みながら、袋の部分を優しく揉《も》む。

睾丸《こうがん》が強く擦《こす》れ合うと、一気に快感は萎《しぼ》んでしまう。だが、亜紀の揉み方はあくまでもソフトだった。男の体を識《し》り抜いているようだ。

深見はたっぷりと口唇愛撫《こうしんあいぶ》を受けてから、ゆっくりと半身を起こした。亜紀を横たわらせ、両膝《りょうひざ》をMの形に立たせる。

深見は亜紀の脚《あし》の間に身を入れ、秘めやかな場所に息を吹きかけた。

淡い和毛《にこげ》がそよいだ。敏感な突起の包皮を剝《む》き、断続的に熱い息を吹きつける。

すると、亜紀は体をくねらせた。恥丘を迫《せ》り上げるような動きも見せた。いかにも切なげだ。

「そんなことされたのは初めてよ。垂水さんは、かなりのテクニシャンなのね」

「たいしたテクニックはないが、女は嫌いじゃないよ」

深見は言って、舌を伸ばした。ほどよく肉の付いた内腿《うちもも》に舌を這《は》わせる。

亜紀がもどかしがるまで、シークレットゾーンには舌を滑らせない。焦《じ》らしの基本テクニックだ。

「意地悪しないで」

ベッドパートナーが恥じらいを含んだ声で言い、ヒップをもぞもぞとさせた。

深見は、半《なか》ば綻《ほころ》びかけている珊瑚色《さんごいろ》の合わせ目を舌の先で捌《さば》いた。フリルに似た二枚の肉片の奥の襞《ひだ》は潤《うる》んでいた。

蜜液を舌で掬《すく》って、狭間《はざま》全体に塗《ぬ》り拡《ひろ》げる。深見は舌を閃《ひらめ》かせながらも、両手は遊ばせていなかった。左手で柔らかな飾り毛を撫《な》で、五指で梳《す》き起こす。深見は右手では腰、尻、太腿を慈《いつく》しんだ。

「ね、あまりいじめないで」

亜紀が待ち切れなくなったらしく、ぷっくりとした恥丘を迫《せ》り上げた。ようやく深見は小陰唇に触れ、最も感じやすい芽を抓《つま》んだ。

莢《さや》から弾《はじ》けた愛らしい実は、こりこりに痼《しこ》っていた。指の腹を押し当てる。真珠のような手触《てざわ》りだった。ころころとよく動く。

深見はひとしきり陰核《クリトリス》を指で弄《もてあそ》んでから、亜紀の体内に右手の中指を沈めた。愛液があふれた。内奥《ないおう》はぬめっていたが、緩《ゆる》くはない。襞《ひだ》の群れが指にまとわりついてくる。

深見は指を二本にして、天井のざらついた箇所をこそぐった。Gスポットだ。

亜紀が反《そ》り身になった。顎が浮き、二つの乳首が誇らしげに屹立《きつりつ》している。

深見は右手を使いながら、舌を乱舞させはじめた。鋭敏な突起を舌で打ち震わせつづけると、不意に亜紀が極《きわ》みに達した。

ほとんど同時に、深見は頭を両腿できつく挟みつけられた。亜紀は体を小刻みに震わせながら、甘やかに唸《うな》った。悦《よろこ》びの声は長く尾を曳《ひ》きながら、断続的に発せられた。

深見は愛撫を中断させなかった。

舌と指で、さらに亜紀の官能をそそった。彼女は啜《すす》り泣くような声を洩らしながら、たてつづけに三度も高波に呑《の》まれた。

しどけない痴態《ちたい》は男の欲情を奮《ふる》い立たせた。少し力を失いかけていた男根《だんこん》が、ふたたび反り返った。深見は上体を起こし、亜紀の尖《とが》った乳首を交互に口に含んだ。吸いつけ、転がす。

「ね、キスして」

亜紀がせがんだ。

深見は伸び上がって、顔を重ねた。亜紀が狂おしく深見の唇と舌を貪《むさぼ》った。噛《か》みつくようなキスだった。

深見は熱いくちづけを交わすと、改めて亜紀の項《うなじ》や喉元に唇を当てた。耳朶《みみたぶ》も甘咬《あまが》みし、しゃぶった。耳の奥にも舌を潜《もぐ》らせる。

胸の隆起をまさぐり、ウエストのくびれもなぞった。深見は亜紀を俯《うつぶ》せにさせ、肩《けん》胛骨《こうこつ》の周《まわ》りや背筋に舌を滑らせた。形のいいヒップ、太腿の裏、脹《ふく》ら脛《はぎ》、踝《くるぶし》にも唇をさまよわせる。

深見はさんざん亜紀を焦らしてから、正常位で体を繋いだ。すぐに彼は拾いものをしたような気持ちになった。

亜紀の構造はAランクだった。息を吸うだけで内奥がぐっと締まる。彼女が肛門をすぼめるたびに、深見は強く搾《しぼ》り込まれた。思わず声が出てしまう。

「名器だね」

「そうなの？　自分ではよくわからないのよ。でも、あなたとは体の相性《あいしょう》がいいみたい。合体前に三回もエクスタシーに達したことなんかなかったもの」

「そう」

深見は律動《りつどう》を加えはじめた。

すぐに亜紀が動きに呼応《こおう》した。みごとな迎え腰だった。リズムはぴったりだ。

深見は六、七度浅く突き、一気に深く沈んだ。結合が深まると、亜紀は淫《みだ》らに呻いた。

強弱をつけながら、抽送《ちゅうそう》を繰り返す。むろん、腰に捻《ひね》りも加えた。

「そのままゴールまで突っ走って。いまは安全な時期だから」

亜紀が上擦《うわず》った声で言い、火照《ほて》った腿で深見の胴を挟んだ。

深見はダイナミックに腰を躍《おど》らせ、何度か体位《ラーゲ》を変えた。女性騎乗位《きじょうい》をとらせると、亜紀は積極的に腰を弾ませた。

乳房は絶え間なく揺れた。汗ばんだ首筋にへばりついた髪の毛が妙にエロティックだった。深見は煽《あお》られた。

亜紀は後背位《こうはいい》が嫌いではないらしい。フラットシーツに這わせると、嬉々《きき》として深見を迎え入れた。

深見は両膝立ちで貫《つらぬ》き、右手を亜紀の胸に回した。左手の指でクリトリスをいじり、突きまくる。

五分も経過しないうちに、亜紀は沸点《ふってん》に達した。

動物じみた唸り声を放ちながら、脇腹と内腿《うちもも》を痙攣《けいれん》させた。深見は痛いほど締めつけられた。快感のビートが伝わってくる。

亜紀が力尽きたようにシーツに腹這いになった。

深見は小休止してから、ふたたび亜紀の上にのしかかった。

セックスは正常位ではじまり、正常位で終わる。昔から粋人《すいじん》たちに言い継《つ》がれてきたことだが、理論的な裏付けがあった。正常位が最も肉の芽を刺激しやすいからだ。

女遊びを重ねてきた深見は、実践でそのことを学んでいた。仕上げは、いつも正常位だった。

深見は自分のリズムパターンで、またもやベッドパートナーの体に火を点けた。二人は本能に忠実に従って、忘我の境地に入った。

やがて、亜紀が昂《たか》まった。深見はがむしゃらに突いた。背筋に甘い痺《しび》れが生まれた。

亜紀が頂《いただき》に達した。眉根《まゆね》は寄せられ、瞼《まぶた》の陰影が濃い。苦痛にも似た表情は煽情的《せんじょうてき》だった。そそられた。

深見は全力で疾駆《しっく》した。背筋を快感が走り抜け、脳天が白く光った。爆《は》ぜる。

射精感は鋭かった。亜紀の体は深見をくわえ込んだまま離れない。リズミカルな脈動は熄《や》まなかった。

二人は胸を合わせて、余韻《よいん》に身を委《ゆだ》ねた。

「最高だったわ。女に生まれたことを感謝したい気持ちよ。だって、わたし、はしたないぐらいに何度も……」

「感度がいいんだよ、きみは」

「ううん、垂水さんが上手なのよ。何百人もの女性とこういうことをしてきたんでしょうね。ちょっとジェラシーを感じちゃうな」

「こっちも、きみを開発した男に嫉妬《しっと》したくなるよ。別れた外科医、相当なテクニシャンだったようだな」

「ううん、ドクターはあまり上手じゃなかったわ。その前につき合ってた製薬会社のプロパーが結構、テクニシャンだったの。妻子持ちで、女を悦《よろこ》ばせることには長《た》けてたのよ」

「そうか」

「やだ、わたし、何を言ってるのかしら？　こんな話はやめましょうよ。いろんな面で、垂水さんがナンバーワンだわ。あなたのためなら、わたし、悪女になってもいいな」

「それじゃ、フリーライターなんかやめて、きみのヒモになるか」

「ええ、いいわよ」

「冗談だって」

「マジな話で、わたしが垂水さんを養ってあげる。なにしろ金蔓《かねづる》を摑んだんだから、生活費には困らないのよ」

「きみに責任を押しつけた外科医から金をせびってるんだ？」

「実は、そうなの。きょうも、あなたに会う前に奈良橋ってドクターに百万円都合っけてもらったの。三月から五回ほど百万円ずつ用意してもらったんで、トータルで五百万円いただいたことになるわね。奈良橋の貯《たくわ》えがなくなるまで無心するつもりよ」

「女は怖いな」

深見は苦笑し、体を離した。

「わたしは二年近くも奈良橋に遊ばれたんだから、それぐらいは当然でしょ？　彼の父親も国立病院の勤務医なの。開業医より収入は少ないはずだけど、サラリーマンなんかよりははるかに稼いでると思うわ。だから、二千万ぐらいは毟《むし》れるんじゃないかな」

「悪女だね」

「垂水さん、わたしと組んで奈良橋からお金をもっと引き出さない？　バックに男性がいると知ったら、あいつ、ビビって要求を呑むと思うの」

「考えてみるよ」

「ええ、そうして」

「奈良橋という外科医が誰かに手術ミスを強要されたとは考えられないかい？　そうなら、その人物からも強請《ゆす》れるじゃないか」

「そうね。垂水さん、頭いいね」

「悪知恵が発達してるだけだよ」

「うふふ。わたし、それとなく奈良橋に探《さぐ》りを入れてみるわ。誰かが彼にわざと医療事故を起こさせたんだとしたら、〝打ち出の小槌〟は二つになるわけよね？」

「そうだな」

「人間貯金箱が二つもあるんだったら、あくせくと働かなくてもいいんじゃない？他人《ひと》のお金でのんびり暮らせるんだから、楽でいいじゃないの。垂水さん、そう思わない？」

「思う、思う。物書きとして大成《たいせい》しそうもないから、この際《さい》、悪党《ワル》になっちまうか」

「そうしなさいよ。いまの世の中、要領のいい奴だけが得してる感じよね。正直者がばかを見る社会なんておかしいわ。真面目に生きてたら、損するだけよ。ね、そうでしょ？」

亜紀が相槌《あいづち》を求めてきた。

「確かにそうだな。しかし、下手すると、逮捕《パク》られることになる。そうなったら、人生終わっちゃう」

「うまく立ち回って、捕まえられないようにすればいいのよ。故意か過失なのかはわからないけど、奈良橋が医療ミスをしたことは間違いないんだから、あっちには弱みがある。いくら脅し取られたって、警察に駆け込んだりしないはずよ」

「きみは、もう肚《はら》を括《くく》ってるんだな」

「ええ、そうね。時代が変わったのよ。男は度胸じゃなくて、いまは女が度胸だわ」

「男は愛嬌《あいきょう》か。それも、なんだか情《なさ》けない気がするな。しかし、そういう生き方もあるね。よし、きみと悪党同盟を結ぶことにしよう」

深見は調子を合わせた。亜紀を油断させることによって、さらに何か手がかりを得られるかもしれないと判断したのだ。

「あなたが味方になってくれるんだったら、とても心強いわ。奈良橋を無一文にしてやりましょうよ。それから彼に医療事故をやらせた人物がいたら、そいつも丸裸にしちゃおう？」

「そうするか」

「そうと話が決まったら、わたしたち、もっと結びつきを深めたほうがいいんじゃない？」

「どういう意味なんだい？」

「すぐにわかるわよ。垂水さん、仰向けになって」

「いったい何をする気なんだ？」

「早く早く！」

亜紀が急《せ》かした。深見は、亜紀の横に寝そべった。

「お口で、あなたの体を清めてあげる」

亜紀が歌うように言い、むっくりと起き上がった。深見の脚の間に坐り込み、萎《な》えた陰茎の根元を左手で握り込んだ。すぐに亀頭に舌の先を伸ばした。

ソフトクリームを少しずつ舐め取るように舌を動かし、張り出した部分を入念になぞった。そうされているうちに、深見の下腹部は熱を孕《はら》んだ。じきに分身が力を漲《みなぎ》らせた。

「あら、エレクトしちゃった」

亜紀がくぐもった声で言うなり、喉の奥まで深見をくわえた。

粘っこいディープスロートが延々とつづいた。意思とはかかわりなく、深見の体は反応してしまった。

「わたし、また欲しくなっちゃった。垂水さんは、じっとしてていいから……」

亜紀が顔を上げ、せっかちに深見の上に跨《また》がった。合わせ目を押し拡《ひろ》げ、深見の性器を自分の体内に導《みちび》いた。

「何もサービスしてくれなくてもいいのよ」

亜紀が自分の胸を愛撫しながら、上下に動きはじめた。むろん、腰も回転させた。交わったままで器用に体を反転させ、後ろ向きに体を弾ませはじめた。

それが長い情事の序曲だった。

深見は上半身を起こし、亜紀のほっそりとした肩を包み込んだ。結合した状態で、二人は幾度も体位を変えた。アクロバティックな交わり方もした。

ほぼ同時に果てたのは小一時間後だった。二人は疲れ果て、眠りに落ちた。

深見は午前三時過ぎに目を覚ました。

亜紀は軽い寝息をたてていた。深見はそっとベッドを離れ、ざっとシャワーを浴びた。

手早く衣服をまとい、サイドテーブルの上に十枚の万札を置いた。ちょうどそのとき、亜紀が目覚めた。

「朝まで一緒にいてくれないの？」

「『新女性ライフ』のルポ原稿を書いてから、ライター稼業とおさらばしようと思ってるんだ。午前十時にインタビューの約束をしてあるんだよ」

「そうなの」

「テーブルの金は、きみの車代だよ」

「お金なんか受け取れないわ。昨夜《ゆうべ》のことが汚れちゃうような気がするから、絶対にお金なんか貰えない。それに、お金には困ってないし……」

「それはわかってるよ」

「あなたとは知り合ったばかりだけど、ワンナイトラブで終わらせたくないの。お願いだから、お金をしまって」

「わかったよ。タクシーで、きみを自宅まで送ろう」

深見は十枚の一万円札を二つに折って、上着のポケットに突っ込んだ。

亜紀がベッドの上でランジェリーを手早くまとった。

「シャワーを浴びなくてもいいのかい？」

「あなたの匂いをまだ消したくないのよ。でも、少し待ってて。服を着たら、ルージュぐらいは引きたいから」

「慌《あわ》てなくてもいいんだ」

深見はソファに腰かけ、煙草に火を点けた。

亜紀が手早く身繕《みづくろ》いをし、洗面室に足を向けた。六、七分で戻ってきた。薄化粧をしていた。

二人はホテルを出た。深見は、ダイニングバーの近くの有料立体駐車場にレンタカーを預けてあることを亜紀には明かさなかった。プリウスのナンバーから正体を突きとめられる恐れがあったからだ。

西麻布交差点のそばでタクシーを拾った。

二人は乗り込んだ。タクシーが走りだすと、亜紀が深見の肩に頭を凭《もた》せかけてきた。深見はほほえみ返し、亜紀の手を握った。

「若い人たちはいいね」

六十年配の個人タクシーのドライバーが、どちらにともなく言った。深見は口を開いた。

「何がです？」

「世の中はまだ不景気だけどさ、恋愛が憂晴《うさば》らしになるでしょ？　六十四のわたしなんか、生きてててもなんの楽しみもありませんや。女房にはうっとうしがられるし、独立した息子も正月以外は実家に寄りつかなくなっちゃってね」

「正月に実家に顔を出すってことは、孫がお年玉を祖父母に貰えるからだろうな」

「そうなんですよ。そんなときは、息子夫婦も孫以上ににこにこしちゃってね。おかしな世の中になりましたよ」

「おじさん、うるさい！　わたし、いま余韻に浸《ひた》ってるんだから、話しかけないで」

亜紀が文句をつけた。

タクシー運転手が首を竦《すく》めて、口を閉《と》じた。深見は微苦笑《びくしょう》した。

車内は静寂に支配された。タクシーは二十五、六分で『コーポ西小山』に着いた。

「ありがとう。垂水さんはこの車で自宅に帰って」

「部屋の前まで行くよ」

深見は料金を払って、亜紀と一緒にタクシーを降りた。

タクシーが走り去った。深見たちはアパートの敷地に入り、一〇五号室に向かった。

「寄っていってもらいたいけど、あなたを困らせちゃいけないわね」

亜紀がバッグから部屋の鍵《キー》を取り出したとき、暗がりで何かが動いた。人影だった。

「きみは部屋の中に入ってろ」

「誰かが潜《ひそ》んでたの？」

「早く部屋の中に入るんだ」

深見は亜紀を急《せ》かし、幾分、身構えた。亜紀があたふたと一〇五号室に入る。

「いまの女が内藤亜紀って看護師だな？」

暗がりから、二十六、七歳の男がぬっと現われた。右手にゴルフクラブを握ってい
る。アイアンだった。

「誰なんだ、おまえは？」

「名乗るわけにはいかない。ある人に頼まれて、内藤亜紀を痛めつけにきたんだよ。あんた、彼氏なんだろうが、邪魔《じゃま》するると、ついでに半殺しにしちゃうぜ」

相手がアイアンクラブを振り被った。

隙《すき》だらけだった。深見は男の右の向こう臑《ずね》を蹴り、すかさず組みついた。ゴルフクラブを叩き落とし、体落《たいお》としで倒す。倒れた男がアイアンクラブに手を伸ばした。

深見は相手の右腕の甲を片足で踏み押さえ、もう片方の足を飛ばした。

連続蹴りは男の顔面と胸に決まった。男がむせながら、折れた前歯を吐き出した。一本ではなく、二本だった。

相手が口許《くちもと》を押さえて、長く唸《うな》った。

深見はアイアンクラブを摑み上げ、ヘッドを男の頭頂部に当てた。

「頭をかち割られたくなかったら、雇い主の名を吐くんだなっ」

「『駒沢メディカルセンター』の奈良橋先生に頼まれたんだよ。内藤亜紀は先生の弱みにつけ込んで、五百万円も巻き揚げたらしいんだ。だから、先生はおれに一〇五号室の女を痛めつけてくれないかって……」

「おまえの仕事は？」

「『駒沢メディカルセンター』の指定葬儀会社で働いてるんだ」

「ついでに名前も聞いておこう」

「郡司《ぐんじ》、郡司岳之《たけゆき》だよ。内藤亜紀を痛めつけたら、三十万貰えることになってたのに、ツイてねえや」

「失《う》せろ」

「わかったよ」

郡司と名乗った男が肘《ひじ》を使って、半身を起こした。

深見はアイアインクラブを暗がりの中に投げ放った。郡司が立ち上がって、とぼとぼと歩み去った。

一〇五号のドアが細く開けられ、亜紀が恐る恐る顔を突き出した。深見は、暴漢の雇い主が奈良橋であることを教えた。

「奈良橋は反撃に出る気になったのね、あたしが女だと思って。朝になったら、あいつに電話して、バックに男性がいることを言ってやるわ」

「少し時間を置いたら、おれが脅しの電話をかけてやる。きみはドアの内錠を掛けて、早く寝《やす》んだほうがいいな」

「さっきの男が引き返してくるんじゃないかしら？　わたし、怖いわ」

「門の前でしばらく見張っててやるから、安心して寝なよ」

「ええ、そうさせてもらうわ」

亜紀がドアを閉めた。深見は一〇五号室から離れ、『コーポ西小山』の門の前に立った。

十五分ほど見張ってみたが、さきほどの襲撃者が舞い戻ってくる気配はうかがえなかった。深見は表通りまで足早に歩き、通りかかったタクシーの空車に手を挙げた。

2

食欲がない。

深見は、食べかけのビーフサンドイッチを皿に戻した。

スクランブルエッグやフルーツサラダにはまったく手をつけていなかった。ルームサービスで部屋に運んでもらった軽食だった。

恵比寿の常宿だ。午前十一時過ぎである。

深見は欠伸《あくび》をして、ブラックコーヒーを飲んだ。

瞼《まぶた》が重い。亜紀の自宅ワンルームマンションから西麻布の有料立体駐車場に寄って、このホテルに戻ったのは明け方だった。

深見は、すぐベッドに潜《もぐ》り込んだ。正午前後まで眠るつもりだった。だが、午前十時前に館内の火災警報ブザーが鳴った。誤作動《ごさどう》だった。

その騒ぎで、深見は眠気を殺《そ》がれてしまった。やむなく彼はルームサービスで朝食をオーダーしたのだ。

洋盆《トレイ》をワゴンの上に置き、ソファにゆったりと坐る。煙草を喫《す》う気になったとき、卓上の携帯電話が鳴った。

「垂水さん、おはよう！　まだ寝てたのかしら？」

電話をかけてきたのは、亜紀だった。

深見の反応が一拍遅れてしまった。相手によって、さまざまな偽名を使っている。一瞬、深見は亜紀にどのような姓を騙《かた》ったのか、とっさに思い出せなかった。

「ちょっと寝呆《ねほ》けちゃってるのかな？」

「もう大丈夫だ。頭がすっきりしてきたよ。あれから、不審者が一〇五号室に近づくことはなかっただろう？」

「ええ、怖い思いはしなかったわ。昨夜《ゆうべ》はお疲れさまでした。ううん、日付が変わるまでベッドにいたのよね」

かしらね」
「わたし、体が火照《ほて》っちゃって、しばらく寝つけなかったわ。わたしって、淫乱《いんらん》なの
「そうだったな」
「健康な男女は誰もスケベなものだよ」
「そうよね。体の具合が悪いときは、セックスをする気になれない。そんなことより
ね、少し前に奈良橋の携帯に電話したの。郡司とかいう奴にわたしを痛めつけてくれ
と頼んだことが赦《ゆる》せなかったのよ」
「それで、奈良橋はどう言ってた？」
深見は問いかけた。
「郡司なんて男は知らないの一点張りだったわ。あいつ、ばっくれてるのよ」
「だと思うが、奈良橋に医療ミスを強《し》いた人間がいたとしたら、そいつが郡司岳之っ
て男を雇った可能性もあるな」
「わたしは、奈良橋が空とぼけてシラを切ったんだと思うわ」
「そうなんだろうか」
「わたしね、きょうの午後にでも奈良橋に呼び出しをかけようと思ってるの。そのと
き、あなたにも一緒に行ってもらいたいのよ。女のわたしひとりじゃ、うまく言いく

るめられちゃうかもしれないんで。奈良橋を少しとっちめてやりましょうよ。二千万ぐらい出させてもいいんじゃない？」

「そう焦《あせ》るなって。口止め料の類《たぐい》は、いつでも脅し取れるさ。その前に奈良橋が故意に医療ミスをしたのかどうか、確かめないとな。それから、彼が誰かにわざと医療事故を引き起こせと強要されたのかどうかも調べ上げないと」

「そうしないと、打ち出の小槌は二つにならないものね？」

「そうだよ。まだ例のことを取材中なんだ。とりあえず、こっちがそのあたりのことを嗅《か》ぎ回ってみるよ」

「わかったわ。いろいろ大変だろうけど、よろしくね。分け前はたっぷり上げるつもりだから、垂水さん、頑張って！」

亜紀が電話を切った。深見は携帯電話を折り畳み、ピースをくわえた。

煙草を喫《す》い終えて間もなく、今度は依頼人の戸倉菜摘から電話がかかってきた。美しい女医の声を耳にしたとき、なぜか深見は亜紀を抱いたことを少し後ろめたく感じた。

亜紀と奈良橋のミスによって、戸倉クリニックの患者は激減してしまった。経営不振を招いた看護師と寝たことは一種の裏切り行為だと感じたせいか。あるいは、美人で聡明《そうめい》な菜摘に惹《ひ》かれはじめているのだろうか。

「さきほど『スリーアロー・コーポレーション』の蛇川社長から父に電話があって、戸倉クリニックの経営権を譲ってほしいと申し入れがあったんです」

「戸倉クリニックの理事長にしてくれって言ってきたわけだね?」

「ええ、そうです。五千万円で経営権を譲ってくれれば、約三億円の負債は肩代わりしてもいいと言ったらしいんです」

「その代わり医院の建物や土地も引き渡せってことなんだな?」

「いいえ、そうじゃないんです。不動産に関しては、評価額で引き取ってもいいと言ったようです」

「評価額だと、実勢価格の三分の一とか四分の一になるな。安く買い叩くつもりなんだろう。院長宅の敷地を含めて戸倉クリニックの土地は、どのくらいあるんだい?」

「約四百三十坪です。代々木駅に近いんで、土地だけで十億円以上の価値はあると思います。ただ、銀行に第一抵当権を設定されてるんで、残債をきれいにしないと、売却はできませんけど」

「そうだね」

「父は、蛇川社長にきっぱりと断ったそうです。戸倉クリニックの経営権を誰かに譲渡する気はないんですよ。父は、わたしを二代目院長にしたいと願ってるんです。わたし自身もできれば、父が築いた医院を引き継《つ》ぎたいと考えています。でも、いまの経営状態が長くつづいたら、早晩《そうばん》、立ち行かなくなるでしょうね」

「ほかに換金できる不動産は？」

「ありません。個人医院でも、かなりの設備投資をしなければならないんですよ。父は祖父母の遺産をそっくり注《つ》ぎ込んで、自分も莫大《ばくだい》な借金をして戸倉クリニックを開業したんです。利殖用の不動産や株なんか買う余裕はありませんでした」

「そうだろうな。で、蛇川はあっさりと交渉を打ち切ったんだろうか」

「意外なほど諦《あきら》めはよかったそうです。でも、蛇川社長の会社は過去に乗っ取った医院にも最初は紳士的に接してたらしいんですよ。けど、柄《がら》の悪い連中を次々と患者として送り込んで、ドクターやナースに難癖をつけるような厭《いや》がらせをさせて……」

「昔、地上げ屋がよく使ってた手だな」

「戸倉《う》クリニック《ち》も正体不明の男たちに医院前で医療ミスを報じた毎朝日報の記事のコピーを患者さんたちに配られたことがあるんで、わたし、とても心配です。あっ、もしかすると、コピーをばら撒《ま》かせたのは『スリーアロー・コーポレーション』の社長だったのかもしれませんね」

「その疑いはありそうだな。蚯川が戸倉クリニックの経営権を手に入れたくて、今後は露骨《ろこつ》な営業妨害をするかもしれない。そんなことがあったら、すぐこっちに教えてもらいたいんだ」

「抗議しても暴力団関係者なら、理屈なんか通じないんじゃありません？　野上さんが個人的に談判に出向くのは危険ですよ。」

「警視庁組織犯罪対策部に親しくしてる刑事がいるんだ。柏木《かしわぎ》という二つ年下の男なんですが、気骨のある奴なんですよ。そいつに協力してもらうつもりです」

「警察の方なら、相手も無視はできないでしょうね。何かあったときは、その刑事さんに力になってもらいたいわ」

菜摘が言った。

「もちろん、そうするつもりでいます。何か厭がらせをされたり、凄《すご》まれたりしても毅然《きぜん》としててくださいね。裏社会の連中は少しでも弱腰になると、図に乗るんで」

「ええ、負けません。父もなんとか逆境を乗り切る気でいますんで、励まし合っていこうと思ってます」

「そうしてもらいたいな。『スリーアロー・コーポレーション』の社長のことを少し調べてみます。蚯川がドクターの奈良橋の弱みを押さえて、わざと医療ミスをさせたとも考えられなくはないからね」

「そうなんでしょうか」

「まだ何とも言えないな。とにかく、調査を進めてみますよ」

深見は通話を切り上げた。

一服してから、本庁の柏木護《まもる》警部補の私物の携帯電話を鳴らす。深見は新宿署刑事課にいたころ、高級娼婦殺害事件で本庁の柏木に捜査の協力をしてもらったことがあった。柏木は、たまたま大学の後輩だった。そんなこともあって、年に数回、酒を酌《く》み交《か》わしている。

「お久しぶりです。深見先輩、お変わりありませんか?」

「ああ、相変わらずだよ。忙しいとこを悪いんだが、ちょっとA号照会してもらいたい奴がいるんだ」

「誰の犯歴照会をすればいいんです?」

柏木が訊いた。深見は、蛇川勇のことを伝えた。

「コールバックします」

柏木がいったん電話を切った。連絡があったのは、およそ五分後だった。

「蛇川勇には前科歴はありませんでした。一度も検挙もされてませんね」

「そうか」

「しかし、病院乗っ取り屋なら、闇社会の奴らと繋がりはあると思いますよ」

「だろうな。しかし、前科《ホシ》はしょってない。チンピラじゃないな。多少は頭のいい一匹狼の経済やくざなんだろう」

「ええ、おそらくね。少し蛇川に関する情報を集めてみますよ」

「職務の合間に動いてくれればいいんだ。柏木、無理はしないでくれ。こっちは、しがない調査員なんだ。謝礼をたくさん弾むことはできないからな」

「先輩は、金には不自由してないんでしょ？」

「えっ⁉」

「三、四カ月前に会ったとき、高級な鮨《すし》屋《や》とクラブに連れてってくれましたからね」

「おまえが大学の後輩なんで、ちょっと見栄を張ったんだよ。あれから半月は、カップ麺《めん》ばかり喰《く》ってたんだ」

「そうだったんですか。悪いことをしちゃったな。次は自分が奢《おご》りますよ。といっても、安い居酒屋にしかご案内できませんけどね」

「後輩に奢られるようになったら、男もおしまいだよ。次も勘定は、おれが持つ。おれに恥をかかせたら、おまえを半殺しにするぞ」

「深見さんらしい台詞《せりふ》だな。蛇川勇のことで何かわかったら、電話します」

「ああ、頼むよ」

深見は携帯電話の終了キーを押し、洗面所に足を向けた。髭《ひげ》を剃《そ》り、ローションをはたき込む。

クローゼットの扉を開けて、シャツとスーツを選んだ。どちらもブルックス・ブラザーズの製品だった。アメリカの有名ブランドだが、それほど値は高くない。

深見は上着の内ポケットに無造作に札束を突っ込み、部屋を出た。

アウトローになってからは一度もカードを使っていない。ちょっとした気の緩《ゆる》みで、犯罪は露見するものだ。

深見はエレベーターで地下駐車場に下《くだ》った。

レンタカーのプリウスに乗り込み、奈良橋の勤務先に向かう。『駒沢メディカルセンター』に着いたのは、およそ三十分後だった。

奈良橋は当直明けで、午前中に自宅マンションに戻ったという。依頼人が提供してくれた調査資料で、外科医の自宅が世田谷区代沢《だいざわ》二丁目にあることはわかっていた。

深見はレンタカーに戻った。駒沢公園の脇を通り抜け、玉川通りを渋谷方面に走る。三宿《みしゅく》交差点を左折して、しばらく住宅街を進んだ。

やがて、代沢二丁目に達した。奈良橋が住んでいる『代沢レジデンス』は、住宅街の外れにあった。外壁は薄茶の磁器タイル張りで、六階建てだった。

表玄関はオートロック・システムにはなっていなかった。常駐の管理人もいない。好都合だ。

深見はプリウスを『代沢レジデンス』の近くの路上に駐《と》め、エントランスロビーに入った。奈良橋の部屋は六〇三号室だ。

深見はエレベーターに乗り込み、最上階まで上がった。エレベーターホールには防犯カメラが設置されていたが、居住者《きょじゅうしゃ》のような顔をして歩廊《ほろう》を進む。犯罪行為に及ぶときは堂々としていないと、必ず怪しまれてしまう。おどおどしていたら、どうしても挙動不審者と思われる。

深見は六〇三号室の前に立った。

表札を確かめてから、奈良橋の部屋のインターフォンを鳴らす。深見はドアスコープには映らない場所に移った。

ややあって、男の声で応答があった。

「どなたでしょう?」

「ヤマネコ便です。お届け物ですよ」

深見はドアの横の壁にへばりついた。

六〇三号室のドアが開けられた。深見は入室して、後ろ手に内錠を掛けた。

「あんた、誰なんだ？　何者なんだよっ」

奈良橋が後ずさった。灰色のスウェットの上下を着込んでいた。

深見は無言で奈良橋に当て身をくれた。拳《こぶし》が深く鳩尾《みぞおち》に沈んだ。

奈良橋が前屈《まえかが》みになった。深見は右腕を奈良橋の首に回して、そのまま土足でリビングまで引きずり込んだ。足を払う。奈良橋は、フローリングに尻餅《しりもち》をついた。

深見は片膝をついて、奈良橋の顎の関節を外した。

奈良橋が口を開けたまま、床を転がり回りはじめた。かなり苦しそうだ。

深見は居間に接している洋室と和室を覗《のぞ》いた。

誰もいない。間取りは２ＬＤＫだった。

深見はモケット張りのソファに腰かけ、もがき苦しんでいる外科医を冷ややかに眺《なが》めた。

奈良橋が呻《うめ》きながら、縋《すが》るような目を向けてくる。涎《よだれ》を垂らしつづけていた。両眼は涙で盛り上がっていた。

深見はおもむろに立ち上がり、奈良橋に歩み寄った。

足を止めるなり、相手の脇腹を蹴った。奈良橋が喉の奥で唸《うな》って、体を丸めた。

深見は足で奈良橋を仰向《あおむ》かせ、顎の関節を元に戻した。

奈良橋が長く息を吐き、肩で呼吸を整えた。口の周《まわ》りは唾液塗《まみ》れだ。

「蹴り殺されたくなかったら、こっちの質問に素直に答えるんだな」

「いったい何者なんだ、おたくは？」

「訊かれたことに答えればいいんだ」

「しかし……」

「世話を焼かせやがる」

深見は、また奈良橋の脇腹を蹴った。奈良橋が胎児のように手脚《てあし》を縮めた。

「春先に戸倉クリニックで盲腸の手術を受けた一方井強が高熱を出したとき、気管支炎と診断して、抗生物質の『ミノマイシン』を点滴投与したな？」

「そうだが、それがどうしたというんだっ」

「そっちは一方井に肝障害があることを知りながら、わざと肝機能の働きを悪化させる抗生物質を与えつづけた。その結果、一方井は急性肝炎になってしまった。転院したことで、劇症肝炎で命は落とさずに済んだがな」

「おたくは、わたしと同業なのか？」

「黙って聞け！　そっちは一方井の熱が下がらなかったとき、担当看護師の内藤亜紀に抗生物質の点滴を中止しろと指示したと院長や患者側にそう弁明したそうだが、それは事実じゃなかったんだろうが！　内藤亜紀は、そっちから点滴を中止しろという指示なんか受けなかったと証言してる」

「亜紀は、いや、内藤さんは自分の過失を認めたくなくて、言い逃れを……」

「そっちは、二年近く親しくつき合ってたナースと縁を切りたかったんだろう？　あんたは去年の暮れに戸倉院長のひとり娘の菜摘に交際を申し込んだが、断られてしまった。女医と結婚して、戸倉クリニックの二代目院長になる夢は潰《つい》えてしまったわけだ。そっちは腹いせに戸倉クリニックを経営不振に追い込みたくて、故意に医療事故を起こして、内藤亜紀に責任をなすりつけようとしたんじゃないのかっ」

「えっ!?」

「濡《ぬ》れ衣《ぎぬ》を着せられた亜紀は頭にきて、そっちからトータルで五百万円を脅し取った。きのう、『駒沢メディカルセンター』の近くにあるファミレスでメガバンクの帯封の掛かった百万円を亜紀に渡した。おれは、金の受け渡しの場面もこの目で見てるんだよ」

「なんだって!?　おたくは、戸倉院長に雇われた探偵か何かなの？」

「質問するのは、このおれだ」

「わかったよ」

「亜紀に五百万円を脅し取られたことは認めるな？」

深見は語気を強めた。

「ああ、それはね」

「それだけの金を払ったのは、わざと医療事故を起こしたという自覚があるからなんだなっ」

「それは……」

「どうなんだ！」

「そういうことになるね。わたしは、正体不明の脅迫者に医療ミスをしろと強《し》いられたんだ」

「もう少しリアリティーのある嘘をつけよ」

「本当なんだ。嘘じゃない。わたしは私生活のことで弱みを握られて……」

「弱み？」

「ああ、そうだよ。わたしは去年のうちに亜紀と縁を切って、戸倉菜摘と結婚を前提にした交際をスタートさせたいと考えてたんだ。しかし、院長のひとり娘にフラれてしまった。そんなことで、今年の一月の下旬に出会い系サイトで知り合った中二の女の子とラブホに行って……」

「淫行《いんこう》したわけか」

「う、うん。相手の女の子は記念だとかなんとか言って、行為中にスマホで動画を撮《と》りまくったんだよ。ホテルを出るときに削除すると言ってたんだが、その娘《こ》はわたしがシャワーを浴びてる隙《すき》に部屋から消えちゃったんだ」

「そっちは、ハニートラップに嵌《は》められたようだな」

「多分、そうなんだろう。謎の脅迫者は、そのときの動画のことをちらつかせて、わざと医療ミスをやれと脅迫してきたんだ。少女買春のことが表沙汰になったら、わたしの将来は真っ暗になってしまう。だから、不本意ながらも、一方井という患者に肝障害があると知りながら、『ミノマイシン』を点滴するよう亜紀に指示したんだ」

「亜紀に際限《さいげん》なく強請《ゆす》られることを恐れて、葬儀屋の郡司岳之って奴に担当ナースを少し痛めつけてビビらせてくれって頼んだわけか」

「郡司君を亜紀の部屋の前でぶちのめしたのは、お、おたくなんだな」

「否定はしないよ。そっちは医療コンサルタントの仕返しを恐れて、正体不明の脅迫者に医療ミスを強要されたなんて言い方をしたんじゃないのか」

「医療コンサルタント？　それ、誰のことなんだ？」

「医療ミスをしろって言ったのは、虻川勇なんじゃないのかい？」

「そんな名の男は知らないな」

奈良橋が即座に答えた。空とぼけているような顔ではなかった。事実、脅迫者の正体は知らないのだろう。

「きょうのところは、これで引き揚げてやる」

深見は玄関ホールに向かった。

3

奈良橋の自宅マンションを出たときだった。

依頼人の菜摘から電話があった。深見はレンタカーに歩《ほ》を運びながら、携帯電話を耳に当てた。

「院長が、父が暴力団関係者と思われる二人の男に拉致《らち》されそうになったんです」

菜摘が怯《おび》えた声で告げた。反射的に深見は立ち止まった。

「それは、いつのこと？」

「数十分前です。父は代々木駅近くの銀行に融資の相談に出かけたんですが、その帰りに男たちに連れ去られそうになったんです」

「そいつらは、車に乗ってたんだね？」

「ええ、黒のエルグランドから降りてきたそうです。二人組は父の氏名を確かめると、乱暴に腕を摑んで車の中に押し込もうとしたというんですよ。父が大声で救いを求めたんで、通行人が集まってきたらしいんです」

「それで？」

「男たちは舌打ちして、父を突き飛ばして車で逃げ去ったそうです」

「お父さんに怪我は？」

「倒れたときに肘《ひじ》を打って額を擦《す》り剝《む》いただけです。逃げた二人組は、『スリーアロー・コーポレーション』の虻川社長の回し者だったんじゃないかしら？」

「そうなのかもしれない。院長から直《じか》に話を聞きたいんで、これから戸倉クリニックに向かいます。いまは世田谷の代沢にいるんだ」

「代沢といえば、奈良橋さんの自宅マンションがあるけど……」

「お察しの通り、宿直明けの奈良橋を自宅に訪ねたんだ。詳しい報告は会ったときにしよう。二十数分で、そちらに行けると思います」

「お待ちしています」

菜摘が電話を切った。深見は携帯電話を懐《ふところ》に突っ込み、プリウスに乗り込んだ。すぐさま車を走らせはじめる。

目的の戸倉クリニックに着いたのは、二十三分後だった。

深見は車を駐車場に入れ、看護師詰め所《ナースステーション》に急いだ。五十歳前後のナースが所在《しょざい》なげに机に向かっていた。

「調査を依頼されてる野上ですが、戸倉菜摘さんに取り次《つ》いでもらえます？」

「菜摘先生は院長室でお待ちになっています。大先生《おおせんせい》もご一緒です。院長室は一階の右手奥にあるんですが、おわかりになります？」

「ええ、わかってます」

深見は相手に礼を言って、院長室に急いだ。

ドアをノックすると、菜摘が応対に現われた。きょうも美しく輝いている。深見は彼女を一瞬、抱きしめたい衝動に駆られた。むろん、行動を起こしたわけではない。

菜摘の後《あと》から院長室に入る。戸倉功《いさお》はソファに腰かけていた。銀髪で、理智的な顔立ちだ。額の擦り傷が生々しい。

「野上さんのことは娘から聞いております。手間のかかる調査でしょうが、ひとつよろしくお願いします」

院長が立ち上がって、自己紹介した。

深見も名乗り、戸倉院長と向かい合った。菜摘がソファセットを回り込み、父親のかたわらに浅く腰かける。

深見は父娘《おやこ》に調査の中間報告をした。口を結んだとき、女性事務員が三人分のコーヒーを運んできた。菜摘が予《あらかじ》め飲み物を供するよう頼んであったようだ。

じきに女性事務員が下がった。彼女の足音が遠ざかると、戸倉院長が口を開いた。

「やはり、仕組まれた医療ミスでしたか。そんな気がしてたんだが、確証があるわけではなかったんでね。奈良橋君には目をかけてきたつもりだったんだがな。まさか裏切られるとは夢にも思ってませんでしたよ。わたしに人を見る力がなかったんでしょうね。情けないな」

「おそらく奈良橋は、人たらしなんでしょう」

「人たらし？」

「ええ。自分にとって利益のある他人にはうまく甘えて、面倒を見てもらってるタイプなんだと思います」

「そうだったのかもしれないね。娘から聞いているでしょうが、彼は去年の暮れに

「……」

「そのことは菜摘さんからうかがってます。いただきます」

深見はコーヒーカップを摑み上げた。ブラックでコーヒーを啜《すす》る。豆はブルーマウンテンだった。

「奈良橋君、いや、奈良橋は菜摘と結婚して、いずれは戸倉クリニックの二代目院長に収まりたかったんだろうな。勤務医が自分で医院を開業するには相当な資金が必要なんですよ」

「でしょうね」

「それにしても、彼はつまらないことで足を掬《すく》われたもんだ。中学生の女の子を金で買って、正体不明の脅迫者に医療ミスを強要されたわけだから」

「その脅迫者のことなんですが、医療コンサルタントの虻川勇が疑わしいんですよ。虻川は同じ手口で、いくつもの医院の経営権を手に入れてるんです」

「わたしも娘も、『スリーアロー・コーポレーション』の社長が医療事故を仕組んだのかもしれないと怪しみはじめてるんです。午前中に虻川社長は電話をしてきて、この経営権を五千万円で譲ってくれないかと打診してきた。断ると、あっさりと引き下がった。その諦《あきら》め方が不自然といえば、不自然でした。本気で戸倉クリニックの理事長になりたいと思ってるんだったら、少しは駆け引きをするでしょ？」

「でしょうね」

「しかし、蛇川社長はすぐに諦《あきら》めました。悪く考えれば、交渉は形だけで、最初っから強引なやり方でわたしのクリニックを乗っ取る気でいたとも受け取れるな」

「そうなんだと思うわ」

娘の菜摘が確信に満ちた言い方をした。深見は女医に顔を向けた。

「そう思った根拠を一応、聞いておきたいな」

「銀行の帰りに父を拉致しようとした二人組のひとりは、『クリニックの経営権を手放さないと、殺されちまうぜ』と言ったらしいの。戸倉クリニックの理事長になりたがったのは、『スリーアロー・コーポレーション』の蛇川社長だけなんです」

「それで、二人組の雇い主は蛇川勇と睨んだわけか」

「ええ、そうです。でも、逃げた男たちが乗ってたエルグランドは盗難車だったんですよ。だから、二人組と蛇川社長に接点があるかどうかはわからないんです」

「どうしてエルグランドが盗難車だとわかったのかな」

「それについては、わたしが説明しましょう」

戸倉院長が口を挟んだ。

「お願いします」

「男たちに拉致されたとき、わたし、エルグランドのナンバーを頭に刻みつけたんですよ。患者さんの中に、陸運局の職員がいるんです。その方にナンバーを教えて、車の所有者を調べてもらったわけです。エルグランドは大田区内に住む男性会社員の車でした。五日前に自宅近くの月極《つきぎめ》駐車場から盗まれたようで、地元署に翌日、盗難届が出されてたそうですよ」

「そういうことなら、二人組と虻川を結びつけるものはないわけだな」

「ええ。しかし、状況から察すると、奈良橋の弱みを握って医療ミスを強要したのは『スリーアロー・コーポレーション』の関係者臭《くさ》いですよ」

「ま、そうですね」

「虻川がこれまで手に入れた医院は半年か、一年前後で転売されてるんです。本気でクリニックの再建をする気があるとは思えません。虻川の素顔は、病院乗っ取り屋でしょうね。転売で儲《もう》けたいだけなんでしょう」

「転売先は、いろいろなんですか？」

「大半は、医療法人『博慈会《はくじかい》』に売り渡されてます」

「『博慈会』というと、二十四時間医療を売り物にしてる巨大医療法人ですね？」

「そうです。代表の及田徹雄《おいだてつお》氏が医療もサービス業だと心得るべきだという理念を掲《かか》げて、四十年ほど前に興《おこ》した医療法人です。医療スーパーと冷笑する医者が多かったんですが、時代のニーズに合ったようで飛躍的な成長を遂《と》げました。いまや全国に二百数十の総合クリニックを持って、黒字経営をしてます」

「ひところマスコミで盛んに取り上げられたな」

「ええ、そうでしたね。医師会はパフォーマンスじみたことを繰り返してきた異端児の及田代表を嫌ってますが、経営手腕はあるんでしょう。代表ももう八十過ぎですんで、昔のように医師会を挑発するような言動は慎《つつし》むようになってますが、なかなかの野望家ですよ」

「そうみたいですね。及田代表は二十五年ぐらい前に知名度の高いタレントやスポーツ選手を参院選に出馬させて、話題になったことがあったな」

「ええ。当選した候補者はいなかったと思うが、相当な大金を注《つ》ぎ込んだようですよ」

「自分の息のかかった人間を政界に送り込んで、お高くとまってる医師会の重鎮《じゅうちん》たちを見返したかったんだろうな」

「それだけではなかったんでしょう。自分のブレーンが国会議員になれば、何かとビジネスにもプラスになるはずです。あるいは、及田代表自身が子供のころから政治家になりたいと考えてたのかもしれませんね。しかし、事情があって、医者にならなければならなかった」

「そうだったのかもしれないな。確か及田代表は、地方大学の医学部出身者でしたよね？」

「ええ。いいことではないんですが、医者の世界は東大をはじめとする旧帝大医学部出身者が幅を利《き》かせてるんですよ。その次は公立医大と名門私大の医学部を出たドクターが上位にランクされてるんですが、そのほかの大学出身者はマイナー扱いされてます」

「そうみたいですね」

「及田代表も若い時分は屈辱的な思いをさせられたでしょうから、野望を燃やして、それをパワーの源《みなもと》にしてたんでしょう。及田代表の逞《たくま》しさを少しは見習っていれば、わたしも高額医療機器の重いローンに苦しめられることはなかったんでしょうがね」

「父さん、みっともないことを言わないで」

菜摘が院長の横顔を見ながら、ストレートに窘《たしな》めた。

戸倉はきまり悪そうに笑い、コーヒーを傾けた。釣られて娘もコーヒーカップをしなやかな指で抓《つま》み上げた。

「逃げた二人の男は堅気《かたぎ》ではないんでしょう。裏社会の人間に当たれば、そいつらの素姓はわかりそうだな。そして、蛇川勇と繋がりがあるかどうかもはっきりすると思います。もう少し時間をください。何か手がかりを摑んだら、お嬢さんに報告します」

深見は戸倉院長に言って、ソファから立ち上がった。戸倉も立ち上がり、深々と頭を下げた。

深見は菜摘とともに院長室を出た。二人は肩を並べてエントランスロビーに向かった。

「きょうは、患者さんがたったの二人しか来なかったの。医療ミスが仕組まれたものだということを早くアピールしないと、父のクリニックは廃業に追い込まれてしまうでしょうね」

菜摘が歩きながら、沈んだ声で言った。

「弱音を吐いちゃ駄目だよ。奈良橋は故意に医療事故を引き起こしたことを認めてるんだ」

「でも、いま、刑事告発しても彼が取り調べで言《げん》を翻《ひるがえ》したら、それで終わりでしよ？」

「捜査機関は当然、証拠集めに取りかかるさ」

「だけど、正体不明の脅迫者が蛇川勇だったとしても、すんなりと奈良橋ドクターに医療ミスを強要したなんて自供しないと思うの。かなり強《した》かな人物みたいだから」

「そうだろうね。しかし、警察が第三者の証言を得れば、蛇川の犯罪は立件《りっけん》できるはずだよ」

「これまでの医療過誤裁判の経過を見てると、警察も検察もどこか及び腰だったわ。医学的な知識が豊かじゃないと、なかなか起訴までは持ち込めないみたいでしょ？野上さん、大変でしょうけど、なんとか奈良橋ドクターが何者かに医療事故を強《し》いられた事実の証拠を押さえてくれませんか。お願いします。そうなれば、堂々と訴訟を起こして、失った信頼を取り戻せると思うんです。そうしたら、徐々に患者さんたちも戻ってくるでしょう」

「ベストを尽くすよ」

深見は戸倉クリニックを出た。

プリウスの運転席に坐ったとき、腹が高く鳴った。ビーフサンドイッチを少ししか胃袋に入れていなかった。差し当たって、空腹感をなだめなければならない。

深見はレンタカーを発進させた。

数百メートル先に駐車場のある日本蕎麦屋《そばや》が見つかった。深見は店の前の駐車場にプリウスを入れた。店内に足を踏み入れると、客たちが一様《いちよう》に大型テレビに見入っていた。何か大きな事件か事故が起きたようだ。

深見は中ほどのテーブルにつき、カツ丼とせいろを一枚注文した。煙草に火を点け、テレビの画面に目をやる。

見覚えのある建物が映し出されていた。よく見ると、千代田区永田町《ながたちょう》にある民自党本部だった。政権与党だ。

画面が変わり、党本部前が映った。夥《おびただ》しい数の報道陣が固まって、党本部ビルに視線を向けている。

「繰り返しお伝えします。きょうの午後二時四十分ごろ、警視庁のＳＰ《セキュリティー・ポリス》を装った十人の男たちが民自党本部に次々に侵入し、建物を占拠しました」
三十三、四歳の報道記者がいったんメモに目を落とし、言い継《つ》いだ。
「党本部内にいた六十七人の国会議員は全員、犯人グループに人質に取られました。公設秘書、新聞記者、党本部職員ら八十余名も会議室や食堂に閉じ込められている模様です。犯人たちは拳銃、自動小銃、短機関銃《サブマシンガン》などで武装していますが、現在のところは発砲した様子はありません」

ふたたびカメラが切り替えられ、民自党本部の全景が映し出された。窓という窓はブラインドで閉ざされている。内部の様子はうかがえない。八階建ての党本部の上空には、本庁航空隊のヘリコプターが旋回している。三機だった。高度は、いずれも数百メートルだろう。もっと高度を上げないと、いたずらに犯人グループを刺激することになる。

元SAT隊員の深見はそう思いながら、喫《す》いさしの煙草の火を消した。そのとき、中年の女性店員がせいろを運んできた。二八《にはち》蕎麦だった。

深見は蕎麦を食べはじめた。風味があって、腰もある。うまい。ほんの数分で平らげた。タイミングよくカツ丼が届けられた。

深見はカツ丼を掻《か》き込みはじめた。箸《はし》を使いながらも、テレビの画面から目を離さなかった。武装籠城事件が発生した直後、警視庁の特殊急襲部隊《SAT》に出動命令が下《くだ》ったはずだ。

党本部周辺には、第一小隊制圧各班のメンバーが待機しているにちがいない。狙撃班のスナイパーたちもそれぞれ持ち場につき、八九式小銃を構えていることだろう。

その背後には、第二小隊の面々が控えていることは間違いない。しかし、アサルト・スーツに身を固めたSAT隊員《リット》はひとりも画面に映っていない。

SATの出動現場では、テレビクルーは絶対にカメラを隊員たちに向けてはいけない。それが暗黙のルールだった。

新人のTVカメラマンがうっかりSATの隊員を映し出してしまうことがあった。そんなときは、上司にこっぴどく叱られる。場合によっては、クルーから外される。

当然のことながら、SATの移動指揮本部車輛や本部設置用機材を積んだトラックにカメラを向けることもアウトとされていた。

立て籠《こも》り犯たちは例外なく人質を監視しながら、テレビの実況中継を観《み》るものだ。それだけではない。仲間の誰かが籠城現場内から、こっそり警察の動きを探《さぐ》りつづける。

下手に犯人グループの神経を逆撫《さかな》でしたら、人質は見せしめに順番に殺されることになるだろう。犯人が逃げ切れないと判断したら、大勢の人質を道連れにして自爆してしまうかもしれない。

人命を第一に考え、強行突入はぎりぎりまで控える。しかし、突入の伝令があったら、臆せずに犯人たちを制圧する。人質を救出するためには銃撃戦も繰り広げる。それがＳＡＴの隊員たちの任務だった。

「たったいま、新しいニュースが入ってきました。人質にされた六十七人の国会議員のうち四十人は、二世か三世代議士であることがわかりました。犯人グループは交渉担当捜査官に何も要求をしていないようですが、世襲国会議員の多くは資産家として広く知られています。犯人側は二世や三世議員を人質に取って、身代金を要求する気なのではないかという見方もあるようです。しかし、真の犯行目的はまだわかりません。犯人側は依然として沈黙を守っています」

さきほどの報道記者が言って、恨《うら》めしげに民自党本部を仰《あお》いだ。

元ＳＡＴ隊員の深見にも、犯行目的は読めなかった。二世・三世国会議員から巨額の身代金をせしめる気なら、ほかの代議士、公設秘書、党本部職員たちは速《すみ》やかに解放してもよさそうだ。

人質の数が多ければ、見張りが大変になる。必然的に警察に対する警戒が甘くなるだろう。ということは、ＳＡＴのメンバーに突入のチャンスを与えるわけだ。

そう考えると、犯人グループの目的は身代金ではないのかもしれない。与党の最大政党として長年、胡坐《あぐら》をかいてきた民自党に何か恨みがあるのか。総理大臣の孫や閣僚経験者の子である二世・三世議員にはそれぞれ取り巻きがいて、隠然たる力を有している。そうした代議士たちが国家を私物化している側面もあることは否定はできない。

民自党の改革派議員の有志が荒っぽい実行犯たちを雇って、二世・三世議員に派閥の解散を求める気なのか。公設秘書、新聞記者、党本部職員たちまで人質に取ったのは、犯行目的をぼかしたかったからなのだろうか。

わからない。犯行グループの狙いがいっこうに透《す》けてこなかった。

深見はカツ丼を食べ終え、冷めかけた番茶を喉《のど》に流し込んだ。食後の一服をしていると、またもや報道記者がアップになった。

「新たなニュースが入りました。現場に駆けつけた特殊急襲部隊の部隊長が党本部ビルの最上階の窓から犯人グループのひとりに狙撃されました。左肩を撃たれた模様です。被害者は中野の東京警察病院に搬送《はんそう》されました。詳しいことはわかっていませんせん」

「なんだって⁉」

深見は無意識に大声を発してしまった。

店内の客たちが一斉《いっせい》に振り向いた。深見は目を伏せ、伝票を抓《つま》み上げた。

SATの現部隊長は矢沢警部である。SAT時代の恩人だ。じっとはしていられない。

深見は立ちあがって、手早く勘定を払った。蕎麦屋を飛び出し、レンタカーに走り寄る。深見はプリウスを急発進させて、東京警察病院に向かった。

病院に着いたのは二十数分後だった。

矢沢は集中治療室《ＩＣＵ》に入っていた。ＩＣＵの前には、夫人の千絵がたたずんでいた。アマゾネス刑事の横には、ＳＡＴ第一小隊の染谷《そめや》光俊《みつとし》隊長が立っている。深見よりも一期先輩だ。ＳＡＴから元の第六機動隊に戻った後《あと》、第一小隊隊長に抜擢《ばってき》されたのである。

「ああ、深見君」

矢沢千絵が気づいた。それほど深刻そうな表情ではない。どうやら銃創《じゅうそう》は軽かったようだ。

「テレビのニュースで矢沢さんが撃たれたことを知って、取る物も取りあえず駆けつけたんです」

「ありがとう。幸い弾《たま》は貫通したんで、いま、射入口と射出口を縫合《ほうごう》してもらってるところよ」

「そうですか。なんで矢沢さんが狙撃されることになったんです？」

深見は訊いた。

「犯人グループは、ＳＡＴの第一と第二小隊が突入のチャンスをうかがってることに気づいて、交渉担当官にメンバーたちを引き揚げさせろって命じたんだって。でも、はい、そうですかってわけにはいかないわよね」

「それはそうですよ」

「引き揚げる真似をしただけだったんで、犯人どもは怒っちゃったのよ。で、部隊長の矢沢に移動指揮本部車輛の横に立てと交渉担当官に言ったんだって。命令に背《そむ》いたら、人質を殺すと言われたんで、仕方なく脅しに屈したみたい。狙撃した奴は、矢沢を殺す気はなかったようね。その気になれば、頭部も狙えたわけだから」

「狙撃したのは、自衛隊の第一空挺団に二年前まで所属していた笹森司《ささもりつかさ》って野郎だったんだ。隊員のひとりが双眼鏡で、面《つら》を目認したんだよ」

染谷第一小隊隊長が会話に加わった。深見は染谷に顔を向けた。

「ほかの犯人たちの身許《みもと》も割れたんですか？」

「笹森のほかに陸自のレンジャー隊員とフランス陸軍の外人部隊に四年いた日本人がいることはわかったんだ。残りの七人も東洋人なんだが、日本人かどうかは不明なんだよ」

「笹森たち三人が主犯格なんですね？」

「そうなんだと思う」

「染谷さん、犯人グループの狙いは何なんでしょう？」

「それがはっきりしないんだ。犯人どもは、なぜだか何も要求しないんだよ。人質たちの家族に問い合わせてみたんだが、誰も犯人側との接触はないと言ってる」

「妙ですね」

「立て籠り事件の場合、犯人側は犯行直後に何か要求するケースがほとんどなんだがな」

「そうですよね」

「そのうち何か要求するんじゃない？」

千絵がどちらにともなく言った。

ちょうどそのとき、ＩＣＵの扉が左右に割れた。看護師が押しているストレッチャーには、矢沢警部が横たわっていた。

「矢沢さん、大丈夫ですか？」

深見はストレッチャーに歩み寄った。

「おう、深見じゃないか」

「テレビのニュースで知って、心配になったんで……」

「そうか。心配させて悪かったな。貫通弾を受けただけだから、軽傷も軽傷なんだ。このまま歩いて家に帰ってもいいんだが、ドクターが二日ぐらいは入院したほうがいいって言うんで、これから病室に移るんだよ」

「そうですか。大事をとって、一週間ぐらい入院したほうがいいと思うな」

「そんなに遊んでられないよ。油断して防弾胴着を付けなかったんだ。狙撃者はおれが防弾胴着をつけてると思って、肩に的《まと》を絞ったんだろう」

「そうなんでしょうね。矢沢さん。もう少し自分を大切にしてくださいよ。あなたの下には、六十人の隊員がいるんですから」

「おれが殉職しても、世の中はちゃんと回るって。染谷が新部隊長に昇格するだろうし、千絵は深見と再婚すればいいんだし」

「えっ」

「冗談だよ」

「深見君と再婚か。そういう手もあったわね」

「千絵、半分は本気なんじゃないのか？」

「ビンゴ！」

矢沢夫妻が笑い合った。

「わたしは、これで現場に戻らせていただきます」

染谷が矢沢に言って、エレベーター乗り場に足を向けた。深見も辞する気でいたが、矢沢夫婦に強く引き留められた。

「それじゃ、もう少しだけ……」

深見はストレッチャーの後《あと》に従った。

4

事件現場に変化はない。

テレビカメラは民自党本部に据《す》えられたままだ。交渉は膠着《こうちゃく》状態に陥ってしまったのだろう。

深見はベッドの横の円椅子《まるいす》に腰かけ、病室のテレビを観《み》ていた。

七階の個室だった。矢沢はベッドの上で半身を起こし、やはりテレビの実況中継を凝視《ぎょうし》している。

妻の千絵は洗面所で何か洗い物をしていた。午後七時過ぎだった。矢沢は午後六時に夕食を摂《と》っていた。デザートのフルーツ・ヨーグルトまで食《しょく》した。食欲が旺盛《おうせい》なら、回復は早いだろう。

深見は、ひと安心した。さんざん世話になった矢沢にまだ恩返しをしていない。恩人にはいつまでも元気でいてもらいたいと切望している。

ベッドの脇のテーブルに置かれた矢沢の官給携帯電話《ポリスモード》が振動した。マナーモードになっていた。矢沢がポリスモードを手に取る。部下からの報告のようだ。通話は四、五分で切り上げられた。

「事件現場に何か動きがあったようですね。人質に危害が加えられたんですか？」

深見は矢沢に問いかけた。

「そうじゃないんだよ。四十人の二世・三世議員の家族がそれぞれ一億円の身代金を要求されてたことがわかったらしいんだ。染谷からの報告だったんだよ」

「犯行目的は身代金だったのか。金の受け渡し方法は？」

「それについては、改めて指示すると言ったらしい。とにかく、明日の午前中までに一億円の現金を用意しておけと命じられたそうなんだ」

「そうですか。矢沢さん、なんかおかしいとは思いませんか？」

「深見、話をつづけてくれ」

「はい。身代金目的の犯行なら、もっと早く世襲議員の家族に一億円を要求してもよさそうでしょ？　なぜ犯人側は時間を措《お》いたんでしょうか？」

「確かに少し妙だな。二世・三世代議士は金満家《きんまんか》揃いなのに、身代金はさほど高くない。三億円ぐらい要求してもよさそうだよな」

「ええ、そうですね。ほかに二十七人の国会議員がいるのに、彼らは身代金を用意しろとは言われてないわけでしょ？」

「ああ、そういう報告だったね」

「二世・三世議員ほどリッチじゃないにしろ、ほかの二十七人の代議士は一般国民よりは経済的には恵まれてるはずです」

「そうだな。だが、二十七人はまったく身代金は要求されてない」

「ええ。それから人質の数が多いですね。六十七人の国会議員のほか、公設秘書、新聞記者、党本部職員らが八十数人も人質にされてる。併《あわ》せて百五十人近い人間が民自党本部に閉じ込められてます」

「犯人どもの狙いは、金ではないんだろうか」

「そうなのかもしれませんよ」

「いったい実行犯グループは何を企《たくら》んでるんだろうか。深見、どんなことが考えられる？」

　矢沢が意見を求めた。

「犯人グループは大勢の人質を取って、元総理など元老と呼ばれてる民自党の陰の実力者たちを誘《おび》き出そうとしてるんじゃないんだろうか。戦後七十年も、そうした元老たちが党内の派閥の確執《かくしつ》をうまく調整しながら、最大保守政党を存続させてきた。そして超大物フィクサーたちは各本省のエリート官僚を手なずけ、財界人とも癒着《ゆちゃく》してきた。その結果、日本の政治や経済は歪《ひず》みだらけになってしまった」

「その通りだな」

「保身本能の塊《かたまり》ともいえる元老たちが生きてる限り、民自党に溜《た》まり溜まった膿《うみ》は出せないでしょう」

「民自党の若手議員の有志が反乱を起こし、金で雇った実行犯グループに元老たちを始末させる気なんだろうか。深見は、そう筋《すじ》を読んでるんだな？」

「そうも考えられますが、民自党とタッグを組んで政権を担《にな》ってる公正党が最大与党の腐敗ぶりに呆《あき》れて、袂《たもと》を分《わ》かつ気になったのかもしれませんよ。あるいは、第一野党の民友党が民自党をぶっ潰《つぶ》さなければ、自分たちがふたたび政権を得ることは永久に叶《かな》わないと焦《じ》れたのか」

「話としては面白いが、どれも説得力があるとは言えないな」

「そうですかね」

「民自党を実質的に動かしてるのは、元老たちと世襲議員たちだろう。若手代議士たちがそのことに不満を募《つの》らせてクーデタージみた暴挙に出ても、その先には何もないぜ。元老たちを抹殺《まっさつ》したら、党内の各派閥が結束して撥《は》ねっ返りたちを潰しにかかるにちがいない」

「そうか、そうでしょうね」

「公正党は巨大教団の『救国学会』の信者たちに支えられてるが、民自党を押しのけて単独で政権政党になれるとは思えない。民友党も同じだな」

「言われてみると、確かにそうですね。ただ、犯行目的は金じゃないと思うな。単なる勘ですが……」

「そうだとしたら、いったい犯人どもの狙いは何なのか。そいつが見えてこないんだ」

「ええ、そうですね」

話が途切《とぎ》れた。そのとき、矢沢の妻が体ごと振り向いた。

「深見君、お腹空《なかす》いたでしょ?」

「まだ空いてないな。昼飯、三時過ぎに喰《く》ったんですよ」

「わたしは何か食べたいな。深見君、一緒につき合ってくれない？」

「いいですよ」

深見は快諾《かいだく》した。千絵は何か話したいことがあるのだろう。深見は、そう感じ取った。

「近くにおいしい洋食屋さんがあるんだって。そこに行こうか？」

「はい」

「ちょっと出かけてくるわね」

千絵が夫に断って、先に病室を出た。深見は矢沢に翌日も病室を訪れると告げ、アマゾネス刑事を追った。

二人はエレベーターで一階に下《くだ》り、東京警察病院を出た。

案内された洋食屋は病院の並びにあった。店構えはさほど大きくなかったが、老舗《しにせ》のようだ。風格があった。

深見たちは奥の席についた。どちらもハンバーグライスを注文した。

「きょうは、わざわざありがとう」

千絵が改めて謝意を表した。

「他人行儀だな」

「だって他人でしょ、わたしたち。昔、わたし、酔って深見君と一線を越《こ》えたことがあったっけ？」

「ありませんよ、一度も」

「そうよね。冗談はさておき、わたしにだけは本当のことを言ってもらいたいの。矢沢には内緒にしておくから」

「本当のことって？」

「深見君、何も危《ヤバ》いことはしてない？」

「してませんよ」

「渋谷署《うち》の世良警部補と藤代刑事は、深見君が退職してからのことを調べ回ってるみたいなのよ」

「不審がられる理由がわからないな」

「調査の仕事で地道に暮らしてるとは思ってないようよ、世良主任は。藤代は茶坊主みたいな奴だから、世良主任に言われるまま動いてるだけだろうけどさ」

「おれが何か悪さをしてると思ってるのかな、世良さんは」

「そうなんだろうね。で、どうなの？　深見君は在職中から少しアナーキーなとこがあったから、法律やモラルなんかあまり気にしてないんでしょ?」

「これでも、元警察官ですよ。アウトローにはなれっこないでしょ?」

深見は喉の渇《かわ》きを覚え、コップの水を半分近く飲んだ。

「ちょっと焦《あせ》っちゃった?」

「変なことを言わないでくださいよ」

「現職刑事のわたしがこんなことを言ってはまずいんだけど、法の向こう側にいる連中には別に非合法なことをやってもいいと思ってるの」

「過激だな」

「こら、茶化すな。〝や〟の字が溜《た》め込んでる汚れた金をかっさらってもいいんじゃない? 悪人どもの上前《うわまえ》はねたって、一般市民は困るわけじゃないからさ」

「それはそうだろうが……」

「むしろ、一般の人たちは狡《ずる》いことをしてる奴らを懲《こ》らしめてほしいと願ってるだろうから、いい気味だと思うはずよ」

「そうかもしれないな」

「あくどい連中はやっつけてやればいいのよ。深見君が悪党どもの弱みを脅迫材料にして、そいつらを丸裸にしたとしても、わたしは非難なんかしない。それどころか、カッコいいと思うわ。ただね、そうして得た大金で自分だけ贅沢《ぜいたく》するんだったら、軽《けい》蔑《べつ》しちゃうな」

「それじゃ、強欲なエゴイストにすぎませんからね」

「うん、そう！　人の道を踏み外してもいいけど、魅力のある悪党《ワル》にならなきゃ。何も義賊になれってわけじゃないのよ。人間的な温《あたた》かみのある無法者にならなきゃ、ただの屑《くず》だわ」

「そういうアウトローはカッコいいですよね」

「深見君、どうせだったら、弱い者には好かれる無頼漢になりなさいよ」

「ちょっと待ってください。おれ、手錠《ワッパ》打たれるようなことはしてませんって。少し女にだらしがないことは認めますけどね」

「開き直って生きてる深見君も、わたしの前では好青年みたいになっちゃうんだ。かわいいね。わが家では、大っ嫌いなセロリもピーマンもちゃんと食べる。目に涙を浮かべて、ほとんど丸呑《まるの》みしてるようだけど」

「いろいろ面倒を見てもらった矢沢さんの奥さんが心を込めて作ってくれた料理ですから、食べ残すわけにはいきませんよ」

「優等生みたいなことを言うのね。深見君らしくないよ。ううん、それでいいのかもしれない。非情に徹したニヒリストになったら、ちょっと近寄りがたいからね。優しさや弱さがある食《は》み出し者だから、魅力があるんだと思う」

「おれは平凡な男ですよ。組織の中で他者と折り合いながら生きることに少し疲れたんで、細々と調査の仕事を請け負って気ままに生きてるだけです」

「あくまでも悪さなんか何もしてないと言い張るわけか」

「事実、そうなんですよ」

「調査員にしては、いい服を着て、高そうな腕時計をしてるじゃないの」

「ベンチャービジネスで成功した女友達がプレゼント好きなんですよ。服や腕時計は、その彼女から貰ったんです」

「そういうことにしといてあげる。あんまりいじめると、かわいそうだから」

千絵がにっと笑った。

会話が中断したとき、ハンバーグライスが届けられた。二人はナイフとフォークを手に取った。デミグラスソースがうまい。

あらかた食べ終えたころ、千絵が小声で話しかけてきた。

「世良主任の尾行に気づいたときは、決して無理をしないで。いいわね？」

「そう言われても、別に疚《やま》しいことをしてるわけじゃないからなあ。弱ったな」

「いいから、話はおしまいまで聞く！」

「は、はい」

思わず深見は、子供のように素直にうなずいてしまった。われながら、おかしかった。

「矢沢はね、深見君のことを実の弟のように思ってるのよ。わたしも深見君には親しみを感じてるわ。だからね、絶対に世良主任や藤代になんか尻尾《しっぽ》を摑ませないでちょうだい」

「どう答えればいいのかな」

「矢沢は根が真面目な男だから、深見君が恐喝容疑で検挙《アゲ》られたりしたら、とても失望するだろうね。だから、決して失敗《ドジ》を踏まないで。少しまとまったお金が必要なときは、わたしに連絡して」

「え？」

「広域暴力団の隠し金を強奪すればいいし、違法カジノや常盆《じょうぼん》の賭《か》け金をかっ払いなさい。裏社会の奴らはどんなに泣かせてもいいと思うわ。それに連中は被害に遭《あ》っても、警察に泣きついたりしない。だから、現金強奪事件はまず表沙汰にはならないはずよ」

「………」

「返事はしなくてもいいの。別の恐喝材料が欲しいんだったら、情報を提供してやってもいいわ。性風俗店オーナーや麻薬密売の元締めなんかは叩けば、いくらでも埃《ほこり》が出る身だから、たっぷり口止め料をぶったくれるだろうね」

「おれ、なんか苦しくなってきたな」

「深見君、もう何も言わなくてもいいの。本当のことを打ち明けてもらいたいけれども、知ってしまったら、こっちが苦しくなるだろうから。わたしは、まだ現職刑事だからさ。わかるでしょ？」

「ええ、わかります」

「深見君がどんなに法を破っても、わたしはきみの味方よ。ただね、私利私欲に走ったときは訣別《けつべつ》ね。深見君が薄汚い悪党に成り下がったときは、世良主任よりも先に捕まえてやる」

「………」

「そうなったら、手錠なんか掛けない。正当防衛に見せかけて、深見君の頭を撃ち砕《くだ》いてやるわ。きみが生きていて数々の犯行を全面自供したら、矢沢は自殺しちゃうかもしれない」

「奥さん……」

「テレビの昼ドラのヒロインに絡《から》むイケメンみたいな言い方しないでよ。一年前まで、わたしは深見君の上司だったわけだから」

「矢沢主任と言うべきだったかな？」

「そういう言い方も、しっくりこないわね。千絵さんなんて深見君に呼ばれたら、なんかくすぐったくなりそうだし、調子狂っちゃうと思う」

「そうでしょうか」

「どうでもいいわ、そんなことは。とにかく、矢沢を悲しませないでもらいたいの。旦那はね、わたしが嫉妬したくなるほど深見君に目をかけてるの。きみが依願退職した晩ね、矢沢は浴びるほどお酒を飲んで、淋《さび》しくなるって涙ぐんでたのよ。本人の前では強がってたけど、ずっと警察にいてほしかったのよね」

「そんなことがあったんですか」

「男が男に惚《ほ》れるって言い方があるけど、矢沢は九つも年下の深見君のことを心の中では親友《マブダチ》と思ってるんじゃないのかな。女房のわたしには、それがよくわかるの。それだからね、矢沢をがっかりさせないでもらいたいの」

「おれも矢沢さんを落胆させたくないと思ってます」

「そう。わたし自身は十代のころに少しズベってたから、深見君がアナーキーな気持ちになったことも理解できるわ。でもね、矢沢は熱血少年の尾を曳《ひ》きずったままだから、深見君の裏の貌《かお》を知ったら、堕落《だらく》したと感じちゃうだろうな。それだけじゃなく、自分の力のなさを必要以上に責《せ》めるだろうね。そういう男なのよ、矢沢は」

「真面目な方ですからね」

「いろいろ言ったけど、とにかく下手をうたないでもらいたいの。わたしのお願いは、それだけ。さて、出ようか」

千絵が伝票を手に取って、すくっと立ち上がった。

「おれが払いますよ」

「元部下が偉そうなことを言うんじゃないの。素直に奢《おご》られなさい。札束が重いんだろうけどさ」

「そんなことは……」

「行くわよ」

「それじゃ、ご馳走《ちそう》になります」

深見は腰を上げた。早くも千絵はレジに向かっていた。

店を出た二人は、東京警察病院に戻った。深見は病院の前で矢沢の妻と別れ、レンタカーに乗り込んだ。ギアをDレンジ《ドライブ》に入れようとしたとき、本庁組織犯罪対策部の柏木刑事から電話がかかってきた。

「先輩、連絡が遅くなって申し訳ありませんでした。ちょっと職務でバタバタしてたもんですから。例の虻川勇の件ですが、関東桜仁会の仙名《せんな》組長の仙名隆幸《たかゆき》組長、五十一歳とつき合いがありました」

「仙名組は二次団体だったかな？」

「ええ、そうです。組本部は赤坂のみすじ通りにありまして、構成員はおよそ三百二十人です。組長の仙名は関東桜仁会の常任理事のひとりですね」

「武闘派なのか？」

「いいえ。仙名は中堅私大の商学部出で、どちらかというと、経済やくざですね。三年前に虻川は病院乗っ取りに絡《から》むトラブルで相手側の尻持《ケツ》ちについた広島のやくざに脅《ス》されたとき、仙名組に助けてもらったんですよ。組長の仙名が相手方の用心棒を追っ払ってくれたんで、それ以来、虻川はちょくちょく揉《も》め事の処理を仙名組に頼んでるようです」

「そうか」

深見は携帯電話を握り直した。戸倉クリニックの院長を拉致しようとした二人組は、仙名組の組員なのではないか。

「参考になりました？」

「ああ、なりそうだよ。柏木、悪かったな」

「いいえ、どういたしまして。深見先輩、民自党本部にSPになりすました十人の男たちが不法侵入し、国会議員たちを人質に取って籠城した事件はご存じでしょ？」

「ああ、テレビのニュースで知ったんだよ。SAT《サット》の連中はなかなか突入できないんで、苛立《いらだ》ちはじめてるだろう」

「そうでしょうね。元SAT隊員の深見先輩としては、現場に駆けつけたい気持ちなんだろうな」

「そういう気分になっても、もう体が動かないよ。仮に民自党本部に馳《は》せ参《さん》じても、足手まといになるだけさ。なにしろメンバーの最年長者が満三十歳なんだから、三十六のおれはもうロートルだよ」

「自分はまだ三十四で若いつもりなんですから、あまり年寄りぶらないでくださいよ。三十代で老人みたいに言われちゃうと、なんかモチベーションが下がってしまいますからね」

「柏木は、まだ若いよ。これからさ」

「たったの二つ違いでしょうが」

「そうだったな。これからだよ、おれたち三十代は」

「そう思うことにします。さらに虻川の交友関係を洗ってみますね」

柏木が通話を切り上げた。

深見は携帯電話を上着の内ポケットに戻し、レンタカーを走らせはじめた。仙名組の本部事務所を探し当てたのは、およそ三十五分後だった。

五階建ての持ちビルだ。代紋《だいもん》の類《たぐい》は見当たらない。暴力団新法で、代紋や提灯《ちょうちん》を掲《かか》げること自体禁じられている。

間口《まぐち》は、それほど広くない。プレートには、仙名商事、仙名興産、仙名企画、仙名不動産ともっともらしい社名が並んでいる。しかし、出入りする男たちはひと目で筋《すじ》者《もの》とわかる。

深見は仙名組の本部事務所の斜め前の路上にプリウスを停め、ヘッドライトを消した。グローブボックスから一眼レフのデジタルカメラを取り出し、仙名組の本部事務所の出入口にレンズを向ける。

出入りする男たちをひとりずつ盗み撮《と》りしはじめた。十二、三人撮ったとき、内藤亜紀から電話がかかってきた。

「垂水さん、ちょっとまずいことになったのよ」

「どうしたんだ？」

「わたしね、昼間、ちょっと奈良橋をマークしてみたの。彼に医療ミスを強要した人物がわかれば、打ち出の小槌は二つになるでしょ？　だから、動きを探《さぐ》る気になったわけ。だけど、途中で奈良橋に気づかれちゃったのよ」

「そうか」

「それだけじゃないの。すでに五百万円を口止め料として渡したんだから、今後は一円も金は払わないと凄《すご》まれたのよ。彼、開き直っちゃったみたい。それでね、また無心するようだったら、わたしを殺すと真顔《まがお》で言ったのよ。ものすごい形相《ぎょうそう》だったわ。あいつ、本気でわたしを殺す気なんじゃないかしら？」

「ただの威《おど》しだと思うよ。奈良橋にそれだけの度胸はないさ」

「でも、誰かを雇うってことも考えられるでしょう？　葬儀屋の郡司って奴を差し向けてきたこともあるんだから」

「びくつくことはないって」

「ね、わたしの部屋に来てくれない？」

「行ってやりたいが、今夜中に『新女性ライフ』の原稿を書かなきゃならないんだ」

「だったら、取材資料とノートパソコンを持って、こっちに来て原稿をまとめたら？　わたし、黙って見てるから」

「そばに誰かいると、なぜだか筆が進まないんだよ。冷たいようだが、今夜はつき合えないな」

「そうなの」

「部屋でひとりでいるのが不安だったら、誰か女友達に泊まりに来てもらいなよ。そういう相手がいなかったら、ビジネスホテルかどこかに泊まったほうがいいな」

「考えてみるわ。垂水さんに来てもらいたかったんだけどな」

「ごめん！　明日、こちらから連絡するよ。それじゃ、そういうことで……」

深見は携帯電話を懐に収めると、助手席のデジタルカメラを摑み上げた。

第三章　消されたナース

1

赤信号に阻《はば》まれた。

代々木公園を回り込んで間もなくだった。

深見はレンタカーのブレーキペダルを踏んだ。仙名組の本部事務所の斜め前の構成員たちを盗み撮《ど》りした翌日の正午過ぎだった。

助手席には、プリンターで拡大した三十二人の組員の写真を入れた蛇腹《じゃばら》封筒が置いてある。写真の中に戸倉クリニックの院長を拉致しかけた二人組がいるのか。

これから、それを確認しに行くところだ。戸倉クリニックを訪ねることは菜摘に電話で伝えてあった。

深見はカーラジオの電源スイッチを入れ、選局ボタンを押し込んだ。

人質籠城事件のことが気になったのだ。幾度か選局ボタンを押すと、ニュースを流している民放局があった。

信号が青になった。

深見はラジオの音量を上げ、プリウスを走らせはじめた。神経を耳に集める。

「民自党本部に立て籠《こも》っている謎の集団は世襲議員四十人以外の人質百九人を全員、解放しました。負傷者はいません」

女性アナウンサーが報じた。

どういうことなのか。四十人の二世・三世代議士の家族は、身代金を用意できなかったのだろうか。そういうことは考えにくい。

犯人グループの気が変わったのか。そうではなく、初めから世襲議員を解《と》き放つ気はなかったのだろうか。どうも後者臭い。

「警察は強行突入のチャンスをうかがっていたのですが、人質解放時に二世・三世議員の六人が楯《たて》にされたこともあって、作戦を変えたようです。解放された方たちの証言によりますと、犯人グループの十人は兵士のようにきびきびとした動作だったとのことです。リーダー格の男が元第一空挺団隊員であることは確認できましたが、犯行目的や背後関係は依然として不明です」

アナウンサーがいったん言葉を切って、同じニュースを繰り返した。

どうやら犯人側の狙いは身代金ではなさそうだ。やはり世襲議員の四十人を囮《おとり》にして、元老たちを民自党本部に呼びつけようとしているのか。そして、民自党の実力者たちを皆殺しにするつもりなのだろうか。

ニュースの内容が変わった。経済に関する報道になった。

深見はステアリングを捌《さば》きながら、ラジオの電源を切った。

そのとき、脳裏《のうり》に内藤亜紀の顔が浮かんだ。彼女は外科医の奈良橋が開き直ったことで、明らかに怯《おび》えはじめている。前夜はどう過ごしたのか。自室で戦《おのの》きながら、朝を迎えたのかもしれない。それとも安全なホテルで安眠できたのだろうか。

亜紀は成り行きで肌を重ねた女性にすぎない。それでも深見は、なんとなく冷淡にはなれなかった。亜紀のことが気がかりだったが、先を急ぐ。

十分弱で、戸倉クリニックに着いた。

深見は蛇腹封筒を手にして、運転席から出た。院長室に直行する。戸倉父娘《おやこ》は、すでに待ち受けていた。

三人はソファに坐った。

深見は蛇腹封筒から拡大写真の束《たば》を摑み出し、戸倉院長に手渡した。

「その写真の中に、あなたを車で連れ去ろうとした二人の男がいるかどうかチェックしてもらいたいんですよ」

「この写真はどこで入手したんです？」

「昨夜《ゆうべ》、関東桜仁会仙名組の本部事務所の斜め前でわたしが隠し撮りしたんです。写ってる男たちの大半は組員でしょう。虻川勇は、仙名組の組長と三年ほど前から親交を重ねてるようなんですよ」

「そういう情報をキャッチされたんで、あなたは組員たちを盗み撮りしたんですか」

「ええ、そうです。虻川が仙名組の構成員に院長を拉致させようとしたとも考えられますからね。とにかく、拡大写真をよく見てください」

「わかりました」

美しい女医の父親が写真をゆっくりと繰《く》りはじめた。真剣な表情だった。

「デジカメのメモリーを使って、プリンターで写真を拡大したんですね？」

菜摘が確かめた。彼女は父親と並んで腰かけていた。

深見は無言でうなずいた。写真プリンターは投宿先に置いてあった。数カ月単位でホテルの続き部屋《スイートルーム》を借りているので、調査に必要な機器類は一応揃えてある。足りない物は、そのつどリース業者から調達していた。

「ひとりは、この男だったと思います」

戸倉が一葉《いちよう》の写真を卓上に置いた。

深見は拡大した写真を見た。口髭《くちひげ》を生《は》やした目つきの鋭い男が写っていた。三十二、三歳だろうか。頬がこけ、どことなく不健康そうだ。覚醒剤常習者なのかもしれない。

「ええ、こいつに間違いありません。エルグランドの助手席から降りてきた男ですよ。車を運転してたのは……」

戸倉院長が、また写真を捲《めく》りだした。七、八枚目の拡大写真が引き抜かれた。

「もうひとりは、その写真の男なんですね？」

「ほぼ間違いないと思います。左の小鼻の横に小豆大《あずきだい》の疣《いぼ》がありましたんで、この男だったんでしょう」

「ちょっと見せてもらえますか」

深見はコーヒーテーブル越しに右腕を伸ばした。

院長が拡大写真を差し出す。深見は受け取り、写真に目を向けた。

短髪で、ブルドッグのような顔立ちだ。眉《まゆ》が太く、ぎょろ目だった。確かに小鼻の横に疣がある。三十歳そこそこに見えた。

「はっきりと思い出しました。その男がエルグランドを運転してましたよ。口髭の男が兄貴分のようでしたね」

「そうですか」

「二人組がやくざ者なら、わたしが拉致されそうになったことを代々木署に話したほうがよさそうだな。未遂だったんで、大げさに騒ぎ立てないほうがいいと判断して、警察に被害届を出す気はなかったんだが。しかし、調査員の野上さんが危険な目に遭《あ》う恐れもありますからね」

「わたしは一年前まで刑事だったんです。荒っぽい男たちの扱いには馴《な》れてますんで、どうかご心配なく」

「しかし、万が一のことがあったら、責任を負えませんから……」

「もしも何かあっても、自己責任です。依頼人に責任を取ってくれなんて決して言いませんよ」

「そうですか」

「わたしに任せてください」

「それでは、警察には被害届は出さないことにします」

院長が口を結んだ。深見は、卓上から口髭をたくわえた男の写真を抓《つま》み上げた。

「『スリーアロー・コーポレーション』の虻川社長が写真の二人に父を拉致させたら、力ずくで戸倉クリニックの経営権を譲れと迫るつもりだったんでしょうね」

菜摘が深見に声をかけてきた。

「そうにちがいない。院長が脅迫に屈しなかったら、きみも引っさらう気でいたんだろうな。たったひとりの娘が辛《つら》い目に遭ったら、たいがいの父親は逆《さか》らえなくなる」

「ええ、そうでしょうね。卑劣《ひれつ》な連中だわ」

「その通りだね。まず写真の二人の名前と住所を割り出して、雇い主が虻川勇かどうか確認します。本庁の暴力団係の刑事に知り合いがいるから、二人組のことは造作なくわかると思う」

「危険な調査でしょうが、よろしくお願いします」

「わかりました」

深見は拡大写真をまとめて蛇腹封筒に収めた。二人組の写真は上に重ねた。

「あんまり無理をなさらないように」

戸倉院長が言った。

深見は小さくうなずき、ソファから立ち上がった。院長室を出ると、菜摘が後《あと》を追ってきた。

「何かお手伝いできることはありませんか？」

「きみは、なるべく親父さんのそばにいてくれないか」

「わかりました」

「院長がどうしても外出しなければならないときは、きみのほかにクリニックのスタッフに付き添ってもらったほうがいいね」

「はい、そうします」

「わざわざ見送る必要はないよ」

深見は言い置いて、足を速《はや》めた。

背後で菜摘が頭を下げる気配が伝わってきた。深見は外に出て、プリウスの運転席に腰を沈めた。すぐ亜紀に電話をかける。スリーコールで、通話可能になった。

「きのうは、そっちのそばにいられなくて悪かったな」

「ううん、いいの。原稿は書き上げた？」

「一応まとめたんだが、どうも気に入らないんだ。部分的に手直ししてから、担当編集者にＵＳＢメモリーを渡そうと思ってる」

「そういうことなら、すぐには会えないわけね？」

「夕方までに手直しを終えるつもりなんだよ。そしたら、会いに行く」

「わたし、アパートにはいないの」

亜紀が言った。

「どこかホテルに泊まったんだ？」

「ええ、そうなのよ。部屋では安眠できそうもないんで、品川駅の近くにある新高輪エクセレントホテルに泊まったの。おかげで、ぐっすり寝《やす》めたわ。三、四日連泊するつもりなんだけど、夕方にはいったんアパートに戻ろうと思ってるの。着替えの服を取りに行きたいのよ」

「そう」

「六時から七時ごろまでは自分の部屋にいると思うわ。もし時間の都合がついたら、アパートで落ち合いましょ？　七時過ぎまで垂水さんが部屋に来なかったら、わたし、ホテルに戻ってる」

「わかった。アパートかホテルに行くよ。ホテルの部屋は？」

「一八〇六号室よ。ツインの部屋を取ったの。今夜は泊まってくれるでしょ？」

「そのつもりだよ。それじゃ、後《あと》で」

深見は通話を切り上げ、レンタカーを東京警察病院に向けた。

道路は思いのほか空いていた。病院まで二十分もかからなかった。

深見はエレベーターで七階に上がった。

矢沢はベッドに坐り込み、テレビの画面を見つめていた。妻の千絵の姿は見当たらない。

「マスクメロンでもお見舞いにと思ったんですが、早く矢沢さんの顔を見たかったんで、きょうも手ぶらで来ちゃいました」

「つまらない気を遣《つか》うなって、おまえは身内みたいなもんなんだからさ」

「奥さんは？」

「午前中まで病室にいたんだが、午後から会議があるらしいんだ。それで、出署したんだよ」

「そうですか」

「そこの冷蔵庫に缶ジュースやペットボトルの茶がいろいろ入ってるよ。好きなのを飲んでくれ」

「はい、後でいただきます。傷の具合はどうですか？」

「まだ少し疼《うず》いてるが、もう鎮痛剤は服《の》んでないんだ。明日か、明後日《あさって》には退院できるだろう」

「医者の許可が出たんですか？」

「許可はもらってないが、大変な事件《ヤマ》が発生したんだ。部隊長のおれがこんな所でのんびりとしてられないよ」

「お気持ちはわかりますが、大事をとらないとね」

深見は言って、ベッドの際《きわ》の円椅子《まるいす》に腰かけた。

「おまえ、二世・三世議員以外の人質が全員解放されたことは？」

「カーラジオのニュースで知りました」

「そうか。犯人どもは四十人の世襲議員の身内に一億円ずつ午前中に用意しておけと言っておきながら、未《いま》だ身代金の受け渡し方法については何も指示してない」

「犯人側の狙いは金じゃないのかもしれませんよ。四十人の人質を囮《おとり》にして、民自党の元老たちを呼びつけ、世襲議員の連中と一緒に大量虐殺する気でいるんじゃないのかな」

「部下たちの報告によると、犯人グループが民自党を陰で操《あやつ》ってる元老たちフィクサーに呼び出しをかけた気配はうかがえないらしいんだ」

「そうなんですか」

「占拠グループが何を考えてるのか、ますます読めなくなってきたよ」

矢沢が忌々《いまいま》しげに言った。

その直後だった。民自党本部が爆破されるシーンをテレビカメラが捉《とら》えた。凄《すさ》まじい爆発音がたてつづけに轟《とどろ》き、コンクリートの壁やガラス片が四散《しさん》した。外壁や床が崩れ落ち、巨大な炎と黒煙が立ち昇りはじめた。

「なんてことなんだ」

矢沢が呻くように言い、ベッドから滑り降りた。茫然《ぼうぜん》と立ち尽くしていたが、その目はテレビの画像に注《そそ》がれていた。

深見も中腰になって、驚きの声を洩《も》らした。

およそ現実感がなかった。何か悪い夢を見ているようだった。だが、紛《まぎ》れもなく現実の出来事だ。犯人グループが脱出した様子はなかった。四十人の二世・三世議員を巻き添えにした自爆テロだったのか。

グループのリーダー格だった笹森は、第一空挺団にいた人物だ。イスラム原理主義者たちと接点があったとは思えない。また、日本の過激派セクトに関わりがあったとは考えられないだろう。

十人の実行犯は雇い主に言葉巧《たく》みに利用され、四十人の世襲代議士と一緒に爆殺されてしまったのではないか。深見は混乱する頭で、そう推測した。

「深見、これはどういうことなんだ!?　おまえはどう考えてる?」

矢沢が上擦《うわず》った声で訊いた。深見は自分の推測をかいつまんで話した。

「笹森たちを雇った首謀者《しゅぼうしゃ》がいるとしたら、そいつはいったい何を企んでいるんだ？」

「そこまではっきりと読めませんが、今回の事件《ヤマ》の絵図を画《か》いた人物はほぼ七十年も政権を担《にな》ってきた民自党の壊滅《かいめつ》を狙ってるんでしょうね」

「しかし、四十人の二世・三世議員を亡《な》き者にしても、元老たちは生き残ってる。民自党を支えつづけてきた財界の大物たちもいるわけだから、壊滅なんかできっこないよ」

「確かに壊滅までは無理でしょうね。しかし、高齢の元老や大物財界人も百二十歳まで生きるわけではありません。主だった世襲議員が死んで陰の実力者たちが次々に他界すれば、民自党は確実に弱体化します」

「そうだが……」

矢沢が口を噤《つぐ》んだ。

数秒後、サイドテーブルの上で官給携帯電話《ポリスモード》が身震いした。矢沢が敏捷《びんしょう》に自分の携帯電話を摑み上げ、右耳に当てた。

そのとたん、表情が強張《こわば》った。唸《うな》るような声もあげた。

深見は禍々《まがまが》しい予感を覚えた。

二分ほど経《た》つと、矢沢が終了キーを押した。放心状態だった。肩を落としている。目も虚《うつ》ろだ。

「どんな報告があったんです？」

深見は、矢沢の肩口を揺さぶった。

「信濃町《しなのまち》の公正党本部も爆破された」

「えっ⁉」

「党本部にいた三十一人の国会議員、それから公正党の母体である『救国学会』の池《いけ》宮幸次郎《みやこうじろう》会長、八十八歳も犠牲になったらしい。そのほか居合わせた関係者が五十人ほど重軽傷を負ったそうなんだ」

「日本は治安《ちあん》がいいことで知られてたのに、まるでテロ国家のような暴挙ですね」

「ああ、まったく信じられない話だ。詳しいことはわからないが、公正党本部には十箇所ほど高性能なプラスチック爆弾が仕掛けられてたという報告だったよ。党本部のメンテナンスを請け負ってる会社の従業員に化けた三人の男が建物のあちこちに爆発物を仕掛けて、リモコンで爆破させたみたいだな」

矢沢が力なく呟《つぶや》き、ベッドに坐り込んだ。

与党の民自党本部と公正党本部が相次いで爆破されたわけだが、犯行動機は政局絡みだったのか。第一野党の民友党は、単独政権を執ることが永年の願望だった。民友党が保守二大政党をぶっ潰す気になったのか。

政権支持率が五十パーセントを割ったとはいえ、そのような乱暴な手段を選んだら、たちまち支持層に見放されてしまうだろう。民友党関係者が実行犯たちを動かしているとは思えなかった。

ほかの野党の仕業《しわざ》とも考えにくい。深見はそこまで考えとき、医療法人『博慈会』の及田代表が政治に色気を示していたことを思い出した。二十五年あまり前の参院選では惨敗《ざんぱい》を喫《きっ》したが、いまは状況が違う。

二十四時間医療サービスで『博慈会』は急成長し、その年商は大企業に迫る勢いだ。豊富な選挙資金があれば、今度は野望を遂げられるかもしれない。

及田代表は、ふたたび政界に進出する気になったのだろうか。そうだとしたら、二件の国会議員大量殺人事件に関与している疑いは皆無ではない。『博慈会』の代表は選挙資金を増やしたくて、虻川勇に次々に病院を乗っ取らせ、傘下のクリニック数を数倍にすることを目論《もくろ》んでいるのか。

そうならば、今回の仕組まれた医療ミスも虻川と及田徹雄が共謀したとも考えられる。なんらかの形でリンクしていそうだ。

「犯人グループを制圧できなかったんで、四十人の民自党の議員を死なせてしまった。公正党本部爆破事件は不可抗力だったとしても、民自党本部はSATの隊員たちが完全に包囲してたんだ。おれが人質の命を尊重しすぎて強行突入をためらったせいで、多くの犠牲者を出してしまった。部隊長の資格なんかないな」

矢沢が自分を罵《ののし》り、頭を抱え込んだ。

「オペレーションの最終号令は本庁の警備第一課の課長が下《くだ》すわけですから、別に矢沢さんの判断ミスなんかじゃありませんよ。客観的に言って、強行突入は無理だったでしょう。矢沢さんには何も落ち度はないですよ」

「深見、本気でそう思ってるのか？」

「ええ。犯人グループが三人程度なら、狙撃班がシュートできたでしょう。しかし、敵の数は十人だったんです。突入や狙撃ができなくても仕方ありません。現場の指揮官に手落ちがあったわけじゃない」

「そう言ってもらうと、少しは気持ちが軽くなるが……」

「たくさんの死傷者が出たことは不幸なことですが、矢沢さんが落ち込む必要はありませんよ。部隊長は左肩を撃たれたんです。つまり、命懸《が》けで犯人グループと向き合ったわけですよ。それだけで、充分に立派です。尊敬に価《あたい》すると思うな」

深見は言葉に力を込めた。社交辞令ではなかった。本心から出た台詞《せりふ》だった。

「そこまで言われると、なんだか面映《おもはゆ》いな」

「照れないでください」

「わかった。気を取り直して、情報を集めてベストな対処をしよう」

矢沢が官給携帯電話《ポリスモード》を手に取った。深見は暇《いとま》を告げ、大股で病院を出た。

レンタカーに乗り込んでから、本庁組織犯罪対策部の柏木刑事に電話をかける。

「本庁の近くまで出向くから、十分か十五分ほど時間を割《さ》いてもらいたいんだ。そっちに見てもらいたい顔写真《ガンクビ》があるんだよ。そいつらは関東桜仁会仙名組の構成員なんだが、氏名と家《ヤサ》を教えてもらいたいんだ」

「三時半に日比谷公園の中にある『松本楼《まつもとろう》』でどうでしょう?」

「オーケー、一階のティーサロンで落ち合おう」

「わかりました。それでは、後《のち》ほど!」

電話が切られた。

深見は左手首のフランク・ミュラーに視線を向けた。間もなく午後二時半になる。

一時間あれば、なんとか間に合うだろう。

プリウスを発進させ、日比谷をめざす。幹線道路のあちこちに検問所が設《もう》けられていた。二つの大きな爆破事件が発生したことで、都内に非常線が張られたのだろう。

深見は制服警官に五度も運転免許証を呈示させられたが、三時二十五分過ぎには日比谷公園に着いた。地下大駐車場にレンタカーを預け、園内のほぼ中央にある老舗《しにせ》レストランに向かった。

ガラス張りの一階のティーサロンに入り、コーヒーを頼む。

十数分待つと、柏木がやってきた。柔和な顔で、暴力団係刑事としては少しばかり迫力を欠《か》く。

しかし、柏木は柔剣道ともに三段だった。空手の心得もある。

「無理を言って済まなかったな。好きな飲み物をオーダーしてくれ」

深見は言った。柏木は迷うことなくコーヒーを注文した。

「民自党本部と公正党本部が派手に爆破された。日本も物騒《ぶっそう》になったな。こうなると、ヤー公同士がドンパチやるぐらいはかわいいものだ」

「仙名組の奴がまさか二つの爆破に関わってるんじゃないでしょうね」

「そうじゃないんだ。おれの知り合いの医者が仙名組の構成員らしい二人組に因縁《いんねん》をつけられたみたいなんだよ。被害届を出すほどのことじゃないんだが、ちょっと二人に威《おど》しをかけておこうと思ってな」

深見は言い繕《つくろ》った。

「所轄を通じて、ちょっと仙名組に意見しておきましょうか？」

「それには及ばない。おれが、そいつらに少し説教をしておくよ」

「そうですか。では、二人の顔写真を見せてもらいましょう」

「柏木のコーヒーが届いてからにしよう。そのほうがいいだろう」

「あっ、そうですね」

「煙草、喫《す》うんだったよな？」

深見は柏木に確かめた。柏木が上着のポケットから、セブンスターと使い捨てライターを摑み出した。

二人は相前後して煙草をくわえた。それから間もなく、柏木のコーヒーが届けられた。

ウェイターが下がると、深見はかたわらの椅子の上に置いた蛇腹封筒から二枚の拡大写真を引っ張り出した。重ねたまま、柏木に手渡す。

「ブルドッグみたいな面《つら》をした奴は知りませんが、口髭の男は千本《せんぼん》木創《ぎはじめ》って奴ですよ。三十四歳だったと思います。傷害、恐喝、覚醒剤取締違反で、三度ばかり実刑を喰らってます」

「そう。年齢からいって、まだ準幹部クラスなんだろうな」

「ええ、その通りです。確か千本木は違法カジノの管理を任されてるはずですよ」

「家《ヤサ》は？」

「以前は赤坂五丁目にある『赤坂スカイハイツ』の七〇八号室に住んでたんですが、部下に確認してみますね。ちょっと失礼します」

柏木が立ち上がって、店の外に出た。店内では電話しにくいのだろう。

深見はコーヒーを飲み干し、ピースをくわえた。ふた口ほど喫うと、柏木がテーブルに戻ってきた。

「千本木は、いまも同じマンションに住んでます。いつも違法カジノには夜の八時半ぐらいに立ち寄ってるようですから、それまでは自宅にいるでしょう」

「だろうな」

「深見先輩、調査内容を詳しく教えてくださいよ。仙名組が大きな事件にタッチしてるんだったら、それで一気に叩くことができるんで」

「知り合いのドクターが千本木たち二人に因縁をつけられたことは間違いないんだが、脅迫でも恐喝でも立件は難しいだろうな」

深見は卓上の拡大写真をさりげなく抓み、蛇腹封筒の中に戻した。

「ガードが固いんですね」

「勘繰《かんぐ》りすぎだよ。おれは、そっちに何も隠し事なんかしてない」

「そうですかね」

柏木が妙な笑い方をした。何か勘づかれているのか。

深見はそう思ったが、表情ひとつ変えなかった。

柏木がコーヒーを飲み終えた。深見はテーブルの下で十枚の万札を柏木に握らせ、伝票を手に伸ばした。

2

象牙《ぞうげ》色のドアが開けられた。

『赤坂スカイハイツ』の七〇八号室だ。仙名組の千本木の自宅である。

深見は体を反転させた。マンションの管理会社の社員を装ってインターフォンを鳴らし、すぐさまドアスコープに背を向ける。

「おい、入れや！」

千本木が鋭く命じた。右手には、リボルバーが握られている。アメリカ製のS&W《スミスウェッソン》649だった。ステンレス製で、ハンマー内蔵型だ。輪胴《シリンダー》には五発のマグナム弾が装塡《そうてん》できる。銃身は太くて短い。

逃げる気になれば、逃げられる。仮に発砲されても、被弾はしないだろう。それ以前に千本木が引き金を絞る可能性はなさそうだ。

「わかったよ」

深見は素直に命令に従い、三和土《たたき》に足を踏み入れた。ほとんど同時に、千本木がリボルバーの銃口を深見の心臓部に押し当てた。

「おめえ、何者なんでえ？　このマンションを管理してる会社は社長以外は全員、女なんだ。おめえは偽社員だなっ」

「バレちゃったか。おたく、堅気じゃないよね？　舎弟に殺しを請け負ってる人間がいたら、紹介してくれないかな。報酬はたっぷり払いますよ」

「始末してもらいたい奴がいるらしいな？」

「おれを殺してほしいんだ」

「ふざけてやがるのかっ。おい、こら！」

「本気なんだ。勤めてた製靴会社が倒産して、一年近く失業中なんだよね。不況だからか、再就職口がまったく見つからないんだ。なんだか生きるのが面倒になってきたんで、何回か死のうとしたんだよ。しかし、いざとなると、そう簡単には自殺できなかった」

「だから、どうだってんだっ」

「やくざなら、拳銃を持ってると思って、ここを訪ねてきたんだよ。譲ってもらったピストルで自分のこめかみを撃ち抜くつもりだったんだけど、手間が省《はぶ》けたな」

「え？」

「早く引き金を絞ってくれないか」

深見は言った。

「頭《ペテン》がおかしいんだな」

「そうじゃないんだ。本気で死にたいと思ってるんだよ」

「気持ちの悪い野郎だ」

千本木がS&W649の銃口を下に向けた。無防備に見えた。反撃のチャンスだ。

深見は千本木の右手首を片手でホールドし、首筋に手刀《しゅとう》打ちを浴びせた。千本木が呻いて、大きくよろけた。

すかさず深見は拳銃を奪い、横蹴りを放った。千本木が仰向けに引っくり返る。

「遊びは、これぐらいにしておこう」

深見は玄関マットの上に上がった。靴を履《は》いたままだった。

千本木が半身を起こした。

「おめえは素《す》っ堅気《かたぎ》じゃねえな。拳銃《ドウグ》を扱い馴《な》れてる感じだからよ」

「戸倉クリニックの院長を拉致しかけたのは、そっちだなっ。かっぱらったエルグランドを運転してたのは、組の若い者《もん》だな？」

「なんの話をしてるんでえ？」

「時間稼ぎはさせない」

深見は手早く弾倉を左横に振り出した。蓮根《れんこん》の輪切りに似たシリンダーには、五発のマグナム弾が詰まっていた。

一発だけ残して、四発の実包《じっぽう》を足許に落とす。千本木の鋭い目に戦慄《せんりつ》の色が宿《やど》った。

血の気も失《う》せていた。ナイフで削《そ》いだような頰は引き攣《つ》っている。

「な、何する気なんだ⁉」

「これから、そっちの運試《うんだめ》しをする」

「ロシアン・ルーレットをやろうってんだな？」

「そうだ。運が悪けりゃ、おまえの頭はミンチになる」

深見は無造作に指でシリンダーを回した。

千本木が尻《しり》を使って、後退しはじめた。いまにも泣きだしそうな表情だ。

「これまでの運はどうだった？　よかったのか。それとも、悪かったのかな？」

「どっちかと言うと、悪かったよ」

「なら、死ぬことになるかもしれないな」

深見は右腕を前にまっすぐ突き出し、人差し指を引き金《トリガー》に絡《から》めた。千本木の全身が固まった。唇がわなわなと震えだした。

深見は引き金を一気に引いた。

ハンマーが小さな金属音を刻んだ。マグナム弾は放たれなかった。

千本木が肺に溜《た》めていた息を吐いた。安堵の吐息だ。

「胸を撫《な》で下ろすのは早いな。今度はマグナム弾が飛び出すかもしれない」

「や、やめてくれ。小便漏《も》らしそうなんだ」

「情けないことを言いやがる」

「もう勘弁してくれねえか。金が欲しけりゃ、やらあ。いくら払えばいいんでえ？」

「甘いな」

深見は、ふたたび無表情のまま引き金を絞り込んだ。

またもや空撃ちだった。千本木の目が涙で潤《うる》みはじめた。

深見は平静に振る舞っていたが、内心は穏《おだ》やかではなかった。弾《たま》が放たれたら、千本木の体に命中するだろう。頭部か心臓部に当たれば、即死することになる。

共同住宅内で銃声を響かせれば、居住者の耳に届く。逃げる途中、何人もの人間に目撃されてしまうだろう。そうなったら、面倒なことになる。警察に追われるにちがいない。

シリンダーに一発だけ実包を入れた振りをすることもできただろう。しかし、それではどうしても迫力を欠くことになる。ロシアン・ルーレットは深見にとっても、きわめて危険な賭けだった。

マグナム弾がシリンダーから疾駆《しっく》したら、肚《はら》を括《くく》るほかない。そのときは、そのときだ。

「次は派手に銃声が轟《とどろ》きそうだな。おれの勘は割に当たるんだよ」

「こっちの負けだ。直系の白井《しらい》って舎弟と一緒に代々木駅の近くで、戸倉功を連れ去ろうとしたよ。組長《オヤジ》に戸倉クリニックの院長の写真を渡されて、拉致して監禁しろって言われたんだ」

「院長の写真は隠し撮りされたものだな？」

「だと思うよ。戸倉っておっさんの横顔しか写ってなかったからな」

「組長の仙名は、なんでおまえら二人に戸倉院長を拉致させようとしたんだ？」

「その理由《わけ》は教えてくれなかった。組長《オヤジ》と戸倉クリニックとは何も利害がねえから、知り合いに戸倉を引っさらって監禁してくれって頼まれたんだろうな。おれは口を割ったんだから、Ｓ＆Ｗの銃口を下げてくれねえか。そのままだと、落ち着かねえんだよ」

「もう少し我慢しろ。仙名隆幸は、『スリーアロー・コーポレーション』の蛇川社長と親しくしてるな？」

「うん、まあ」

「蛇川は、病院乗っ取り屋として暗躍してる男だ。そのことは知ってるな？」

「ああ」

「その蛇川は、戸倉クリニックの経営権を手に入れたがってる。現に医療コンサルタントは電話で戸倉院長にクリニックの理事長にならせてくれないかと打診したんだ」

「そうなのか。そのあたりのことはよく知らねえんだ」

千本木が言って、立ち上がる素振りを見せた。

「まだ坐ってろ」

「けっ、わかったよ」

「話は飛ぶが、以前、戸倉クリニックの外科医を務めてた奈良橋を罠《わな》に嵌めたんじゃないのかっ」

「罠って、何でえ？」

「奈良橋は今年の一月に出会い系サイトで知り合った中学生の女の子とラブホテルに行って、ナニしたんだ。そのとき、相手の娘《こ》は携帯のカメラでベッドプレイを動画撮影したんだよ。奈良橋は淫《みだ》らな画像を押さえられて、正体不明の脅迫者にわざと医療ミスをしろと強要された」

「へえ。おれには関係のない話だね」

「そうかな」

深見は千本木の前に屈《かが》み込み、顎先《あごさき》を摑んだ。

千本木が目を剝《む》いて、口を開けた。深見はリボルバーの短い銃身を口の奥に突っ込み、左腕で千本木の頭を引き寄せた。千本木が喉の奥で呻き、苦しがって顔を振った。

「素直にならないと、ぶっ放すぞ」

「く、苦しい！　う、うまく声が出せねえよ」

千本木が、くぐもり声で訴えた。

「ちゃんと聞き取れるよ」

「けど……」

「奈良橋とラブホに行った女の子は、そっちの知り合いだな？」

「そんなガキ、おれは知らねえよ」

「粘《ねば》るな。それじゃ、仕方ない」

深見は銃身を荒っぽく左右に抉《こじ》った。

千本木が唸《うな》った。尖《とが》った照準器が上顎《うわあご》を傷つけ、口腔《こうくう》の粘膜《ねんまく》を抉《えぐ》ったようだ。

「まだ頑張る気か？」

「その娘《こ》は、家出少女だったんだ」

千本木が聞き取りにくい声で言った。

深見は左腕の力を緩《ゆる》め、銃身を引き抜いた。唾液《だえき》と鮮血でぬめっている。深見は汚れを千本木のシャツに擦《こす》りつけて、ゆっくりと立ち上がった。

「あずみって娘《こ》は横須賀《ヤサ》に家があるんだけど、中一の三学期に家出して、白井のマンションに居候《いそうろう》してたんだよ。で、白井の野郎が出会い系サイトで客を取らせてたんだ」

「それで？」

「仙名の組長《オヤジ》に奈良橋って外科医を罠に嵌めろって言われたのは、一月の中旬だったよ。で、おれと白井がさ、あずみを使ってドクターをセックス・スキャンダルの主人公に仕立てたってわけさ」

「奈良橋に医療事故を起こせって電話をしたのは、おまえなのかっ」

「おれじゃねえよ。仙名の組長《オヤジ》なんじゃねえの？　蛇川さんが戸倉クリニックを乗っ取りたいと考えてるんなら、あの旦那が奈良橋に電話したのかもしれねえな」

「仙名組は、蛇川の病院乗っ取りに協力してるんだろ？」

「ああ、まあ。けど、仙名組《うち》は病院の転売ビジネスには噛《か》んでないぜ。嘘じゃねえって」

「そうか」

「組長《オヤジ》とおれたち二人は、蛇川さんに協力してやっただけだよ。あずみは夏前に白井のマンションから消えちまって、どこにいるのかわからねえんだ」

千本木が手の甲で口を拭《ぬぐ》った。血糊《ちのり》で手の甲は真っ赤に染まった。

深見は輪胴《シリンダー》の実包を床に落とし、グリップの底で千本木の頭頂部を強打した。

千本木が身を縮め、横倒れに転がった。深見はリボルバーを遠くに投げ捨て、悠然と七〇八号室を出た。

組員が警察に駆け込むとは思えない。わざわざ自分の指紋や掌紋を拭い取る必要はないだろう。

深見は『赤坂スカイハイツ』を出ると、路上に駐《と》めたレンタカーに乗り込んだ。

銀座に向かう。『スリーアロー・コーポレーション』を探し当てたのは、二十数分後だった。

銀座三丁目の外れにある興和ビルは古びていたが、趣《おもむき》があった。昭和の香りを色濃く留《とど》めている。

深見は三階に上がった。金沢市内の開業医の息子になりすまし、虻川社長との面会を求める。応対に現われた女性事務員は怪しむことなく、社長に取り次《つ》いでくれた。

深見は、奥の社長室に通された。

虻川はパターの練習をしていた。深見は偽名刺を差し出し、ネット広告会社を経営していると騙《かた》った。

「お父さまが金沢市内で総合クリニックを開かれてるとか?」

虻川は如才《じょさい》なく言って、上着の内ポケットから名刺入れを取り出した。

深見は虻川の名刺を受け取り、どっしりとした総革張りの茶色のソファに腰かけた。向かい合う位置に虻川が坐った。

「ネット広告会社の景気はどうです？」

「年商は下がる一方ですね。で、父に資金援助を頼んだんですが、クリニックの経営も思わしくないんですよ。わたしは医大に入れなかったんで、病院経営には疎《うと》いんですが、医療法人『博慈会』の傘下に入れば、父のクリニックも再建できるかもしれないと考えたんですよ。父の友人のドクターから聞いた話ですと、蛇川社長は『博慈会』に太いパイプをお持ちらしいですね？」

「太いパイプかどうかわかりませんが、わたしが理事長を務めていた医院を『博慈会』に譲渡してますんで、繋《つな》がりはありますよ。お父さまのクリニックのベッド数は？」

「五十二床《しょう》です」

「そうですか。百床以上ないと、『博慈会』は興味を示さないだろうな」

「わたしの情報では、『スリーアロー・コーポレーション』さんは数十床のクリニックの経営権を手に入れられて、『博慈会』に転売されてるようですが……」

「ええ、確かに譲渡しました。しかし、どこも首都圏にある医院だったんですよ。ベッド数は少なくても、宣伝効果があります。それだから、『博慈会』はわたしが経営してた中小のクリニックを引き取ってくれたわけなんですよ」

「そうなのか。北陸の地方都市に『博慈会』がチェーン・クリニックを出しても、あんまりメリットはないってことなんですね？」

「ええ、まあ」

「父のクリニックは跡を継ぐ人間がいないんですよ。社長の顔で、『博慈会』の及田代表をご紹介いただけないかな？　父も七十歳ですからクリニックを丸ごと売却して、のんびりと余生を送りたいと思ってるにちがいありません。及田代表に引き合わせていただけたら、わたしが直《じか》にお願いしてみますよ。及田代表は、また政界進出を考えているという噂も耳に入ってきてます。事業をもっと拡大して、選挙資金を稼ぎたいと思ってるんではないのかな」

深見は鎌をかけた。

「及田代表は昔の参院選で私財をなげうってますから、政治に血道をあげることはないと思うがな。そんな噂、どこから出たんだろうか」

「そういう話は聞いたことがない？」

「ええ、一度も耳にしたことはありませんね」

「そうなんですか。それはそうと、なんとか及田代表をご紹介いただけませんかね」

「お父さんのクリニックが都内か近郊にあれば、わたしの会社で譲っていただいてもいいんですが、金沢ではちょっとね」

蛇川が困惑顔で腕時計に目をやった。

あまり粘っても、不審がられるだけだろう。深見は深追いすることを諦《あきら》め、ほどなく辞去した。

興和ビルを出て、レンタカーに乗り込む。深見はプリウスを二十メートルほどバックさせ、張り込みはじめた。

蛇川が興和ビルから姿を見せたのは、午後五時過ぎだった。医療コンサルタントは近くのパーキングビルまで歩き、建物の中に消えた。

数分後、パーキングビルの出入口から灰色のメルセデス・ベンツが走り出てきた。ステアリングを握っているのは蛇川勇だった。

深見はレンタカーで慎重にベンツを尾《つ》けはじめた。ベンツは十七、八分走り、鳥居《とりい》坂《ざか》に面した会員制のスポーツクラブの地下駐車場に潜《もぐ》った。

深見はプリウスをスポーツクラブの近くの路肩《ろかた》に寄せ、車内で十分ほど時間を遣《や》り過ごした。それから車を降り、スポーツクラブの館内に入った。

一階の受付カウンターに歩《ほ》を進め、男性係員に写真付きの模造警察手帳を呈示《ていじ》する。警視庁組織犯罪対策部の警部補を装ったのだが、少しも動揺はしなかった。これまでに幾度も現職刑事に化けていた。

「何かの事件の聞き込みですか？」
二十七、八歳の男が問いかけた。
「ちょっと内偵捜査中なんだ」

「刑事さんたちは聞き込みのとき、原則としてコンビで動くんですよね？　わたし、警察小説のファンなんですよ」

「そう。原則として相棒と地取りや鑑取《かんど》りをするんだが、単独で聞き込みもやるんだよ」

「そうなんですか。鑑取りは、正式には地鑑《ちかん》捜査のことですよね」

「あまり時間がないんだ」

深見は話の腰を折った。

「あっ、すみません！」

「このスポーツクラブの会員に虻川勇がいるね？」

「はい」

「少し前に虻川のベンツが地下駐車場に入っていったが、いつもはどんなメニューをこなしてるのかな」

「その日によって、まちまちですね。きょうは五時半からスカッシュの予約をされてますんで、着替えてコートに直行されると思いますよ。一緒にプレイされることになっている方は、もう地下のコートに入ってますんでね」

「その相手は、もしかしたら、『博慈会』の及田代表じゃないの？　それとも、仙名商事の社長のほうかな」

「及田さまです」

「そう。仙名隆幸も、このクラブの会員だと思ってたが……」

「そういうお名前の会員はいませんね」

「こっちが勘違いしてたんだ。ところで、後でスカッシュコートを覗《のぞ》かせてもらっても問題ないね？」

「はい、それは。刑事さん、蛇川さんは何かの事件の容疑者なんでしょうか？」

「そういうわけじゃないんだ。ある事件の目撃証言をしているんだが、話に矛盾《むじゅん》があるんだよ」

「偽証の疑いがあるわけですか」

受付の男が好奇心を露《あらわ》にした。

深見は曖昧《あいまい》に応じ、いったん表に出た。プリウスの中に戻り、グローブボックスから盗聴器の〝コンクリート・マイク〟を取り出す。最新型だ。

深見は一式を上着のポケットに突っ込み、ふたたびスポーツクラブに向かった。一階ロビーから階段を降りる。三面のスカッシュコートは、地下駐車場の横にあった。手前のコートは無人だった。その向こうの二面は使われている。

虻川は真ん中のコートで壁に向かい合い、及田とボールを交互に打ち合っていた。どちらも白いウェア姿だった。『博慈会』の及田代表は十五、六年前まで、ちょくちょくテレビ番組に出演していた。雑誌のインタビューにも応じていた。

久しぶりに見かける医療界の異端児は、すっかり老《お》いていた。それでも風貌は、どこかエネルギッシュだった。

ラケットの振り方も力強い。二人はボールをリズミカルに打ち合いながら、何か言い交わしていた。ボックスタイプのコートのドアは閉まっている。会話はよく聞こえない。

深見は空いているコートに忍び込み、仕切り壁に近づいた。

受信機本体を上着の胸ポケットに入れ、耳にイヤフォンを嵌《は》める。吸盤型の特殊マイクを壁面に押し当てると、二人の遣《や》り取《と》りが鮮明に聴こえた。

「虻川君、戸倉クリニックの院長はまだ落ちる気配がないの？」

「ええ。奈良橋にわざと医師ミスをさせたら、予想通り患者の足が一斉に遠のいたんですよ」

「そういう話だったね」

「約三億円の債務があるんで、半年以内には音《ね》を上げると踏んでたんですよ。ところが、意外にも戸倉はしぶとくて、往生してます」

「経営権を譲ってほしいと話を持ちかけても、けんもほろろという感じだったんだね」

「そうなんですよ。それで、仙名組を使ったんです」

「しかし、戸倉を拉致監禁できなかったわけだ?」

「ええ。及田先生、もう少し猶予《ゆうよ》をお与えください。必ず戸倉クリニックを乗っ取って、『博慈会』に回しますんで」

「きみも焼きが回ったな。以前の虻川君なら、わたしが買収したいと思った医院は半年足らずで手に入れたもんだが……」

「もう一、二カ月お待ちください」

「わかった。それ以上は待てんぞ」

「はい。仙名組長に言って、少し手荒な威《おど》しをかけさせますよ。そうすれば、戸倉もこちらの言いなりになるでしょう」

「よろしく頼むよ。ただ、まずいことになったときは絶対に『博慈会』の名は伏せてくれな」

「先生、その点は心得てます。その代わり、転売の際《さい》には少しおいしい思いをさせてくださいね」

「わかってるって。蛇川君、プレイに集中しよう」

会話が途絶《とだ》えた。

ボールを打つ音だけが響いてきた。小型盗聴器には、ICレコーダーが組み込まれている。蛇川と及田の密談は収録されたはずだ。

深見は吸盤型マイクを仕舞い、抜き足でスカッシュコートを出た。

階段を中ほどまで上がったとき、亜紀から電話がかかってきた。

「いま自宅に戻ったとこなんだけど、変な男がわたしの部屋を覗き込んでたの」

「で、そいつは？」

「わたしと目が合ったら、こそこそと逃げていったわ。なんか気持ちが悪いから、垂水さん、すぐわたしの部屋に来てくれない？」

「いま六本木にいるんだ。すぐ行くよ」

深見は電話を切り、レンタカーに向かって走りはじめた。プリウスに乗り込み、急いで発進させる。

亜紀のアパートに着いたのは、およそ二十五分後だった。

レンタカーを路上に駐《と》め、一〇五号室に走る。夕闇が迫っていたが、部屋は暗かった。

ドアをノックする。応答はなかった。

「垂水だけど……」

深見はノブに手を掛けた。

ロックされていない。亜紀の名を呼びながら、ドアを開ける。

居室《きょしつ》の奥に亜紀が倒れていた。仰向けだった。声をかけてみたが、返事はなかった。

深見は靴を脱いで、部屋に上がり込んだ。よく見ると、亜紀の首にはエルメスのスカーフが二重に巻きついていた。

深見は屈《かが》み込み、亜紀の右手首に触《ふ》れた。

温《ぬく》もりは伝わってきたが、脈動は熄《や》んでいた。不審者に絞殺されたのだろう。

深見はライターの炎で室内を照らした。

人が揉み合った形跡があった。男物と思われる靴の痕《あと》もくっきりと残っている。靴のサイズは、二十八センチ前後だろう。

仔細《しさい》に観察すれば、遺留品《いりゅうひん》も見つかるかもしれない。犯人を割り出す手がかりを得られる可能性もありそうだ。しかし、犯罪を重ねてきた自分がいつまでも殺人現場に留《とど》まっているわけにはいかない。

「少し待っててくれ。犯人は必ず捜し出す」

深見は小声で呟き、変わり果てた亜紀に両手を合わせた。

合掌を解《と》き、慌《あわ》ただしく靴を履《は》く。ハンカチでノブを神経質に拭《ふ》いた。ドアを細く押し開け、外の様子を見る。

人の姿は目に留《と》まらなかった。

深見は一〇五号室をそっと出て、歩廊《ほろう》を忍び足で進んだ。ワンルームマンションの敷地から道路に出るまで誰にも姿を見られなかった。

一刻も早く一一〇番通報してあげたい。メンタルな触れ合いがあったわけではなかったが、亜紀とは濃密な時間を共有し合った仲だ。それなりの情《じょう》はあったし、哀惜《あいせき》の念も膨《ふく》らんでいる。

とはいえ、自分の携帯電話で事件通報するのは危険だ。

テレフォンナンバーから身許はじきに知られ、初動捜査で被害者との関係をしつこく探《さぐ》られることになるだろう。

世間の尺度では、深見は紛《まぎ》れもなく犯罪者である。恐喝の事実を突きとめられ、最悪の場合は亜紀殺しの加害者と疑われてしまうだろう。そんな事態には陥りたくない。

深見はレンタカーを走らせ、目で公衆電話を探しはじめた。

3

音声が途切《とぎ》れた。

深見はICレコーダーの停止ボタンを押し込んだ。戸倉クリニックの院長室である。

亜紀が自宅アパートで絞殺された翌日の午前十時過ぎだ。

深見はコーヒーテーブルを挟んで、戸倉父娘と向かい合っていた。調査の依頼人たちに聴かせたのは、鳥居坂のスポーツクラブの地階で録音した密談だった。

「やはり、医療ミスは仕組まれたものだったのね」

菜摘が口を開いた。

「それは間違いないでしょう。奈良橋ドクターは仙名組の仕掛けた罠《と》に嵌められて、あずみという家出中学生を買った。それで、相手に淫らな映像を撮られたんですよ。

だから、故意に医療事故を起こさざるを得なかったわけです」

「奈良橋さんに脅迫電話をかけて医師ミスを強要したのは、仙名組の組長か虻川勇なんでしょう?」

「まだ確認してないが、どっちかだと思います。多分、虻川がボイス・チェンジャーを使って公衆電話から奈良橋に連絡し、医療ミスを強《し》いたんだろうね」

「奈良橋、虻川、仙名、及田の四人をすぐに刑事告訴しよう」

戸倉院長が隣に坐った娘に語りかけた。

「ええ、そうね」

「二月の医療事故の真相がマスコミで報じられれば、戸倉クリニックは信用を取り戻すことができる。むろん、患者さんも戻ってきてくれるはずだ。野上さん、ありがとうございました。あなたのおかげで、わたしたち父娘は救われました。すぐ警察に行きます」

「戸倉院長、それはもう少し待ってもらいたいんです」

深見は言った。

「なぜ、そのようなことをおっしゃるのかな?」

「昨夕、看護師だった内藤亜紀さんが自宅アパートで何者かに殺害されましたよね」

「ええ。テレビのニュースで知って、びっくりしましたよ。きのうのうちに、彼女の実家にお悔やみの電話をしておきました。ご両親はとても驚いて、悲しみに打ちひしがれている様子でした」

「当然でしょうね。亡くなられた内藤さんは、仕組まれた医療事故の現場にいました」

「ええ、そうですね。彼女は奈良橋に加担したんではなく、単に担当医に責任をなすりつけられた被害者でしょうけど」

「そうだったんだと思います。しかし、現場にいたナースが殺されたわけです。仕組まれた医療ミスに起因する殺害事件と考えられます」

「そうなんだろうか。元刑事のあなたがそう直感されたんでしたら、そうなんでしょうね。そうなら、事件の真相はすべて解明されたわけではないんだな」

「ええ、そうなんでしょう。ですから、奈良橋、蛇川、仙名、及田の四人を刑事告訴するのはしばらく待ってもらいたいんです。首謀者と思われる及田はアンダーボスで、その背後に黒幕がいるかもしれませんのでね」

「あなたの推測が正しいとしたら、何か大きなからくりがあるんでしょう。それがどんな隠謀かはわかりませんが……」

「わたしにも、それはまだ読めないんですよ。しかし、内藤亜紀さんの死と仕組まれた医療ミスは繋がってるんでしょう。そういうわけですので、調査を続行させてほしいんです。もし調査を打ち切りたいとお考えでしたら、それでも結構です。後《あと》はわたしが個人的に調べ回ってみますんで」

「わたし自身は引きつづき調査をお願いしたいと思っています。菜摘の意見は？」

院長が娘に問いかけた。

「野上さん、ぜひ調査を進めてください。内藤さんが殺害されたんですもの、調査を打ち切ることはできません」

「わかりました。調査を続行します。これは、いったん引き取りますね」

深見は、ＩＣレコーダーが内蔵されている盗聴器を上着のポケットに収めた。

「内藤亜紀さんは、仙名組の組員に絞殺されたんじゃないのかしら？　そうしろと指示したのは、虻川か『博慈会』の及田代表のどちらかなんでしょう」

「なぜ、そう思ったのかな？」

「内藤さんは奈良橋ドクターがわざと入院患者に副作用のある『ミノマイシン』を点滴しつづけたことを見抜いて、そのことを仄《ほの》めかしたんじゃないのかしら？　奈良橋ドクターはぎくりとして、その件を正体不明と偽っていた脅迫者なる人物に伝えたんでしょう。で、虻川か及田代表が危険な芽は摘み取っておかなければという気持ちになったのかもしれませんよ」

「そうだとしたら、奈良橋も葬《ほうむ》られてるはずなんだがな」

「あっ、そうですね」

菜摘がうなだれた。

昨夕、深見は亜紀の自宅から六百メートルほど離れた場所で公衆電話を見つけ、一一〇番通報した。むろん、身分は明かさなかった。

恵比寿の外資系ホテルに戻ってから、テレビと新聞で事件に関する情報を懸命に集めた。事件現場で見つかった頭髪や足跡で、犯人が男であることは明らかになった。だが、ワンルームマンションの居住者や近所の住民は誰も被害者の部屋に出入りする不審者を目撃していない。要するに、有力な手がかりはないわけだ。

被害者の話や事件前の流れを考えると、奈良橋が疑わしい。しかし、物証は何もなかった。

奈良橋が亜紀に強請《ゆす》られつづけることに耐えられなくなって、逆襲する気になっても不思議ではない。だが、奈良橋が自らの手を汚すとは思えなかった。亜紀の事件に関わっているとすれば、第三者に殺人を依頼したのだろう。

「野上さんは、誰が内藤さんを殺したと推測されてるんですか?」

「まだ何とも言えないな。とにかく、調査を進めてみますよ」

「よろしくお願いします。経費がいろいろかかるでしょうから、これまでの報酬をお支払いしましょうか?」

菜摘が言った。

「後《あと》で結構です」

「本当に?」

「ええ。何かわかったら、報告します」

深見はソファから立ち上がり、戸倉父娘に一礼した。

菜摘が腰を浮かせた。来訪者を見送る気になったのだろう。

深見は目顔で菜摘を制し、院長室を後《あと》にした。きょうも待合室には患者の姿は数人しかなかった。

深見は借りっぱなしのプリウスに乗り込み、奈良橋の勤務先に向かった。『駒沢メディカルセンター』に着いたのは、午前十一時数分前だった。

外科の診療受付で、奈良橋が診察室にいるかどうか確かめる。奈良橋は宿直を終え、帰宅前だという。まだ三階のロッカールームにいるそうだ。

深見はエレベーターで三階に上がった。

職員専用の更衣室の前で待つ。五分も待たないうちに、軽装姿の奈良橋が現われた。

外科医は深見に気がつくと、慌《あわ》てて逃げだした。

非常口の方向だった。深見は階段を降りかけた奈良橋に組みついた。

「なぜ逃げたんだっ。きのう、内藤亜紀が自宅マンションで何者かに絞殺されたよな？」

「ああ、そうだね」

「ずいぶん素っ気ない返事だな。そっちは、亜紀と二年近く親密な間柄だったはずだ」

「彼女とは、もう終わってたんだ。それに……」

「故意に医療ミスをした事実を恐喝材料にされて、五百万も脅し取られたんで、誰かに殺《や》らせちまったのか。それとも、自分の手で彼女の首をスカーフで絞めたのかい？」

「わたしを人殺し扱いするなっ。きのうは午後の診察をこなして、そのまま宿直についたんだ。それから院内にずっといたんだから、れっきとしたアリバイがある。疑ってるんだったら、当直医や看護師たちに確かめてみればいいさ」

「自分で手を汚したんじゃなさそうだな。しかし、そっちには亜紀を殺す動機がある」

「言いがかりをつけないでくれ。迷惑だっ」

奈良橋が憤然《ふんぜん》と言って、深見の腕を乱暴に払った。深見は、奈良橋の革ベルトをしっかと掴んだ。

「手を放してくれ」

「そうはいかない。そっちはきのう、開き直って亜紀を威嚇《いかく》した。そうだな？」

「なんでそんなことまで知ってるんだ⁉　亜紀がバックに手強《てごわ》い相手がいると言ってたが、それはおたくのことなんだな」

「好きなように考えろ。それより、葬儀屋の郡司って奴に二、三百万円やって、亜紀を始末させたのかい？　亜紀にたかられつづけるよりも、そのほうが安くつくからな」

「いい加減にしてくれ」

「郡司は一度、失敗《ドジ》を踏んでる。だから、ネットの闇サイトで犯罪のプロを見つけたのかい？　どっちなんだっ」

「亜紀に殺すとかなんとか言ったのは、ただの威《おど》しだったんだ。もちろん、本気で殺そうなんて考えてなかったさ」

「そっちが正直者かどうか、体に訊《き》いてみるか」

「それ、どういう意味なんだ？」

奈良橋が小さく振り向いた。

深見はベルトを握り直し、奈良橋を強く押した。

奈良橋が口の中で短く叫び、前のめりになった。ステップを二段ほど踏み外し、下の踊り場まで転げ落ちそうな体勢だ。深見は、奈良橋のベルトを強く引き戻した。

「なんてことをするんだっ。危ないじゃないかっ」

「階段から突き落とされたくなかったら、正直になるんだな」

「最初から嘘なんかついてないよ」

奈良橋が言い返した。怒気を含んでいた。本気で腹を立てている様子だった。

亜紀の殺害には関与していないのだろう。心証はシロだ。

「そっちがラブホで抱いた家出少女は、関東桜仁会仙名組の白井って組員のマンションに居候してたんだ。あんたは罠に嵌められて、医療事故を強《し》いられた。そうだな？」

「仙名組に恨まれるようなことをした覚えはない。なのに、どうしてわたしが陥れられなければならないんだ？」

「仙名組の組長は、『スリーアロー・コーポレーション』の蛇川社長と親しいんだよ。医療コンサルタントと称してる蛇川社長の素顔は、病院乗っ取り屋なんだ」

「そういう噂は、医大の先輩から聞いたことがあるよ。しかし、わたしは蛇川という人物とは一度も会ったことがないんだ。それなのに、なんで罠に嵌められる羽目になったわけ？」

「運が悪かったのさ。蛇川は何がなんでも戸倉クリニックの経営権を手に入れたかったんだよ。自分が理事長になるためには、戸倉クリニックに何か弱みを作る必要があった。だから、蛇川は戸倉クリニックのドクターに医師ミスをさせることを考えた」

「たまたま運悪くわたしが巧妙に仕掛けられた罠に嵌まっちゃったのか」

「ああ、そういうことだ。悪知恵を絞ったのは蛇川自身じゃなく、病院乗っ取り屋の取引相手だったとも考えられるな」

「取引相手って？」

「『博慈会』の及田徹雄代表だよ。蛇川は強引な手口で乗っ取った首都圏の医院の多くを『博慈会』に転売して、だいぶ儲けたようなんだ。及田は傘下のクリニックをもっと増やして、医師会の偉いさんたちを見返したいと考えてるんだろう」

「そのことは、わかるよ。及田代表は若い時分から医師たちが特権意識を持つことは思い上がってるし、医業はサービス業種だと言い切って、医師会の重鎮たちに疎《うと》まれてたんだ。それだけじゃなく、いじめられてもいた」

「どんなふうにいじめられてたんだ？」

深見は問いかけた。

「及田代表は医術を単なる商業に貶《おとし》めた不心得者だと医師会の理事たちに言われつづけてきたし、ドクターとしては三流だとも蔑《さげす》まれてる。裏切り者という者もいるね」

「だから、及田は下剋上《げこくじょう》を企《くわだ》てる気になったんだろう。医療スーパーと陰口をたたかれても、業績は悪くないようだ。チェーン・クリニックがもっと多くなれば、大学病院や公立総合病院も『博慈会』の存在を脅威に感じるようになるにちがいない」

「そうだろうね」

「しかし、強引なやり方で事業を拡大させるのは問題だ。今回のようなことは赦《ゆる》されることじゃない」

「おたくが話してくれた通りなら、当然、蛇川と『博慈会』の及田代表を告訴してやる」

「その前に、そっちは戸倉クリニックに刑事告訴されることになるだろう」

「えっ」

「脅迫されたとはいえ、盲腸の手術を受けた患者に肝障害があることを知りながら、抗生物質の『ミノマイシン』をナースの内藤亜紀に点滴しろと指示したわけだからな。その結果、勤め先の戸倉クリニックの信用を失墜させた。戸倉クリニックに告訴されても仕方ないな」

「そんなことになったら、わたしの医師生命はジ・エンドだよ。どうすれば、いいんだろうか」

「告訴されたら、自分の非を素直に認めて、戸倉院長と迷惑をかけた患者に謝罪して、離島の診療所かどこかで真面目に働くんだな」

「くそっ！　虻川と仙名組長、それから及田にちゃんと償《つぐな》わせたいよ」

「そっちが連中を告発したら、医師免許を取り上げられることになるだろう。そうなったら、それこそ本当にジ・エンドだ。あんたの代わりに、おれが虻川たちを懲《こ》らしめてやるよ」

「どんな方法で？」

「ちゃんと作戦は練ってある。おれに任せてくれ。ところで、内藤亜紀はそっちのほかにも誰かを強請《ゆす》ってなかったか？」

「そういうことはなかったと思うよ」

奈良橋が呟いた。

「男関係はどうだ?」

「よくわからないけど、わたしと気まずい関係になっても、新しい彼氏は作ってなかったんじゃないかな。割り切って遊びでベッドを共にする相手はいたんだろうけどね。あっ、もしかしたら……」

「何だ?」

「おたく、亜紀の新しい彼氏だったんじゃないの?」

「そんな関係じゃない」

深見は言って、階段を駆け降りはじめた。そのまま一階まで下《くだ》り、レンタカーに走り寄る。

深見は車をスタートさせ、荏原《えばら》署に向かった。

亜紀の自宅は、同署の管内にある。新宿署時代の先輩刑事が荏原署刑事課強行犯係を務めていた。

夏八木《なつやぎ》繁《しげる》という名で、四十七歳の叩き上げ刑事だ。昨夕の殺人事件の捜査を担当しているはずである。初動捜査で大きな手がかりを得ているかもしれない。

荏原署に着いたのは、正午前だった。署は中原《なかはら》街道に面している。駐車場にプリウスを停めたとき、署の玄関から夏八木刑事が現われた。ひとりだった。

深見はレンタカーを降り、大声で夏八木の名を呼んだ。夏八木が懐かしげな顔で歩み寄ってきた。細身で、飄々《ひょうひょう》としている。

「どうもしばらくです」

深見は軽く頭を下げた。

「こんな所で何してるんだ？」

「夏八木さんを訪ねてきたんですよ」

「おれんとこに来たって⁉　金を借りに来たんだったら、申し訳ない。こっちもリッチじゃないんで、力になれないな」

「そうじゃないんです。きのうの夕方、内藤亜紀って看護師が西小山の自宅マンションで絞殺されましたよね？」

「ああ。知り合いなのか？」

夏八木が問いかけてきた。

「ええ、ちょっとしたね」

「ガールフレンドだったのかな」

「そんなんじゃありません。おれ、去年の十一月に右手を骨折して、代々木の戸倉クリニックに通ってたんですよ。そのとき、彼女に何かと親切にしてもらったんです」

深見は、とっさに思いついた嘘を喋《しゃべ》った。

「そうなのか」

「もう民間人なんですが、なにかじっとしてられなくてね。初動捜査で加害者を絞り込めそうなんですか？」

「無理だろうな」

都内で殺人事件が発生すると、警視庁機動捜査隊と所轄署刑事課強行犯係の面々が初動捜査に当たる。しかし、一両日の初動捜査で犯人を検挙できるケースは稀《まれ》だ。

そうなると、所轄署に捜査本部が設けられ、本庁捜査一課第二強行犯捜査殺人犯捜査第一係から第十二係のいずれかから班単位で刑事が送り込まれる。本庁と所轄署の捜査員たちが協力し合って、事件を解決するわけだ。

「司法解剖は午前中に終わったんでしょ？」

「ああ、死因は頸部《けいぶ》圧迫《あっぱく》による窒息死だった。凶器は被害者のスカーフだったよ」

「死亡推定時刻は？」

深見は畳み掛けた。

「きのうの午後五時から六時四十分の間だよ。顔面、肩、腿《もも》に軽い打撲があったが、性的暴行は受けてない。それから、金品も盗《と》られてなかったな」

「マスコミ報道によると、現場に足跡《ゲソ》があって、犯人《ホシ》の頭髪らしきヘアが複数採取されたみたいですね？」

「そうなんだ。加害者は二十八センチの靴を履《は》いてる。頭髪の太さから、犯人は二十代か三十代前半と推定できるそうだよ。残念ながら、指紋も掌紋も被害者の部屋から検出されなかったんだよ。ゴム手袋を嵌《は》めて、犯行に及んだらしい。鑑識の者がそう言ってた」

「そうなんでしょうね」

「明日の午後には、荏原署《うち》に捜査本部《チョウバ》が立つと思うよ。そうそう、被害者は意外な物を持ってたんだ」

「それは何なんです？」

「預金小切手だよ。銀行の各支店長が保証してる小切手だな。持参人は、すぐ現金を受け取れる小切手だよ」

「小切手を切ったのは？」

「銀座にある『スリーアロー・コーポレーション』って医療コンサルティング会社だ。金額は三百万円だった。二十五歳の看護師がなんで預手《よて》なんか持ってる？　その会社の社長の愛人だったのかもしれないな。手切れ金として貰ったんじゃないのかね」

夏八木が言った。

深見は黙って聞いていた。殺された亜紀は奈良橋の医療ミスを強《し》いた人物が虻川勇と見抜き、三百万円の預金小切手を脅し取ったのではないだろうか。そうだとしたら、どうやって彼女はそれを看破《かんぱ》したのか。それが謎だった。

「最近の若い奴らは何を考えているのかわからないな」

「そうですね」

「風の便りで深見が退職後、友人の法律事務所で調査員をやってると聞いてたが、ちゃんと喰《く》えてるのか？」

「ええ、なんとか」

「昼飯を喰いに行くとこだったんだ。安くてうまいトンカツ屋があるんだよ。深見、つき合え。まだ昼食、喰《く》ってないんだろう？」

「ええ」

「昼飯を食べながら、昔話をしようじゃないか。行こう」

夏八木は飄然《ひょうぜん》と歩きだした。深見はうなずき、夏八木と肩を並べた。

4

豚肉は厚かった。

しかも軟らかく、衣《ころも》がさくっとしている。トンカツ定食には味噌汁のほか、昆布の佃煮《つくだに》と香《こう》の物が付いていた。それで、七百五十円は安い。

深見は出入口に近いテーブル席で、夏八木と向かい合っていた。

案内されたトンカツ屋は、荏原署の斜め裏にあった。店内は、さほど広くない。ほぼ満席だった。

「深見、味はどうだ？」

夏八木が問いかけてきた。すでにトンカツ定食を平らげ、爪楊枝《つまようじ》で歯の間をせせっている。

「うまいですね。大満足です」

「そうか。ところで、西小山の事件《ヤマ》はおれたち現職に任せておけよ。深見の気持ちはわからなくもないが、もう捜査権も逮捕権もないんだからさ」

「そうなんですが、通院中に内藤亜紀にはよくしてもらったんで、一日も早く成仏させてやりたいんですよ。といっても、絶対に捜査の邪魔はしません」

「しかしな……」

「犯人《ホシ》の目星がついたら、真っ先に夏八木さんに教えますよ」

「いいよ、そんなことしなくっても、高卒で警察官《サツカン》になったおれは二十代のころは大卒の連中に負けまいと職務中、点数を稼ぐことばかり考えてた。でも、そのうち自分の生き方が小さく思えてきたんだ。それ以来、地道に刑事の職務をこなすべきだと思うようになったんだよ。特に昇進したいと願ってるわけじゃないから、手柄なんて立てたいと思ってないんだ」

「そこまで達観してると、なんだか清々《すがすが》しい感じだな。夏八木さん、カッコいいですよ」

「からかうなって」

「真面目な話です」

深見はキャベツをきれいに片づけ、割り箸《ばし》を置いた。茶を飲んで、ピースをくわえる。

「深見は被害者に恋愛感情を懐《いだ》いてたようだな」

「えっ⁉」

「隠すなって、そうなんだろう？」

夏八木が探《さぐ》るような眼差《まなざ》しを向けてきた。深見は頭を急回転させ、話を合わせることにした。

「鋭いな、夏八木さんは。実はそうだったんですよ、片想いでしたがね」

「やっぱり、そうだったか。深見がきのうの事件《ヤマ》に強い関心を寄せてるなって感じたときから、そうなんではないかと……」

「さすがベテラン刑事だな」

「それじゃ被害者に関することは、たいてい知ってるわけだ？」

「いいえ、プライベートなことはほとんど知らないんですよ。別に彼女と交際してたわけじゃなかったんでね。実家は確か神奈川県にあるんでしょ？」

「そう。厚木市三田《あつぎしさんだ》にあるんだ。市街地からは少し離れた場所だよ。亡骸《なきがら》は、きょうの午後に実家に搬送《はんそう》されることになってるんだ」

「そうですか」

「被害者は看護学校時代から仲良くしてた真鍋美鈴《まなべみすず》とは月に二、三回会って、一緒に飲んだりしてたんだ。美鈴は亜紀と同じ年齢で、世田谷の三宿《みしゅく》セントラル病院の外科でナースをやってる。今朝《けさ》、同僚と真鍋美鈴の勤務先に行ってさ、聞き込みをしたんだ。被害者が額面三百万円の預金小切手を持っていたという話をしても、美鈴はそれほど驚いた様子じゃなかったよ。預手には心当たりがないと言ってたが、彼女は何か内藤亜紀の秘密を知ってるかもしれないな。それ以上のことは、おれの口からは言えない。深見、わかってくれ」

「夏八木さん、それで充分ですよ。ありがとうございました」

「改まって、なんだよ。よそよそしいな。ちょっと手洗いに行ってくる」

夏八木は立ち上がって、店の奥にあるトイレに向かった。

深見は煙草の火を消し、急いで二人分の勘定を払った。店の従業員に釣り銭を渡されたとき、手洗いから夏八木が出てきた。

「駄目だよ、勘定を払っちゃ」

「たいした金額じゃありませんから、こっちに奢《おご》らせてください」

「みっともないことになっちまったな」

「次はご馳走になります」

「ああ、もちろんだよ。深見、すまん！　かえって迷惑かけてしまったな」

「迷惑だなんて、オーバーですよ。さ、行きましょう」

深見は先に店を出た。

二人は裏通りを少し歩き、中原街道に出た。街道伝いに進み、荏原署の前で別れる。

深見は夏八木が署内に消えてから、レンタカーの運転席に入った。すぐ三宿に向かう。

三宿セントラル病院を探し当てたのは、二十数分後だった。

世田谷公園の近くにあった。私立の総合病院だった。五階建てで、外壁はオフホワイトだ。

深見はプリウスを外来用駐車場に置き、病院の一階ロビーに入った。総合受付で警視庁刑事部捜査一課の刑事と偽り、真鍋美鈴に取り次いでくれるよう頼んだ。

「すぐに真鍋は参ると思います。少々、お待ちください」

受付の中年女性がにこやかに言った。深見はカウンターから五、六メートル離れ、そこにたたずんだ。

三分ほど待つと、二十代半《なか》ばの看護師が近づいてきた。

制服姿だった。個性的な美女だ。彫《ほ》りが深く、黒目がちの瞳は大きい。

「警視庁の中村《なかむら》さんでしょうか？　わたし、真鍋です。真鍋美鈴ですけど……」

「荏原署の者が午前中に聞き込みにお邪魔したそうですが、本庁の捜査員にも事情聴取させてもらいたいんですよ」

「わたし、知ってることは夏八木さんという刑事さんに話しました」

「そのことは、むろん知ってます。荏原署に捜査本部が設けられることになって、われわれ本庁の人間が所轄署に出張《でば》る予定なんですよ。地元署の刑事は殺人捜査のエキスパートというわけではないんで、聞き込みで大事なことを確認し忘れてしまうこともあるんだ」

深見は、もっともらしく言った。

「そうなんですか」

「面倒だろうが、協力してもらいたいな。どうだろう?」

「わかりました」

「できたら、周《まわ》りにあまり人がいないほうがいいんだがな」

「それでしたら、中庭に出ましょう」

美鈴が踵《きびす》を返した。深見は、美鈴に従《つ》いていった。

数十メートル先の右手に中庭《パティオ》があった。ところどころに植え込みがあって、白いベンチが置かれてる。足許は石畳になっていて、風情《ふぜい》があった。

ベンチは四脚あったが、人の姿はない。

深見たちは南側のベンチに腰かけた。少し離れて坐る恰好《かっこう》になった。秋の陽光は意外に強かったが、汗ばむほどではなかった。

「亡くなった内藤亜紀さんとは看護学校時代から仲が良かったらしいね？」

深見は問いかけ、脚《あし》を組んだ。

「ええ」

「月に何度か会って食事をしたり、飲みに行ってたとか？」

「はい」

「犯人に心当たりは？」

「特にありません。事件のことを知って、ちょっと亜紀と交際してた外科医が怪しいと思いました。だけど、これといった根拠があるわけではないんで、荏原署の刑事さんたちには黙ってたんですよ」

「その外科医って、奈良橋のことだね？」

「ええ、そうです。亜紀は、奈良橋さんと結婚したかったんだと思います。でも、相手は彼女のことはセックスフレンドと考えてたんでしょうね。去年の暮れ、奈良橋さんは戸倉クリニックのひとり娘に交際してほしいって言ったようだから。もっとも申し入れは断られたらしいけど。亜紀は、その時点で奈良橋から心が離れちゃったみたいですよ」

美鈴が言って、足許の病葉《わくらば》をサンダルの先で軽く蹴った。

「春先に戸倉クリニックで医療ミス騒ぎがあったことは内藤さんから聞いてるよね？」

「ええ。亜紀は奈良橋さんに責任をなすりつけられたようだと言って、だいぶ怒ってました」

「その後のことも聞いてるのかな」

「え？」

「奈良橋は個人的な弱みを病院乗っ取り屋の蛇川勇って奴に握られて、わざと医療事故を起こせって脅迫されたんだよ」

「えっ、そうなんですか⁉　そのことは、わたし、知りませんでした。亜紀は何も教えてくれなかったから」

「そう。内藤さんは、奈良橋が誰かに脅されて故意に医療事故を起こしたことを見破って、トータルで五百万円ほど口止め料をせしめてるんだよ」

「本当ですか⁉　彼女が恐喝をしてたなんて信じられないわ。奈良橋さんに二年近く弄《もてあそ》ばれた上に医療ミスの責任をなすりつけられて、亜紀は仕返しをしたくなったんでしょうか」

「そうなのかもしれないな」

「刑事さん、亜紀を殺したのは奈良橋さんじゃないんですか？」

「奈良橋が金を無心しつづけた内藤さんに腹を立てて、逆襲しかけてたことは間違いないんだ」

「それなら、やっぱり奈良橋さんが亜紀を……」

「こっちもそう直感したんで、奈良橋を揺さぶってみたんだよ。しかし、アリバイはありそうだったし、第三者に内藤さんを始末させた様子もなかったんだ」

「そうなんですか。それじゃ、いったい誰が亜紀を殺したんでしょう？」

「疑わしい人物はいるんだ」

「誰なんですか？」

「さっき話した虻川って男が戸倉クリニックの経営権を手に入れたくて、奈良橋にわざと医療事故を起こさせたことははっきりしてる。しかし、奈良橋は自分に医療ミスを強《し》いた正体不明の脅迫者が虻川本人か周辺の人間であることをずっと知らなかったんだよ」

「そうなんですか」

「しかし、担当ナースだった内藤亜紀さんはどうも脅迫者の正体を知ってたようなんだ。被害者の部屋には、蛇川が経営してる『スリーアロー・コーポレーション』が切った預金小切手があったんだよ。額面は三百万円だった。おそらく内藤さんが病院乗っ取り屋に脅迫電話をかけて、自分は医療ミスが仕組まれたものだと知ってると暗に口止め料を要求したんだろうね」

深見は脚を組み替えた。

「そうなんでしょうか」

「こっちの読みは外れてないと思う。だがね、内藤さんがどうやって奈良橋にわざと医療事故を起こせと脅迫した人物を突きとめたかが謎なんだよ。内藤さんと『スリーアロー・コーポレーション』の蛇川社長に接点はないよね？」

「ええ、ないと思います。亜紀から蛇川なんて名前は一度も聞いたことありませんし、その社名も知りませんでしたから」

「だとしたら、被害者が蛇川の愛人だったなんてことは考えられないか」

「それは絶対にありませんよ。亜紀は二、三十代の男性にしか興味をまったく示しませんでしたんで」

美鈴が言ってから、悔やむ表情になった。

深見は、それを見逃さなかった。美鈴は、蛇川勇が四十代であることを知っているような口ぶりだった。

彼女は虻川と何か接点があるのではないか。面識があるとしたら、殺された亜紀は友人の美鈴から虻川勇が戸倉クリニックを乗っ取りたがっているという話を聞いたのかもしれない。

「わたし、そろそろ手術《オペ》の準備をしなければならないんですよ」

「そう。最後にもう一つだけ教えてもらいたいんだ」

「何でしょう？」

美鈴が顔を向けてきた。

「被害者は『博慈会』の医師、検査技師、看護師に知り合いがいた？」

「多分、いなかったんじゃないかしら？」

「ついでに聞かせてくれないか。内藤さんは、関東桜仁会仙名組の組員と過去に何らかの関わりを持ったことがある？」

「亜紀は、やくざたちを軽蔑してました。人間の屑《くず》だと言ってね。そんな彼女が暴力団関係者と接触するなんてことは百パーセント、考えられませんよ」

「そうだろうな。仕事中に悪かったね。もういいよ。ありがとう！」

深見はベンチから立ち上がった。真鍋美鈴も腰を浮かせ、足早に遠ざかっていった。

どうしてか、彼女は目を合わせようとしなかった。

何か疚《やま》しさがあるのか。場合によっては、美鈴の動きを探《さぐ》ることになるかもしれない。

深見はそう考えながら、中庭から建物の中に戻った。正面玄関から表に出て、レンタカーに乗り込む。

深見はイグニッションキーを差し込んでから、迷いはじめた。先に東京警察病院に顔を出すべきか、それとも亜紀の実家へ向かうべきだろうか。

結論を出す前に、入院中の矢沢から電話がかかってきた。

「心配かけたが、昼前に退院したんだ」

「そうなんですか。いまは、ご自宅で静養されてるんでしょ？」

「いや、本庁の警備第一課で民自党本部と公正党本部爆破事件の後処理をしてる」

「あまり無理をしないほうがいいと思うな」

「わかってる」

「矢沢さん、四十人の世襲議員と一緒にビルごと噴《ふ》き飛ばされた十人の犯人グループの身許は割れたんですか？」

「ああ、歯の治療痕でリーダーの笹森以下全員の身許が割れた。元自衛官が三人で、残りの七人はフランス陸軍の外人部隊で働いてた傭兵《ようへい》崩れだったよ。それから民自党本部内の各階にアメリカ製の軍事炸薬《さくやく》がそれぞれ事前に仕掛けられてたことも判明した。しかし、軍事炸薬や各種の銃器の入手ルートはわかってない」

「公正党本部にも、同じ軍事炸薬が仕掛けられてたんですね？」

「そう。笹森たち十人の実行犯の銀行口座には、先月の中旬にそれぞれスイス銀行から二千万円ずつ振り込まれてた。振込人は『ラスコーリニコフの会』になってるが、架空の団体だった。事務局の住所も電話番号もでたらめだったんだよ」

「ラスコーリニコフといったら、ドストエフスキーの『罪と罰』に登場する殺人者でしょ？」

「そう。実行犯たちを雇った人物がシャレでつけたんだろうな」

「犯行声明は依然として、どのマスコミにも送りつけられてないんですね？」

「ああ。深見、ちょっと待ってくれ」

「何か事件が発生したんですか？」

深見は早口で訊いた。しかし、その声は矢沢には届かなかったようだ。なんの応答もなかった。

「民友党の陰の指導者の大泉睦男《おおいずみむつお》と代表の犬山伊佐夫《いぬやまいさお》がそれぞれ遊説先《ゆうぜいさき》で、ほぼ同時刻に暗殺されたらしい。大泉は北海道の札幌で、犬山は大阪で狙撃されたんだ。詳しいことはわからないが、民自党と公正党の国会議員が多数爆殺されてるから、同一犯グループの犯行と考えてもいいだろう」

「ええ、そうなんでしょうね」

「深見、これで電話を切るぞ」

矢沢が通話を切り上げた。

深見は折り畳んだ携帯電話を上着のポケットに突っ込み、プリウスを発進させた。

三宿通りから玉川《たまがわ》通りに出て、東名高速道路の下《くだ》り車線に入る。

深見は厚木ＩＣ《インターチェンジ》で一般道に降り、郊外に向かった。内藤亜紀の実家は緑の多い地域にあった。近くにある新興住宅より、どの家も敷地が三倍は広い。

内藤宅も庭木が多かった。深見は警視庁の刑事と称して、門扉《もんぴ》を潜《くぐ》った。

亜紀の亡骸は階下の奥の和室に安置されていた。北枕に寝かされた故人のかたわらには、五十代の両親と大学生の弟が付き添っていた。別室には、親類の男女が集まっているようだった。

深見は型通りの挨拶をして、線香を手向《たむ》けた。故人の母親が涙ぐみながら、娘の死顔を覆《おお》った白布を取り除いた。

深見は両手を合わせ、死人の顔を見た。

きれいに死に化粧を施《ほどこ》されている。まるで眠っているようだった。

深見の脳裏に亜紀と肉欲を充《み》たし合ったときの情景がありありと蘇《よみがえ》った。命の儚《はかな》さをしみじみと実感した。人間は生きているときが華《はな》だ。改めて深見は、そう思った。

快楽を分かち合った関係にすぎなかったが、亜紀の若い死を悼《いた》む気持ちは募《つの》る一方だった。不覚にも視界が涙でぼやけた。

そのことを少し恥じながらも、深見は自分の感情が死んでいないことを自覚した。何やら安堵《あんど》もした。

深見は目頭を軽く押さえ、亜紀の父母と弟から新たな情報を得ようとした。しかし、結果は虚《むな》しかった。

内藤宅を辞すると、門の前に捜査車輛が見えた。

車内には、渋谷署の世良警部補と藤代が乗っていた。

深見は二人の刑事を黙殺し、レンタカーに足を向けた。すると、黒いアリオンから世良が降りた。

「銭《ぜに》の匂いを嗅《か》ぎつけたようだな。深見、そうなんだろう？」

「どっから尾《つ》けてきたんだ？」

深見は立ち止まって、体を反転させた。

「その質問には答えられねえな。おまえ、いったい何を嗅ぎ回ってる？　何か悪さをしてることはわかってるんだ」

「どう思おうと勝手だが、税金の無駄遣いをしてると、どこかのオンブズマンに目をつけられるんじゃないのか」

「き、きさま！」

「金魚の糞《ふん》みたいにくっついてくるんじゃないよ」

「上等じゃねえか。いまにきさまを逮捕《パク》ってやるっ」

世良が息巻《いきま》いて、アリオンの助手席に乗り込んだ。藤代が車を走らせはじめた。

深見は鼻先で笑い、プリウスに駆け寄った。

第四章　偽装の気配

1

見通しは悪くない。

フロントガラス越しに、興和ビルの出入口がよく見える。

深見はクラウンの運転席で紫煙《しえん》をくゆらせていた。

厚木から恵比寿の外資系ホテルに戻り、レンタカーの車種を変えた。新たに借りたクラウンもグレイだった。さほど目立たないだろう。

深見は変装用の黒縁眼鏡をかけていた。

前髪も半分ほど額に垂らしてあった。少しは印象が違って見えるだろう。張り込んでから、いたずらに時間が流れた。

午後六時を回っていた。病院乗っ取り屋の虻川が自分のオフィスにいることは偽電話で確認済みだった。

深見は虻川を押さえ、とことん締め上げる気でいる。果たして、そのチャンスがあるだろうか。気持ちは逸《はや》っていたが、無理をするつもりはなかった。人前で騒ぎを起こして警察に目をつけられたら、厄介《やっかい》なことになる。

亜紀の実家の前で渋谷署の世良と藤代がまさか待ち受けているとは、夢想だにしていなかった。表情は変えなかったが、驚きは大きかった。

深見は、いつも偽名で都内のホテルに数カ月単位で投宿している。世良がやすやすと塒《ねぐら》を探し当てることはできないはずだ。彼がどこからプリウスを追尾《ついび》していたのかは不明だが、すでに深見の動きを察知していたのだろう。

世良に協力者がいたことは間違いない。矢沢千絵は、世良警部補とは反《そ》りが合わないと言っていいだろう。したがって、アマゾネス刑事が内通者とは考えられない。

ただ、渋谷署の元同僚がプリウスのナンバーを記憶していて、レンタカー会社に車の借り主を問い合わせた可能性はある。

車を借りる際《さい》には運転免許証の呈示を求められる。過去に何度か偽造運転免許証を使ったことはあるが、プリウスは本名で借りた。

渋谷署の誰かが深見の宿泊先を割り出したのではないとしたら、ホテルマンが怪しい。偽名で投宿し、高いスイートルームに泊まっていることを不審がられ、警察に通報されてしまったのだろうか。

短くなった煙草の火を灰皿の中で消したとき、脈絡《みゃくらく》もなく友人の一ノ瀬弁護士の顔が深見の頭に浮かんだ。

一ノ瀬は大学時代からの友人で、深交を結んでいる。深見が非合法な手段で荒稼ぎしていることにはっきりと気づいたのか。

一ノ瀬は面と向かっては何も言わない。だが、彼が法律やモラルを無視する人間を黙認しつづけるわけがない。一ノ瀬が自分を警察に売ったのだろうか。

深見は一瞬だけ、そう思った。一ノ瀬には裏表がない。そのような陰険なことはできないだろう。たとえ一瞬でも友人を疑った自分を嫌悪する。

深見は、調査を開始してから接触した人々をひとりずつ思い起こしてみた。

誰かに本名や住まいを知られたとは考えにくい。調査の依頼人の菜摘にも〝野上翔〟と自称してきた。戸倉父娘がわざわざ深見の素顔を暴《あば》く必要もない。

複数の警察関係者から情報を引き出してきた。矢沢部隊長を見舞ったとき、人質籠城事件や爆破騒ぎに関する話をした。しかし、医療事故については話題にもしていない。

警視庁の柏木護刑事には、調査に協力してもらった。彼が深見を窮地に追い込まなければならない理由は思い当たらない。昼間、一緒にトンカツ定食を喰《く》った荏原署の夏八木刑事も自分には敵意は感じていないだろう。

消去法で、疑わしい者はいなくなった。しかし、誰かが世良に注進《ちゅうしん》に及んだにちがいない。それは、いったい誰だったのか。

深見は吐息《といき》をつき、カーラジオのスイッチを入れた。内藤亜紀の事件に関するニュースが伝えられるかもしれないと思ったからだ。

チューナーのボタンを押す。ＦＭは音楽番組ばかりだった。

ＡＭの局を選ぶと、ちょうど国会関係のニュースが報じられていた。事件や事故の報道は、まだ流されていないのではないか。深見は耳をそばだてた。

「次のニュースです」

男性アナウンサーが短い間を取って、言葉を言い継《つ》いだ。

「きょうの午後五時ごろ、主要マスコミ各社に『ラスコーリニコフの会』という名で犯行予告メールが届けられました。発信場所は新宿歌舞伎町のネットカフェで、その内容は東京拘置所に収監されているマントラ真理教の元教祖の桐原昌夫《きりはらまさお》死刑囚、五十九歳と同教団の元幹部・影山孝《かげやまたかし》、五十二歳の二人を近日中に脱獄させるという内容でした」

またもやアナウンサーが言葉を切った。

深見は一段と耳を澄ました。『ラスコーリニコフの会』といえば、民自党本部を占拠した笹森たち十人の実行犯の銀行口座に各自二千万円を振り込んだ謎の団体だ。

「マントラ真理教の元教団主の桐原は二十数年前に空中浮遊などの超能力を持つと称し、多くの信者を集め、地下鉄サリン事件や弁護士一家殺害事件などの首謀者として殺人など七つの罪に問われ、死刑が確定しました。その後、桐原死刑囚側は裁判のやり直しを求めた再審請求をしましたが、東京高裁は即時抗告を棄却《ききゃく》しました。同死刑囚の弁護人は最高裁に特別抗告しました。元幹部の影山被告は一、二審で死刑判決を受けましたが、上告中です」

アナウンサーが言葉を切って、言い重ねた。

「また『ラスコーリニコフの会』は民自党の世襲議員や公正党代議士、『救国学会』の池宮幸次郎名誉会長らを爆死させ、さらに民友党の犬山伊佐夫代表、大泉睦男代表代行を暗殺したと明言しています。それらの犯行の裏付けは取れていません。次は放火殺人のニュースです」

アナウンサーが次の事件に触《ふ》れはじめた。

深見はニュースに耳を傾けつづけたが、亜紀殺しの新情報はついに伝えられなかった。ラジオの電源を切って、思考を巡《めぐ》らせる。

『ラスコーリニコフの会』は、マントラ真理教の元教団主と元幹部の二人を脱獄させると予告している。その犯行予告がいたずらではなかったとしたら、マントラ真理教の残党が『ラスコーリニコフの会』を結成したのかもしれない。

狂信的な教団の幹部たちの大半は高学歴で、科学者や医師が何人もいた。その多くは逮捕されたが、幹部がいまもなお五人ほど潜伏している。元信者の中には、自衛官、警察官、海上保安官が併《あわ》せて数十人はいた。そんな彼らの協力を得られれば、マントラ真理教の残党たちは二人の囚人を拘置所から脱走させられるのではないか。

マントラ真理教は一斉捜索を受けたとき、数億円の教団資金を没収されている。その額は大方の予想を下回った。

そんなことで、国はマントラ真理教による一連の事件の被害者と遺族にこれまでに計十五億四千万円ほど支払ってきた。二〇〇八年十二月に施行されたマントラ真理教犯罪被害救済法で死亡者に二千万円、後遺障害者に最高三千万円、重傷病者に百万円、そのほかの傷病者には十万円が払われることになった。

　しかし、給付金の申請をしたのは全体の六割にも満たない。四割強の被害者が忌《いま》わしい事件を思い出したくないという理由で給付を辞退している。

　マントラ真理教の隠し金がどこかで眠っているという噂は、昔から囁《ささや》かれていた。逃亡中の残党たちが隠し金を遣《つか》って、一連の凶悪な事件を引き起こしてきたのだろうか。あるいは、悪知恵の発達した者がマントラ真理教の残党に濡れ衣を着せようと画《かく》策《さく》しているのか。

　深見はSATの矢沢部隊長の官給携帯電話《ポリスモード》を鳴らした。

「おう、どうした？」

　矢沢が先に言葉を発した。

「いまラジオで知ったんですが、『ラスコーリニコフの会』がマスコミ各社にマントラ真理教の元教祖と元幹部を拘置所から逃がすという予告メールを送りつけたようですね？」

「そうなんだ。それだけじゃなく、民自党本部と公正党本部の爆破、民友党の代表と代表代行の暗殺もしたんだと告げてるんだよ」

「ええ、そうですね。二人の死刑囚の奪還予告はともかく、一連の事件《ヤマ》も踏んだというのはフカシにすぎないんでしょうか？」

「単なるはったり《ブラフ》と思いたいが、『ラスコーリニコフの会』は民自党本部を占拠した笹森たち十人の実行犯の預金口座に二千万円ずつスイスの銀行から振り込んでるよな。総額で二億円だ。何者かがマントラ真理教の元信者たちの仕業《しわざ》に見せたくて偽装工作する気になったとしては額がでかすぎる。そうだよな?」

「そうは思いませんね。仮にマントラ真理教の隠し金が十億円以上あったとしたら、二億円ぐらいは捨て金にしてもいいと考えるでしょ?」

「深見は、潜伏中の元幹部たちが隠し金を遣って桐原昌夫と影山孝の二人を拘置所から救い出そうとしてると読んだわけか?」

「そこまでは考えてませんが、その可能性はゼロじゃない気がしますね」

「元教団主と元幹部を脱獄させる気があったら、とっくに行動を起こしてるんじゃないのか?」

「ええ、そうでしょうね。そう考えると、『ラスコーリニコフの会』はマントラ真理教の残党たちで構成された犯罪集団ではないのかもしれないな」

「『ラスコーリニコフの会』が一連の事件のシナリオを書いたんだとしたら、正体不明の犯罪集団は政界の地図を塗り替えたいと考えてるにちがいないよ」

「多分、そうなんでしょうね。民自党の世襲国会議員四十人と公正党の代議士がたくさん爆殺されて、公正党の選挙母体の『救国学会』の池宮名誉会長も犠牲になった。ふたたび政権を担《にな》いたがってた民友党の犬山代表と大泉代表代行も遊説先で暗殺されました」

「そうだな。民自党の元老たちは生き残ってるが、党内の有力派閥はどこも力を失ってる。反主流派のベテラン議員や古い体質を変えたいと願ってる若手グループは、いつ離党届を出してもおかしくない」

「民自党が分裂することは目に見えてますよ。『救国学会』の名誉会長を失った公正党も内部対立を深めそうですし、政治の駆け引きに長《た》けた大泉代表代行のいなくなった民友党も今後のことはわかりません」

　深見は言った。

「要するに、国民が頼りにできる政党はなくなったわけだ」

「ええ。『ラスコーリニコフの会』は与党の支持率が低迷中に政界に打って出て、一気に政権政党にする野望を懐《いだ》いてるんじゃないのかな」

「ああ、そうなのかもしれない。その野望を遂げるには、巨額の金と票が必要になってくる。新興宗教団体で最も信者数の多い『救国学会』が弱体化すれば、二番手の『光成会《こうせい》』や三番手の『健《すこ》やかな家』あたりが政界に進出しそうだな。急成長中の

『幸せの道標《みちしるべ》』は都議選では候補者をひとりも都議会に送り込めなかったが、捲土重《けんどちょう》来《らい》を図る気でいるんでしょう」

「だろうな。医療法人の『博慈会』だって、まだ政治に色気を持ってるかもしれない」

矢沢が付け加えた。まるでリアリティーのない話ではない。及田代表は昔の参院選では苦い思いをさせられたが、いまの状況なら、政界に喰《く》い込める可能性はあるだろう。

「『光成会』の信者は四、五十万人いるんだったよな」

「正確な数字はわかりませんが、『救国学会』の次に信者が多いことは確かです。富裕層の信者が少なくないようだから、選挙資金はかなり集まるでしょう」

「そうだろうな。しかし、短期間に大きな政党にするには強力な支援組織に恵まれないと……」

「新興宗教団体が巨大労働組織のバックアップを得るなんてことは不可能ですが、新興の急成長企業と組むことはあるでしょう。支援企業はタッグを組んだ教団の信者たちをユーザーとして取り込めますからね」

「全国展開してる外食産業、衣料スーパー、ドラッグストア、安売り眼鏡チェーン、医療法人なんかと組めば、巨大教団の『救国学会』を凌《しの》ぐようになるかもしれない」

「その逆バージョンもありそうですね」

深見は呟いた。

「外食産業や衣料スーパーが『光成会』とか『健やかな家』の信者の票を集めて、政界に進出するってわけか？」

「ええ、そうです」

「なるほどな。そういう手もあるか」

「矢沢さん、もう肩の銃創《じゅうそう》は痛まないんですか？」

「ああ、痛みはないよ。縫合《ほうごう》してもらったとこが少し引き攣《つ》れる感じはするが、そのうちにそういうこともなくなるだろう」

「そうだといいですね。話を元に戻してしまいますが、本庁の公安部は『ラスコーリニコフの会』のことはどの程度、把握《はあく》してるんです？」

「捜査データは、まったくないそうだ。思想的なバックボーンはまるでない犯罪集団なんだろう。犯行予告通りに二人の囚人を脱獄させるかどうかわからないが、桐原たち二人がぶち込まれてる東京拘置所には捜査一課の第一特殊犯捜査係《SIT》の面々が張りついてる。特一《とくいち》係と特二係のメンバーが拘置所の周辺を固め、特三係は待機中らしい」

矢沢が答えた。

「そうですか。犯行声明メールが発信された歌舞伎町のネットカフェには第二特殊犯捜査係から人が出たんでしょ？」

「ああ。ハイテク班が出動したんだが、現在のところ犯行予告メールを発信した奴は特定できてないそうだ。おそらく特定は難しいだろう」

「かもしれませんね。場合によってはＳＩＴ《シット》だけじゃなく、ＳＡＴ《サット》にも出動命令が下《くだ》るでしょう」

「そうなるかもしれないな」

「『ラスコーリニコフの会』が二人の死刑囚を本気で脱獄させる気なら、拘置所のコンピューターシステムを誤作動《ごさどう》させて、出入りの業者にでも化けるつもりなんだろうな。それで看守たちに麻酔ダーツ弾を浴びせて、桐原たち二人を救い出す作戦なんですかね？」

「そんなアクション映画みたいなことは不可能だよ。拘置所のセキュリティーは驚くほど堅固だから、絶対に侵入できっこないさ」

「しかし、民自党本部は笹森たち十人の実行犯と四十人の二世・三世議員ごと軍事炸薬で噴っ飛ばされてます。公正党本部もメンテナンス業者を装った犯人たちに爆破物を仕掛けられ、あっさり建物全体を破壊されました。民友党の大泉代表代行と犬山代表もＳＰにガードされてたにもかかわらず、狙撃銃で頭部を打ち砕かれたんでしょ？」

「そうなんだが……」

「しかも狙撃者は、誰にも姿を見せていない。凄腕《すごうで》のスナイパーなんでしょう。敵のグループの中には、第一空挺団員崩れの笹森なんかよりも優《すぐ》れたコマンドが何人もいるんじゃないかな。そういう奴らなら、エンジンを搭載《とうさい》した二人乗りのパラ・プレーンで拘置所内に密《ひそ》かに舞い降りることができるかもしれない。もちろん、囮《おとり》作戦で仲間が職員たちの目を逸《そ》らしてる間にね。あるいは空から忍び込むと見せかけて、下水道から拘置所内に侵入し、二人を奪還する作戦なんだろうか」

深見は長々と喋った。

「ＳＩＴ《シット》の連中はあらゆる作戦に備えて、手を打つさ。だから、誰もたやすく拘置所の中には入れんよ」

「そうだといいんですが、敵が盲点を衝《つ》くってことも考えられますからね」

「意外に深見は心配症なんだな」

「特に心配症ってわけじゃないんですが、民自党本部事件ではまんまと裏をかかれてしまいましたから」

「まさか実行犯グループが人質と一緒に爆死させられるとは思わなかったんだ。想定外の展開だったんだよ。弁解じみて聞こえるかもしれないが、予測不能だったんだ」

「誤解しないでほしいな。別段、矢沢さんに落ち度があったんではないかと言ってるわけじゃないんですよ。間違いなく不可抗力でした」

「そう思わないと、おれは遣《や》り切れなくなる」

「妙なことを言って、すみませんでした。話題を変えましょう」

「そうするか」

「一連の事件に片がついたら、一度、矢沢さんのお宅に松阪牛をどっさり持って遊びに行きます。奥さんと三人でスキヤキをつつきましょうよ」

「なんでスキヤキなんだ？」

矢沢が怪訝《けげん》そうに訊いた。

「深い意味はないんです。ほら、見舞いのマスクメロンを持ってってないでしょ？その埋め合わせのつもりです」

「深見に散財させるわけにはいかない。手ぶらで遊びに来いよ。松阪牛をたらふく喰《く》わせてやることはできないが、一応、A5ランクの国産牛を女房に買ってきてもらうからさ」

「おれはワーキングプアと見られてるんでしょうが、案外、余裕があるんですよ。矢沢さんとこは、マンションのローンが二千五、六百万残ってるんでしたね？」

「確かそんなもんだったよ」

「なんでしたら、一括《いっかつ》返済しちゃったら？」

「そんな貯《たくわ》えなんかないよ。子供はいないが、おれも千絵もうまい酒と喰い物に目がないからな」

「こっちが催促なしで全額回しますよ」

深見は冗談めかして言ったが、半《なか》ば本気だった。

余裕はあった。悪銭《あくせん》は所詮《しょせん》、身につかないものだ。三千万円でも四千万円でも何かと世話になった矢沢夫婦にカンパしても惜《お》しくはない。どうせ泡銭《あぶくぜに》である。

金銭的にゆとりがなくなったら、悪人どもから口止め料を脅し取ればいい。差し当たって、蛇川と仙名から一千万円か二千万円はせしめられるだろう。『博慈会』の及田代表からは億単位の金を毟《むし》れそうだ。

「深見、ずいぶん大きく出たな」

「もちろん、冗談ですよ。あまり金には縁がないんで、一度、そういう冗談を言ってみたかったんです」

「十万ぐらいだったら、いつでも回してやる」

「喰《く》うぐらいは大丈夫ですよ。矢沢さんは善《い》い人だな。もしかしたら、キリストの生まれ変わりですか？」

「茶化すなって」

矢沢が笑って、電話を切った。

深見は、二つに折り畳んだ携帯電話を上着の内ポケットに滑り込ませた。

ちょうどそのとき、興和ビルから虻川が姿を見せた。近くのパーキングビルに向かって歩きだした。

深見はクラウンのエンジンを始動させた。

数分経《た》つと、パーキングビルから見覚えのあるベンツが走り出てきた。地を滑るような走行だった。ハンドルを握っているのは虻川自身だ。同乗者はいなかった。

深見はレンタカーを低速で走らせはじめた。

2

ベンツが停まった。

日比谷にある帝都ホテルの別館の地下駐車場だ。別館の各ホールは、さまざまなパーティーに使用されている。

深見もレンタカーをパーキングエリアに駐《と》めた。

そのとき、虻川勇が自分の車から降りた。何かの祝賀会に出席する気でいるようだ。

深見は、ごく自然にクラウンの運転席から離れた。

虻川はエレベーターには乗らなかった。エスカレーターを使って、二階に上がった。

深見は足音を殺しながら、エスカレーターを駆け上がった。

虻川は『孔雀《くじゃく》の間《ま》』の前にいた。

受付で芳名録《ほうめいろく》に記帳中だった。広いホールでは、『博慈会』の設立三十五周年記念祝賀会が行われている。深見はロビーの壁際《かべぎわ》に並んだ椅子に腰かけ、人待ち顔を装った。

知人とパーティー会場の前で落ち合う振りをして、出席者の顔ぶれをチェックする。

各界の著名人が次々と『孔雀の間』に吸い込まれていく。

出入口の両開きの扉は開け放たれている。

立食式の宴会だった。夥《おびただ》しい数の円形テーブルが並び、右手前方にステージがしつらえられている。

料理や酒の置かれたテーブルの横にはホテルのコックやウェイターたちがかしこまって控え、その向こうには美しいパーティー・コンパニオンたちが立っていた。

客たちはテーブルの近くにたたずみ、思い思いに連れや知り合いと談笑している。

出席者は千人以上いそうだ。いつの間にか、蛇川は会場の奥に消えてしまった。

招待状のない深見が宴会場に勝手に入ることはできない。

しかし、パーティーが開始されて三十分も経《た》てば、たいてい受付係はいなくなる。受付に留《とど》まっている係がいたとしても、ひとりや二人だろう。

その程度なら、目を盗んで『孔雀の間』に紛《まぎ》れ込めそうだ。それまで深見は、しばらく様子を見ることにした。

およそ十分後、弁護士バッジを光らせた五十三、四歳の男が受付前に立った。その顔には見覚えがあった。

深見は記憶の糸を手繰《たぐ》った。

仕立てのよさそうな背広に身を包んでいる男は、八年前まで東京地検特捜部のエース検事としてマスコミで英雄視されていた望月数馬《もちづきかずま》だった。

望月は大物政治家や財界人の絡んだ汚職事件で次々に白星をあげ、被告人の大半を実刑判決に追い込んだ。都市銀行の不正融資、新興企業の手形詐欺、副知事の公金横領なども摘発し、在職中は〝正義の使者〟とヒーロー扱いされていた。

ところが、八年前に急に望月は特捜部から公判部に異動になった。明らかに左遷《させん》だ。おそらくエース検事は正義感を振り翳《かざ》しすぎて、権力者たちに煙たがれたのだろう。

閑職《かんしょく》に追いやられた望月は数カ月後に検事を辞め、弁護士になった。いわゆる〝ヤメ検〟である。鬼検事と知られていた弁護士を味方にすれば、何かと心強い。

望月は大企業からのオファーを受け、十数社の顧問弁護士になった。年間の顧問料はどこも一億円は下《くだ》らない。

弁護士に転じた年に目黒区青葉台《あおばだい》に九億円の豪邸を購入し、ヘリコプターや大型クルーザーまで手に入れた。日本の政界、財界、裏社会は見えない部分で繋がっている。

望月弁護士は有力者や顧問企業の紹介で、年ごとに新たな客を増やした。いまや大変な資産家で、ビルや高級賃貸マンションのオーナーでもある。

望月は検事時代に窓際族のひとりにさせられたとき、権力者たちの底力を思い知らされ、青臭い正義感に限界を感じたのかもしれない。そして、自分も財力や権威を得なければ、理想的な生き方はできないと悟《さと》ったのではないか。

だから、敵愾心《てきがいしん》を懐《いだ》いていた政治家、経済人、闇社会の首領《ドン》たちの法律相談に乗り、私財を膨らませているのだろう。

望月が記帳を済ませ、『孔雀の間』に入っていった。それから間もなく、宴会場のドア《と》が閉ざされた。

受付には若い女性がひとりだけ残り、ほかの九人の男女は『孔雀の間』に消えた。同じ場所にいつまでも坐り込んでいると、受付の女性に不審がられる。

深見はソファから立ち上がり、エスカレーターで三階に上がった。

フロアには、ホールが三つあった。二つは使用されていたが、奥の宴会場はひっそりとしていた。

深見は、使われていないホールの脇にあるソファに腰かけた。あたりに人の姿は見当たらない。懐から携帯電話を取り出し、友人の一ノ瀬弁護士にコールする。電話が繋がった。

「一ノ瀬、来客中か？」

「いや、公判記録を読んでたんだ。深見、何か用があるようだな？」

「ちょっと教えてもらいたいんだ。八年前まで東京地検のエース検事だった望月数馬は、医療法人『博慈会』の顧問弁護士を務めてるのか？」

「ああ、そうだよ。顧問になったのは、三年ぐらい前だったと思う。それがどうしたんだい？」

「一ノ瀬は、望月が八年前に特捜部から公判部に飛ばされたことをどう思ってる？」

「特捜部にいるとき、派手に大物政治家やキャリア官僚がいかに大企業と癒着《ゆちゃく》してるかを暴《あば》いたせいだろう。噂によると、望月さんは元総理を法廷に立たせようと収賄事件の証拠集めをしてたらしいんだ。それで、外部の超大物から法務大臣や検事総長に圧力《アツ》がかかったんだろうな」

「やっぱり、そういうことがあったんだ。特捜部のエースが公判部に飛ばされたわけだから、そういうことがあったんだろうと思ってたんだよ」

深見は言った。

「おれは、検事時代の望月さんを密かに尊敬してたんだ。しかし、いまは軽蔑《けいべつ》してるね。理不尽な人事異動で深い挫折感《ざせつかん》を味わわされたんだろうが、弁護士になってからは堕落《だらく》しっ放しだからな。大企業の顧問弁護士になることはいいとしても、広域暴力団、仕手集団、マルチ商法の親玉、怪しげな宗教団体の顧問にまでなってる。金が儲かれば、なんでもいいって感じなんだ。検事時代の熱血ぶりとは、真逆《まぎゃく》の生き方をしてる」

「閑職に追いやられて、人生観が変わっちまったんだろうな。おれは半分ぐらい〝ヤメ検〟の気持ちがわかるよ。個人の正義感なんて、実に脆《もろ》いもんだからな」

「だからって……」

「一ノ瀬、最後まで喋らせろよ」

「ああ、悪かった」

一ノ瀬が詫《わ》びた。

「半分は赦《ゆる》せないと思ってるんだ。確かに金には魔力がある。人間の心こそ買えないが、ほかの物はたいがい金で手に入るからな。それだからといって、狡《ずる》く立ち回って一般市民を騙《だま》したり泣かせてるような人間の屑《くず》どもの味方になる弁護士は最低だね。損得だけで金にひざまずくような奴は前歴がどんなに立派でも、卑《いや》しい人間だよ」

「おれも同感だね。人間には程度の差はあっても、誰にも金銭欲はある。しかし、守《しゅ》銭奴《せんど》みたいになっちゃ駄目だよ。弁護士が裏社会の守護神に成り下がったら、人間失格だね」

「手厳しいな」

深見は耳が痛かった。自分も悪人や犯罪者たちの上前をはねて、汚れた金を浪費している。望月と同じ穴の狢《むじな》なのかもしれない。

「望月が金に執着する生い立《おた》ちを知らないわけじゃないんだ。中国地方の寒村の母子家庭に育った彼は小学生のころから新聞と牛乳の配達をして、家計を扶《たす》けてたんだよ」

「そうだったのか。そのことは知らなかったな」

「望月弁護士は地元の定時制高校を出てから大阪の夜間大学を卒業し、二十八歳のときに司法試験に合格したんだ。司法修習を経て、福岡地検、京都地検、名古屋地検、浦和地検と移ってから、憧《あこが》れの東京地検に配属された。名門大学出の検事が圧倒的に多いが、彼らには人脈や柵《しがらみ》があって、時には外部の圧力に屈《くっ》することもある。しかし、望月は誰に遠慮することもなく犯罪に立ち向かえた。それで、彼はエース検事になれたんだよ」

「そこまでは立派だね。法の番人といっても、腰抜けどもが少なくないからな」

「深見の言う通りだな。警察官や検察官だけではなく、裁判官でさえ外野の声を完全には無視できない。それが現実だ。ドン・キホーテに徹した望月は時代遅れだろうが、偉かったよ。しかし、弁護士になってからの彼は単なる俗物だな。見苦しい生き方をしてる。いまに檻《おり》の中に入れられることになるだろう」

「『博慈会』の及田代表も地方大学の医学部出身だったな。二人ともエリートコースを歩いてきたわけじゃない。そんなことで及田は〝ヤメ検〟の望月に親しみを感じて、顧問弁護士にしたんだろうか」

「ああ、多分ね。深見、いったい何を嗅《か》ぎ回ってるんだ？　望月弁護士が『博慈会』とつるんで、何か悪さを企んでるんじゃないだろうな」

「何か思い当たることでもあるのか？」

「望月は恥も外聞《がいぶん》もなく金を追っかけてる感じだから、何か野望を胸に秘めてるんだろう。有能な弁護士、公認会計士、弁護士なんかを二、三百人抱えて、日本で最大の〝ローファーム〟を作りたいと考えてるんだろうか。個人経営の法律事務所じゃ、国際的な企業買収やパテントなんかのトラブルを処理しきれないんだよ。欧米の先見の明のある弁護士は〝ローファーム〟と呼ばれるオフィスを構えて、法律、会計、経営、商標権のエキスパートを抱え、グローバル企業を顧客にしてるんだ」

「弁護士も経営センスがないと、あまり稼げなくなったわけだな」

「そうなんだ。大企業の顧問弁護士になれる者はほんのひと握りなんだよ。そういう連中は数億から十数億円の年収があるが、弁護士の全国平均所得は六百万円台なんだ。人口の少ない田舎の弁護士の中には、生活保護を受けてる者もいるんだよ」

「冗談だろ⁉」

「本当の話さ。貧乏しながら、冤罪《えんざい》に泣いてる人たちを支《ささ》えてる弁護士もいる。その一方で、望月のようにあこぎに稼いでいる奴もいるんだ」

「そうか」

「深見、ごめん！　別の外線に電話がかかってきたんだ」

一ノ瀬が済まなそうに言って、通話を切り上げた。

深見は携帯電話を上着の内ポケットに戻し、数十分を遣《や》り過ごした。それから彼はエスカレーターで二階に下《くだ》った。受付は無人だった。

深見は招待客になりすまして、『孔雀の間』に紛《まぎ》れ込む。

ステージでは、アトラクションが行われていた。テレビで顔を売った美人マジシャンが大がかりな奇術を披露している。舞台のそばで、『博慈会』の及田代表と望月弁護士がにこやかに談笑していた。二人とも、ウイスキーの水割りのグラスを手にしている。

パーティー会場は招待客でごった返していた。

人いきれが充満している。病院乗っ取り屋の虻川はどこにいるのか。

深見はテーブルの間を縫《ぬ》いながら、奥に進んだ。早くは歩けない。

少し進むと、三方からパーティーコンパニオンが近づいてきた。

「お飲み物は何になさいます？」

「オードブルはいかがでしょう?」

「スモークド・サーモンとローストビーフをお持ちしましょうか?」

コンパニオンたちが我先に問いかけてきた。

深見はスコッチの水割りを頼み、ほかの二人には適当にオードブルを選んでほしいと応じた。三人のコンパニオンは競《きそ》い合うような勢いでテーブルに急いだ。

深見は微苦笑《びくしょう》して、煙草をくわえた。

待つほどもなく三人の女性が戻ってきた。深見はコンパニオンたちを等《ひと》しく犒《ねぎら》った。パーティーコンパニオンたちはゲストに侍《はべ》ってはいけない規則になっている。しかし、三人は離れようとしない。

「お客さまは『博慈会』さんのドクターでいらっしゃるんですよね?」

三人のひとりが問いかけてきた。

深見は返事をはぐらかした。コンパニオンたちは余計に関心を強め、代わる代わるに私的な質問をしてくる。

「派遣会社の社員がコンパニオンさんたちの監視に来てるんだろう?」

深見は、三人のひとりに訊《き》いた。

「ええ。どこかで担当マネージャーが目を光らせてると思います。でも、わたし、気にしません。理想の男性とお目にかかれたんですから。わたし、婚活中なんです。でも、好みのタイプとはなかなか出会えないんですよ」

「わたしも、そうなんです」

かたわらの同僚が相槌《あいづち》を打った。その語尾に三人目のコンパニオンの声が重なった。

「わたしは一応、人妻なんです。だけど、夫はもう空気みたいな存在になってるんですよ」

「結婚したのは？」

深見は訊いた。

「ちょうど二年前です。早くも倦怠期《けんたいき》に入っちゃったみたいなんです。お客さまとおつき合いできるんでしたら、わたし、すぐに離婚します」

「クラブのホステスさん以上のリップサービスぶりだな」

「わたし、本気です」

相手が拗《す》ねた顔つきになった。ほかの二人も気を惹《ひ》くような仕種《しぐさ》をした。

そんなとき、コンパニオン派遣会社のマネージャーらしき男が歩み寄ってきた。三人は目配せし合って、素早く散った。

深見は笑いを堪《こら》えて、スコッチの水割りを傾けた。

アルコールには強い。ウイスキーの水割りを三、四杯飲んでも、酔いは回ったりしない。せっかく運んでくれたオードブルをそっくり食べ残すのは失礼だろう。深見は、近くのテーブルに置かれた二つのオードブル皿に交互にフォークを伸ばした。

皿が空《から》になったとき、婚活中だというコンパニオンがさりげなく近づいてきた。

「よかったら、電話かメールをください。わたし、待ってますから」

相手が囁《ささや》いて、メモを差し出した。

深見は紙切れを受け取り、小さく拡《ひろ》げた。氏名、携帯電話番号、メールアドレスが記《しる》してあった。

深見は小さく笑い返した。婚活中のコンパニオンは嬉しそうな表情でゆっくりと遠ざかっていった。残りの水割りを傾けていると、ほかのコンパニオンが相前後して接近してきた。深見は二人からもメモを手渡された。

子供のころから、なぜか異性には好《す》かれる。中学生になると、誕生プレゼントやバレンタイン・チョコレートを幾《いく》つも貰うようになった。高校生のときは、複数の上級生女生徒に逆ナンパされた。

大学生になると、何人もの先輩、同期生、後輩女子学生に体を預けられた。抱いた相手は数え切れない。だが、言い寄られた女性たちのことはほとんど記憶には残っていなかった。

それでいて、裸身の特徴は鮮やかに憶《おぼ》えている。生来《せいらい》の女好きなのだろう。自分から口説《くど》いた相手のことは、すべて思い出すことができる。それぞれメンタルな触《ふ》れ合いがあったからだろう。

深見は、ふたたび会場の中を回りはじめた。

ほどなく蛇川を見つけた。医療コンサルタントはジュースの入ったグラスを握り、五十年配の男と話し込んでいる。車なので、アルコールを控えているのか。そうではなく、下戸《げこ》なのだろうか。

深見は北陸の開業医の息子と偽って、蛇川の会社を訪ねている。

それも社長室で、まともに向かい合った。不用意に近寄ったら、蛇川に気づかれてしまうだろう。

深見は蛇川からは死角になる場所まで歩《ほ》を運び、すぐに背を向けた。聞き耳を立てる。

周囲のざわめきに掻《か》き消され、蛇川たち二人の会話は耳に届かない。

深見は知人を捜す振りをしながら、少しずつ後退した。七、八メートル退《さ》がると、遣《や》り取りが聞こえるようになった。

「いまの政界は派閥争いに明け暮れてきたんで、各党とも信じられないほど支持率が低下しました」

　五十絡みの男の声だ。

「ええ、そうですね」

「民自党と連立政権を担《にな》ってきた公正党はバックの『救国学会』の池宮名誉会長の死によって、結束力が弱まるでしょう。野党各党の支持率は相変わらず低い。そんな状況ですから、『博慈会』の及田代表が『救国学会』に次《つ》ぐ『光成会』と三番手の『健やかな家』の信者たちの票を集めたら、国民に最も支持された民友党を倒すことも夢じゃありませんよ」

「長いこと民自党で選挙参謀を務《つと》めてきた方がそう分析されてるんだったら、及田さんは今度こそ政界に乗り出して、子飼いのドクターたちを大量に国会議員にすることができそうですね」

「ええ。蛇川さん、それは決して夢ではありませんよ。そして十年後には、及田代表が育て上げた政党が政権を握るようになるでしょう。民自党で冷遇されつづけた代議士を五十人前後は取り込めそうだから、そうした連中を当分は大事にして、ドクター議員たちを図太い政治家に育て上げることですよ。それができれば、及田代表が率《ひき》いる政党は最大政党になるでしょう。そうなったら、医療界の重鎮たちも『博慈会』を無視できないどころか、ひれ伏しますよ」

「及田さんは心から、そうなる日を願ってるんでしょうね。わたしも、もっと多くの医院の経営権を手に入れて、『博慈会』にお譲りしないとな。及田さんにはいろいろ世話になったんで、ほとんど利鞘《りざや》なしで転売してるんですよ」

「虻川さんは、なかなかの狸《たぬき》だな。及田代表はクリニックの転売ビジネスで、だいぶ虻川さんにおいしい思いをさせてきたと言ってましたよ」

「多少は儲けさせてもらわないとね。わたしも社員を雇ってる身ですんで、ある程度は黒字にしませんと……」

「黒字経営で笑いが止まらないでしょ？」

「そこまではいきません」

「あんまりいじめると、あなたと仲のいい仙名組の組長に凄まれそうだな」

「そんなことはしませんよ。あなたもわたしも『博慈会』のブレーンなんですから、いわば同志みたいなもんでしょ？」

「ま、そうですね。今後とも、よろしく！」

「こちらこそ、いろいろご指導ください」

「虻川さん、きょうはアルコールをまったく飲んでないようですが……」

「車で来たんです。実は、これから大事な客と会う約束があるんですよ」

虻川が言った。

「とかおっしゃってるが、どこかに囲ってる女性のとこに行くんでしょ？」

「わたしには、それだけの甲斐性《かいしょう》はありませんよ。女房や子供を養《やしな》うのがやっとです」

「そうは見えないな。あなたは絶倫そうだから、愛人を七人ぐらい世話してて、日替りで女性宅を回ってるんじゃありませんか？」

「わたしはオットセイですか。女房ひとりも満足させられない男に愛人なんかいるわけないでしょ？」

「あなたの言葉を額面通りに受け取りはしませんが、もういじめません。たった一度の人生なんですから、お互いに楽しくやりましょう」

「そうしますか」

「まだ及田代表にちゃんとした挨拶をしてないんですよ。虻川さん、また後《あと》で喋りましょう」

相手が男のステージに向かって歩きだした。

虻川がジュースのグラスを近くのテーブルの上に置き、『孔雀の間』を出た。そのままエレベーターで地下駐車場に下《くだ》った。

深見は虻川を追った。ベンツが走りだしてから、レンタカーに乗り込む。

虻川の車は帝都ホテル別館の地下駐車場を出ると、日比谷通りを新橋方面に進んだ。芝《しば》公園で外苑東《がいえんひがし》通りに折れ、そのまま道なりに走った。

青山通りを横切り、JR信濃町駅の横を抜けた。須賀町《すがちょう》に差しかかると、ベンツは右折した。低層マンション、オフィスビル、一般民家が混然と建っている通りを行き、やがて戸建て住宅の真ん前で虻川の車は停止した。

深見はクラウンをベンツの数十メートル後方のガードレールに寄せ、手早くライトを消した。虻川がベンツを降り、戸建て住宅の敷地内に吸い込まれた。

自宅ではなさそうだったが、馴《な》れた足取りだった。

深見は車のエンジンを切って、虻川が消えた住宅まで歩いた。二階家ではなく、平屋《ひらや》だった。表札には真鍋という姓だけしか掲《かか》げられていない。

深見は、反射的に殺された亜紀の友人の真鍋美鈴のことを思い浮かべた。医療コンサルタントの虻川と看護師の美鈴がどこかで出会っていたとしても、別に不思議なことではない。

蛇川は、美鈴を愛人にしているのか。絞殺された内藤亜紀の自宅アパートには、『スリーアロー・コーポレーション』の蛇川社長名義の預金小切手が遺《のこ》されていた。額面は三百万円だった。

亜紀は、看護学校で同期だった美鈴が蛇川と不倫関係であることを以前から知っていたのか。さらに病院乗っ取り屋が、戸倉クリニックの経営権を手に入れたがっていることも聞かされていたのだろうか。それで彼女は奈良橋に医療ミスを強要した正体不明の脅迫者が蛇川と見抜き、三百万円の口止め料をせしめたのではないか。

そうなら、亜紀は蛇川に殺された可能性がある。蛇川は自分の手を汚すことは避け、第三者に亜紀を始末させたのかもしれない。実行犯は仙名組の構成員なのか。あるいは、殺し屋《プロ》を雇ったのだろうか。

真鍋宅に不法侵入してでも、平屋の住人を確認する必要がある。深見はレンタカーに引き返しはじめた。〝コンクリート・マイク〟を取りに行くためだった。

3

防犯カメラは目に留《と》まらない。

深見は、真鍋宅の内庭《うちにわ》に小石を投げ込んだ。

警報ブザーは鳴らなかった。門扉《もんぴ》周辺や内庭に赤外線スクリーンは張り巡《めぐ》らされていないようだ。

深見は夜道を見回した。

人っ子ひとりいない。真鍋宅に隣接している建物の窓も閉まっていた。住居侵入を誰かに見咎《みとが》められることはないだろう。

真鍋宅の門扉は低い。右腕を伸ばして、静かに錠を外す。深見は静かに敷地に忍び込み、庭木の陰に入り込んだ。

小枝の葉が鳴った。耳を澄ます。深見は息を殺して、十秒ほど動かなかった。家の中では何も変化は起こらない。

深見は中腰で家屋に接近した。

内庭は、それほど広くなかった。三メートル弱で、建物に達した。

深見はテラスを回り込み、家屋の脇に移った。闇が濃い。

居間らしい部屋はシャッターが下《お》ろされている。深見は上着のポケットから最新型のＩＣレコーダー付きの盗聴器一式を取り出し、吸盤型マイクをモルタル塗りの外壁に密着させた。

耳障《みみざわ》りな雑音《ノイズ》はすぐに消え、男女の話し声がイヤフォンから伝わってきた。

「パパ、きょうはピッチが速《はや》いのね？」

美鈴の声だ。

「『博慈会』のパーティーではジュースを飲んでたんだ。だから、早くビールを飲みたかったんだよ」

「それじゃ、もう一本飲むわね？」

「二本目は後《あと》で空けてくれ。美鈴、風呂は沸《わ》いてるな」

「ええ」

「なら、一緒に風呂に入ろう」

「その前にパパに確かめておきたいことがあるの」

「美鈴とはずっと一緒にいたいが、女房と離婚する気はない。未練がどうとかってことじゃなく、女房と別れるのが面倒なんだ。その代わり美鈴の世話はずっとしてあげるよ。月々の手当も来月から五十万にしてやろう。できれば、三宿セントラル病院を辞めて、愛人に専念してもらいたいんだ。どうだい？」

「わたし、ナースの仕事が好きなの。お手当は三十万のままでいいから、仕事はつづけさせて」

「美鈴がそうしたいんだったら、ま、仕方ないな。好きなようにすればいいさ」

「ええ、そうさせてもらうわ」

「なんか話が脱線してしまったが、確かめたいことって何なんだ？」

蛇川が問いかけた。

「殺された亜紀のことなの。パパ、本当のことを教えて」

「また、その話か」

「パパのことを疑いたくはないけど、どうもすっきりしないのよ。亜紀はわたしとパパが不倫関係にあるってことを嗅《か》ぎ当てて、三百万円の口止め料を要求したって話だったわよね」

「ああ、そうだよ。内藤亜紀は美鈴と同《おな》い年だったそうだが、たいした女だ。親友の私生活を恐喝材料にして、わたしに三百万円の預金小切手を切らせたんだからな。かなりの悪女だったよ」

「脅迫材料は、それだけじゃなかったんでしょ？」

「え？」

「亜紀は、パパが戸倉クリニックに勤めてた奈良橋ドクターを罠に嵌《は》めて、わざと医療ミスをしろと命じたことも知ってたんじゃない？　不倫の口止め料が三百万円だなんて、ちょっと高すぎるわ」

「内藤亜紀は、わたしがそれなりに稼いでることを知ってたんだろう。だから、三百万ぐらいは脅し取れると踏んだんじゃないか」

「それだけだったのかな。亜紀はパパが過去にいくつもの私立総合病院の経営権を手に入れて、一定の期間を置いてから『博慈会』に転売してたことまで知ってたんじゃない？　だから、パパが奈良橋ドクターを陥《おとし》れたと直感したんだと思うわ。亜紀は元彼の外科医に責任をなすりつけられたことに腹を立ててたんで、三百万を要求したんでしょうね」

「美鈴は、わたしが亜紀を誰かに殺《や》らせたと疑ってるようだな？」

「パパ、どうなの？　わたしにだけは正直に言ってほしいのよ。亜紀がわたしとパパの関係を強請《ゆすり》の材料にしたことは腹立たしいけど、彼女は親友だったの。だから、殺さなくてもよかったという気持ちがどうしても消えないのよ」

美鈴の声は湿っていた。

「わたしは潔白《けっぱく》だ。内藤亜紀殺しには関与していない。わたし自身は手を汚してないし、仙名組の組長に亜紀を始末してくれとも頼んだ覚えはないよ」

「いまの言葉、信じてもいいのね？」

「わたしは嘘なんかついてないぞ」

「パパ、怒らないで。わたし、パパのことは信じたいと思ってる。でもね、三百万円の預金小切手を亜紀に渡したことがやはり釈然としないの。どう考えても、要求額が多すぎる気がするのよ」

「そのことは、さっき話したじゃないか」

「ええ、わかってる。亜紀がパパの収入は少なくないと値んだからだろうって話だったわよね？」

「そうだ」

「でもね、それにしても金額が多い気がするわ。パパ、わたしに何か隠してない？」

「わかったよ。話してやろう。内藤亜紀は、この家に遊びに来たことがあるな」

「ええ、三、四回ね」

「そのとき、ＤＶＤを内藤亜紀に持ち去られたんだよ」

「えっ⁉」

「ノーマルなセックスに飽《あ》きると、ＳＭごっこ、幼児プレイ、目隠しをしたブラインド・セックスをして、セットしておいたビデオカメラで撮影したよな？」

「ええ。わたしはあまり気乗りしなかったんだけど、パパが割に興奮するんで、協力したのよ」

「美鈴も、ちょっとアブノーマルな情事には刺激されてたはずだ。ふだんよりも反応が早かったからな」

「わたしを変態みたいに言わないで」

「人間は、いつかありきたりのセックスに飽きてしまうんだ。どんなに惚《ほ》れ合ってるカップルもな。だから、互いに新鮮な刺激が欲しくなるんだよ」

「そうなのかしら？」

「話が逸《そ》れてしまったが、内藤亜紀が寝室から盗み出した映像には幼児プレイが映ってたんだ」

「パパが赤ん坊みたいに床《ゆか》を這《は》いずり回って、幼児語を使ってたDVDね？」

「ああ、そうだ。わたしは、おむつをしてた。それから、哺乳用《ほにゅうよう》のゴム乳首をくわえてたな。母親役の美鈴は笑いながら、わたしを追い回してた。素っ裸で、おっぱいをゆさゆさ揺らしながらさ」

「寝室で、そんなプレイをしたこともあったわね。あのDVDをこっそり亜紀が盗み出してたのか。なんだかショックだわ。彼女がそんなことをするなんて思ってもみなかったから」

「そうだろうな。内藤亜紀は、美鈴がわたしの彼女になって、毎月三十万円の小遣いを貰ってることが面白くなかったんだろう。ひょっとしたら、美鈴のことを妬《ねた》ましく思ってたのかもしれないぞ」

「そうだったのかな」

「いい大人が幼児プレイに耽《ふけ》ってることを表沙汰にされたら、死にたくなるほど恥ずかしいじゃないか。だから、わたしは幼児プレイが映ってるＤＶＤを百万円で買い取ってもいいと言ったんだ」

「裏取引はすぐには成立しなかったのね？」

「ああ。亜紀は、その額では満足しなかったんだよ。そして、問題のＤＶＤをわたしの妻子に観《み》せるなんて言いだしたんだ。さすがに慌《あわ》てたよ。そんなことをされたら、一家の主《あるじ》も形無《かたな》しだからな。沽券《こけん》にもかかわる」

「それでパパは、やむなく三百万円の預金小切手を切ったわけか」

「そうなんだ。内藤亜紀は、おそらく奈良橋に殺されたんだろう。奈良橋は二年近く交際してた亜紀を棄《す》てて、戸倉院長のひとり娘に乗り換えようとしたみたいだからな。もっとも相手には交際の申し込みを断られたらしいがな」

「その話は生前、亜紀から聞かされてたわ。でも、奈良橋という外科医が亜紀の事件に関わってるとは思えないの」

「どうして？」

「奈良橋ドクターは亜紀に医療事故の責任をなすりつけようとしたようだけど、かつての交際相手を殺す気にはならないでしょ？」

「奈良橋は計算ずくで生きてるようだから、利用価値のなくなった女なんか冷酷に斬り捨てるんじゃないか」

蛇川が言った。

「昔の彼氏が犯人じゃないとしたら、『博慈会』が事件に関与してるんじゃないのかな」

「そう思った根拠は？」

「及田代表はパパが反則技を使って、数々の医院の経営権を手に入れたことを知ってるわけでしょ？　それどころか、『博慈会』は入手したいクリニック名を告げて、パパに経営権を収めさせたんじゃない？」

「それは……」

「パパ、どうなの？　わたし、秘密を口外したりしないわよ」

「すべてじゃないが、及田さんが手に入れたい首都圏の医院を指定することが多かったな。わたしは、そのクリニックの経営状態を徹底的に調べ、院長の私生活も探《さぐ》ったんだ。何かスキャンダルがあったら、苦もなく新理事長になれたよ。相手側に弱みがないときは、何か仕掛けて窮地に追い込むんだ。わたし自身が転売で大きな利鞘を得られると判断した場合は独断で狙った医院を乗っ取って、及田さんに不動産や医療スタッフ込みで買い取ってもらってた」

「パパのビジネスは少しあくどいな。でも、わたし、パパのことは好きよ。外では精一杯に虚勢を張ってるみたいだけど、わたしの前では素《す》の自分を見せてる。弱さもカッコ悪さも平気で晒《さら》してくれるから、ちょっと母性本能をくすぐられちゃうの」

「こんなことを言うと、マザコン男と思われるだろうが、美鈴は死んだおふくろにどことなく似てるんだ。横顔もそうだが、声も似てるんだよ。そのせいか、美鈴と一緒にいると、安らげるんだ」

「男の人は、たいがい母親が好きなんでしょうね。でも、わたしを抱くとき、お母さんのことなんか考えないでね」

「そんなことするわけないじゃないか。そこまでいったら、もう変態だよ」

「ええ、そうよね。それはそうと、亜紀はパパと及田代表の繋がりに勘づいてたとは考えられない?」

「それはないと思うがな」

「もし亜紀がパパの背後に『博慈会』がいると調べ上げてたとしたら、及田代表はまずいことになったと思うんじゃない?」

「ま、そうだろうね」

「そうなら、亜紀は及田代表の息のかかった人間に口を封じられた疑いも出てくるわけでしょ?」

「そうだが……」

「及田代表は保革《ほかく》の二大政党が相手側の弱点ばかりを論《あげつら》ってる間に国民の政治不信が強まったことをチャンス到来と判断して、来春早々には政治団体を立ち上げるつもりでいるんでしょ?」

「ああ、そうだよ。及田さんは『光成会』や『健やかな家』の信者たちを選挙母体にした新政党の陰のリーダーになって、政界を牛耳ろうと野心を燃やしてるんだ。昔、参院選にタレントやプロのスポーツ選手たちを出馬させたんだが、惨《みじ》めな結果に終わってしまった」

「そういう話だったわね。わたしには、まったく記憶がないんだけど」

「今度は成功するだろう。及田さんは、民自党で選挙の神様と呼ばれた元国会議員の鵜飼民生《うかいたみお》というプロの選挙プロデューサーを年俸二億円で雇って、必勝法を伝授《でんじゅ》してもらってるんだ。鵜飼氏は元キャリア官僚で、首相秘書官も務《つと》めたことがあるんだよ」

「そう。エリートだったのね」

美鈴が短く答えた。『孔雀の間』で虻川と話し込んでいた相手が鵜飼だった。これで、点と点が繋《つな》がった。深見はそう思いながら、盗聴しつづけた。

「鵜飼氏は優秀な政治家だったんだが、民自党内では異端児扱いされてた。それだから、一度も閣僚になれなかったんだよ。そんなことで、鵜飼氏は議員を辞めてしまったんだ。その後、民友党の選挙ブレーンのひとりになったんだが、当時、党首だった大泉と意見の対立があって、どの政党とも距離を置くようになった」

「その選挙プロデューサーが及田代表に協力するようになった経緯《いきさつ》は？」

「『博慈会』の顧問弁護士をやってる望月数馬先生が鵜飼を引っ張ってきたんだ。望月弁護士は八年前まで東京地検特捜部のエース検事だったんで、とても顔が広いんだよ」

「そう」

「鵜飼氏と望月弁護士が知恵袋になってくれるわけだから、鬼に金棒さ。及田代表は何年か経《た》ったら、政界と医療界を支配するようになるだろう。わたしは、及田代表を今後も支援するつもりなんだ。勝ち馬に乗ってれば、何かと恩恵に浴することができるからな」

「関東桜仁会の仙名組も『博慈会』に尽くして、おいしい思いをする気でいるのね？」

「仙名組は汚れ役を引き受ける気でいるから、それなりの見返りはあるはずさ」

「及田代表は大きな野望を持ってるわけだから、パパに荒っぽい手口で首都圏の医院を乗っ取らせてることを世間に知られたら、とても困るわよね。代表が仙名組の組長に亜紀を殺してくれと頼んだんじゃない？」

「及田代表は、内藤亜紀ごときにビビるわけないさ。亜紀の話は、もう終わりにしよう。先に風呂に入ってる。美鈴、待ってるぞ。体がふやける前に来てくれよ」

蛇川が椅子から立ち上がる気配が伝わってきた。スリッパの音が遠のいた。

美鈴は居間から別の部屋に移動したようだ。

深見はチップに似た超小型マイクを壁から引き離した。張り詰めていた気持ちが緩《ゆる》んだからか、無性《むしょう》に煙草が喫《す》いたくなった。

だが、隣近所の者にライターの炎や煙草の火を見られてしまうかもしれない。深見は喫煙を我慢して、抜き足で家屋の裏手に回った。

間取りは3LDKだろう。浴室のある場所はなんとなくわかった。

風呂場の窓は明るい。シャワーの音も響いてくる。蛇川が掛け湯代わりに体にシャワーの湯を当てているのだろう。

入浴中に家の中に忍び込めば、裸の蛇川は戸外には逃げられない。締め上げるチャンスだ。蛇川は愛人の美鈴には、自分は亜紀の事件に関わっていないと言い張っていた。

それは事実なのか。嘘をついているとも考えられる。深見はタイミングを計って、美鈴の自宅に忍び込むことにした。

蛇川が湯船に沈んだ。

湯があふれ、洗い場に流れ落ちる。蛇川が気持ちよさそうに唸《うな》った。手脚《てあし》を伸ばしたのだろう。

蛇川が湯を掻《か》き回しながら、鼻歌を響かせはじめた。

古い歌謡曲だった。男性歌手のヒット曲だったと思うが、曲名まではわからなかった。

ハミングが熄《や》んだとき、浴室のドアが開けられた。美鈴の声がした。

深見は吸盤型マイクを風呂場の外壁に押し当て、イヤフォンを耳の奥に押し入れた。

「若い女の裸身は一種の芸術品だな。体の曲線がみごとだ。特に美鈴のボディーラインは美しいよ」

「パパ、ありがとう。お世辞でも、そう言われると、悪い気はしないわ」

「お世辞なんかじゃないさ」

「最近、少し太っちゃったの。前は、もっとウエストのくびれが深かったのに」

「充分にくびれてるよ。張り出した腰が強調されてて、ぞくりとするね。若いときみたいに、もう反応してる」

「嘘ばっかり！」

「本当だよ。見てごらん」

「あら、若いのね。すごいわ！」

「掛け湯をしたら、わたしの両腿の上に跨《また》がってくれ」

「はい、はい」

美鈴がはしゃぎ声で答え、掛け湯をしたようだ。

湯の弾《はじ》ける音がした後《あと》、彼女が浴槽に入った物音が聞こえた。湯が音をたてて勢いよく零《こぼ》れた。

すぐに二人が唇を吸い合う音が生々しく響いてきた。

虻川は顔を重ねながら、愛人の柔肌を愛撫しているようだ。美鈴が切なげに喘《あえ》ぎ、淫蕩《いんとう》な声を洩《も》らした。彼女も不倫相手の下腹部をまさぐっている様子だ。湯がリズミカルに波立ちはじめた。

「美鈴のピンクダイヤ、もうこりこりだよ。奥もぬかるんでるな」

「パパだって……」

「ああ、おっ立ってる。このまま合体しちゃおう。その前に少しクンニしてほしいか？」

「美鈴、答えられなーい」

「わかってる、わかってるよ。立ち上がって、ヘアを掻き上げてごらん」

虻川が優しい声音《こわね》で言った。すぐに美鈴が腰を上げる気配が伝わってきた。

次の瞬間、彼女は小さな声を発した。なまめいた声だった。

虻川が両腕で愛人の腰を引き寄せたらしい。ほとんど同時に、舌の鳴る音が響いてきた。美鈴の息が乱れはじめた。

虻川はひとしきり口唇愛撫を施《ほどこ》すと、美鈴に返礼を求めた。美鈴が湯船の底に両膝を落とし、舌と口を使いだしたようだ。

「上手になったな。もう少し口を強くすぼめてくれると、もっとよくなるんだがね」

虻川が注文をつけた。美鈴がサービス精神を発揮したらしい。

虻川が満足げに愛人を誉《ほ》めた。オーラル・セックスは五、六分つづいた。ふたたび
虻川が湯船に沈んだ。それは様子でわかった。

湯が波立ち、美鈴が口の中で短く呻いた。どうやら二人は体を繋いだようだ。

「パパ、下から突き上げて」

「よし、よし。美鈴はスケベな娘《こ》だね。男なしじゃ生きられないだろうな」

「パパに仕込まれたせいよ。お願いだから、早く動いて！」

「もう待てないか。くっふふ」

虻川が律動《りつどう》を加えはじめた。

美鈴が息を弾《はず》ませる。喘《あえ》ぎ声は、じきに甘やかな呻き声に変わった。

深見は盗聴マイクを外壁から離し、〝コンクリート・マイク〟一式をひとまとめにして、上着のポケットに仕舞った。風呂場の横に台所のごみ出し口がある。

深見はドアの前に移動し、懐のピッキング道具を手探《てさぐ》りした。

そのとき、暗がりから人影が現われた。深見は闇を透《す》かして見た。渋谷署の世良警

部補だった。

「ついに尻尾《しっぽ》を出したな。きさまが、この家の敷地に無断で侵入したことも見届けたぜ」

「勘違いしないでくれ。こっちは調査のほかに便利屋稼業もこなしてるんだ」

深見は内心の狼狽を隠して、言い繕《つくろ》った。

「どういうことなんだ？」

「この家に住んでる女性は妻子持ちの男と不倫関係にあるんだが、最近はノーマルな行為じゃ物足りなくなってしまったらしいんだよ。それで、パトロンと風呂場でナニしてるときの音声を録音してくれって頼まれたのさ」

「もう少し上手な言い訳を考えるんだな。誰がそんな嘘を信じるよっ」

「本当の話だって」

「いいから、両手を前に出せ！　きさまを住居侵入で現行犯逮捕する」

世良が言って、腰から手錠を引き抜いた。

深見は世良の足を払った。世良が横倒れに転がった。深見は世良を俯《うつぶ》せにさせ、素早く後ろ手錠を掛けた。

「き、きさま、逃げる気だなっ」

「好きなように解釈してくれ」

「現職のおれを舐《な》めんなよ。きさまを必ず逮捕《パク》ってやる。取りあえず不法侵入罪で検挙《アゲ》てやるからな」

「立件《りっけん》は無理だろう」

「えっ、どういう意味だ？」

世良が問いかけてきた。

深見は膝頭で世良の腰を押さえつけ、ハンカチで手錠に付着した指紋と掌紋を神経質に拭《ぬぐ》った。

「きさま、汚いぞ」

「お互いさまだ。そっちこそ、この家の者の許可を得たのかっ。れっきとした住居侵入じゃないか」

「深見！」

「気やすくおれの名を呼ぶな。おれは、もう部下でも同僚でもないんだ」

「これで済むと思うなよ」

「まるでチンピラの台詞《せりふ》だな」

「必ず刑務所《ムショ》に送り込んでやる！」

世良が喚《わめ》いた。

深見は冷ややかに笑って、家屋に沿って走りだした。

真鍋宅の門の手前で、通りをうかがう。路上に覆面パトカーが見えるが、藤代刑事の姿は見当たらない。世良の独歩行《どっぽこう》だったのだろう。

深見は道路に出た。世良に誰かが情報を提供したことは、もはや疑いの余地はない。その内通者を早く突きとめないと、身の破滅を招く。

深見は気持ちを引き締め、レンタカーに駆け寄った。

4

集合郵便受けの前には誰もいなかった。

銀座三丁目の興和ビルだ。深見はメールボックスに近づいた。美鈴の自宅内で世良刑事に後ろ手錠を掛けた翌日の午後一時過ぎである。

深見は『スリーアロー・コーポレーション』の郵便受けに角封筒を投げ込んだ。

中身は複製した盗聴音声データだった。鳥居坂のスポーツクラブのスカッシュコートで交わされた蛇川と及川の密談だけではなく、前夜に美鈴の自宅で盗み聴きした会話も収録されている。

深見は興和ビルから離れ、レンタカーに乗り込んだ。クラウンを裏通りに移し、路肩に寄せる。

深見はグローブボックスから、プリペイド式の携帯電話を取り出した。先月、路上で行きずりの若い男から一万円で譲り受けた携帯電話だ。相手は、数カ月は使い放題だと言って、にやにやと笑った。おそらく盗品なのだろう。

携帯電話の名義は、まったくの他人である。捜査当局や蛇川が深見を割り出すことは不可能だ。

深見は、丸めたティッシュペーパーを口に含んだ。ボイス・チェンジャーを使うまでもないと判断したからだ。蛇川勇のオフィスに電話をする。受話器はツーコールで外れた。電話口に出たのは、女性社員だった。

「電話を蛇川社長に回してほしいんだ」

「失礼ですが、お名前を……」

「鈴木《すずき》という者だ。社長の幼馴染みだよ」

「わかりました」

「よろしく！」

深見は、ことさら明るく言った。相手に警戒されたら、虻川に取り次いでもらえないだろう。

「鈴木って、金物屋の弓彦《ゆみひこ》かい？」

虻川の声が流れてきた。

「おれは別人だ。集合郵便受けに盗聴音声のデータを少し前に投げ込んだ。あんたと『博慈会』の及田代表がスカッシュをやりながら、病院乗っ取りの話をしてるところを録音させてもらったんだよ」

「えっ⁉」

「あんたが戸倉クリニックに勤めてた外科医の奈良橋を罠に嵌《は》めて、故意に医療ミスを起こさせたことはわかってるんだ。そっちは首都圏の医院を次々に乗っ取り、ほとぼりが冷めたころに『博慈会』に転売して利鞘を稼いできた」

「おまえ、誰なんだっ」

「まだ話は終わってない。戸倉クリニックの医療事故のことは毎朝日報の都内版で報じられた。そのため、戸倉クリニックの患者は激減してしまった。あんたは狙ったクリニックが経営不振に陥《おちい》ったことを確認してから、戸倉院長に五千万円で経営権を譲ってくれと持ちかけた」

「そ、そんなことまで知ってるのか⁉」

「戸倉クリニックの院長は、きっぱりと断った。そこで、あんたは仙名組の組長に協力を求めた。組長は若い衆二人に戸倉院長を拉致させようとしたが、それも失敗に終わってしまった。戸倉クリニックの乗っ取りは諦《あきら》めろ。そうじゃないと、奈良橋を嵌めたことを公《おおやけ》にするぞ。それからな、内藤亜紀に三百万円の預金小切手を脅し取られたことも表沙汰にする」

「いったい何者なんだっ。まさか警察の人間じゃないよな?」

「悪さばかりしてるんで、警察は苦手らしいな。あんた、本当に亜紀殺しにはタッチしてないのか? 昨夜《ゆうべ》、愛人の真鍋美鈴の家ではそう言ってたが、どうなんだっ」

「きのうの晩、おれを尾《つ》けてたのか⁉」

「そうだ。あんたは帝都ホテルの別館の『孔雀の間』で催《もよお》された『博慈会』のパーティーに出席した後《あと》、ベンツで須賀町の愛人宅に行った。居間での会話は、すべてICレコーダーに収めさせてもらったよ」

「なんてことなんだ」

「本当のことを吐かないと、状況はもっと悪くなるよ。亜紀は、あんたの愛人の家に遊びに行ったとき、寝室からDVDをこっそりと持ち去った」

「ＤＶＤだって？」

「空とぼけても無駄だよ。こっちは居間で交わされた会話をしっかりと盗聴してるんだ。あんたはノーマルなセックスに飽きると、真鍋美鈴とＳＭごっこやブラインド・セックスを愉《たの》しんでた。亜紀がこっそりと盗んだＤＶＤには幼児プレイが映ってた。そのことを強請《ゆすり》の材料《ネタ》にされて、あんたは亜紀に三百万円の口止め料を払った。この先も際限《さいげん》なく金をたかられるかもしれないという強迫観念《きょうはくかんねん》が消えなかったんで、あんたは亜紀を殺《や》っちまう気になった。そうじゃないのかっ」

深見は声を張った。

「おれは無実だよ。あの娘《むすめ》っ子は殺《や》ってない。もちろん、誰かに片づけてくれとも頼んだこともない。頼むから、それだけは信じてくれ」

「あんたがシロだとしたら、及田が臭いってことになる。『博慈会』の代表は、あんたに荒っぽい手口で首都圏の私立総合病院の経営権を手に入れさせて、その後、自分とこで譲り受けてたんだからな。内藤亜紀が病院乗っ取りの首謀者が及田代表と看破《かんぱ》して、揺さぶりをかけた可能性もある」

「おそらく、そうなんだろう。及田さんは内藤亜紀に関することは一度も口にしたことがないが、転売のからくりを知られてしまったんじゃないのかね。それで、及田さんは誰かに亜紀を殺《や》らせたのかもしれないな」

「そのあたりのことは調べてみよう。実は、こっちは昨夜、『孔雀の間』に招待客になりすまして入り込んでたんだよ」

「えっ、そうだったのか」

「あんたと選挙プロデューサーの鵜飼民生の遣《や》り取《と》りも立ち聞きさせてもらった。『博慈会』の及田代表は、まだ政治に色気を持ってたんだな。執念深いね。というよりも、医療スーパーの総大将は絶大な権力者になりたいんだろう」

「及田さんが大変な野望家であることは確かだよ」

蛇川が言った。

「そうみたいだな。及田代表は選挙プロデューサーの助言で、『光成会』と『健やかな家』をうまく取り込んで、それぞれの信者の票を獲得する気になったんだな?」

「鵜飼氏だけじゃなく、『博慈会』の顧問弁護士の望月先生も同じアドバイスをしたんだ」

「望月弁護士と鵜飼は、及田代表の参謀格ってわけか」

「ああ、二人とも知恵袋だよ」

「及田代表は、マントラ真理教の残党たちを匿《かくま》ってるんじゃないのか?」

「残党って、民自党本部や公正党本部を爆破させたと犯行声明をマスコミ各社にメールした『ラスコーリニコフの会』の連中のことか？」

「そうだ」

「及田さんは、そんな奴らは匿ってないと思うよ。代表はマントラ真理教の信者たちが引き起こした無差別殺人には批判的だったし、教祖の桐原のことは稀代《きだい》のペテン師だとさえ極《き》めつけてたんだ」

「そんな奴らにシンパシーを感じるわけないか？」

「ああ、ないと思うね」

「そうなら、一連の凶悪事件を重ねた謎のテロ集団はマントラ真理教の残党どもじゃなさそうだな。『ラスコーリニコフの会』と名乗ってる奴らは、自分たちの黒幕は及田徹雄だとアピールしたくて、わざわざマスコミ各社に犯行声明と桐原元教団主と元幹部の二人を東京拘置所から脱獄させるという犯行を予告したんだろう」

「ああ、偽装工作だろうな」

「よく考えてみると、確かにミスリード臭い。囚人を脱獄させるという犯罪そのものが大胆不敵すぎる。それに収監されてる者は、死刑囚の桐原を含めて六人いるはずだ。いずれもマントラ真理教の元幹部だった。それなのに、元教祖と元幹部のひとりだけを奪還するという話も納得しがたい」

「こっちも、そう思うね。連続テロ事件を起こした犯人たちがマントラ真理教の残党たちならば、当然、元教祖と一緒に五人の囚人を拘置所から逃がそうとするはずだよ。もちろんマスコミに犯行予告なんかしないで、密かに作戦を実行に移すだろうね。成功の確率は、ほとんどゼロに近いだろうけど」

「そっちが言うように、ミスリードの仕方が幼稚な感じだし、リアリティーもないな。真のテロリストグループは当面、捜査当局の目を逸《そ》らしたかっただけなんだろう」

深見は言った。

「多分ね」

「話を元に戻すが、選挙プロデューサーの鵜飼は『光成会』や『健やかな家』をすでに取り込んだのか？」

「そう聞いてるよ」

「新興宗教団体の二番手、三番手と手を組めたのは、それぞれに巨額の寄附をしたからなんだろうな？」

「まあね。『博慈会』は『光成会』と『健やかな家』に三十億円ずつ寄附してるって話だよ。それ以下の規模の中小宗教法人にも飴玉《あめだま》をばら撒《ま》くことになってるようだぜ。

信者数が増えてる『幸せの道標』なんかにも協力を仰《あお》ぐようだよ。票になりそうなら、教典が仏教系でも神道系《しんとう》でもオーケーってことなんだろうな。とにかく、選挙権のある信者が五万人以上いる団体はすべて取り込む気なんだろう」

「それだけ『博慈会』には、内部留保があるってことだな」

「及田さんのグループはざっと見積もっても、一千億前後の金はプールしてあるだろう。そのほかに埋蔵金がたっぷりありそうだから、池宮名誉会長を喪《うしな》って屋台骨がぐらつきはじめてる『救国学会』の信者を二、三割取り込んじゃえばいいんだ。マンモス教団の二、三割の信者を抱き込めば、及田さんが立ち上げる新政党は圧勝するよ。鵜飼氏は民自党と民友党の反主流派の議員たちをごっそり引き抜くと言ってたから、素人《しろうと》たちばかりが次の参院選に出馬するわけじゃない。十年以内には、『博慈会』を選挙母体にした新政党が政権を担《にな》うようになるだろう」

「『光成会』や『健やかな家』にダイレクトに三十億円ずつ寄附したら、何かと都合が悪くなる。幾つかの団体を迂回《うかい》させて、協力してくれる教団に寄附してるにちがいない」

「そうだろうな。それについては、鵜飼氏が任されてるんだ。警察、地検、国税庁に目をつけられないようにしながら、巧妙な手口で飴玉を宗教団体に渡してるんだろうね」

蛇川が長嘆息《ちょうたんそく》した。

「及田徹雄のことより、いまは自分のことで頭が一杯のようだな？」

「そうだよ。盗聴音声が表沙汰になったら、こっちは及田さんが放つ刺客に命を奪《と》られることになりそうだ。そっちの条件を早く言ってくれ。どうせ盗聴音声のデータを買い取れってことなんだろうが？」

「商談に入る前に、まず盗聴音声を聴いてくれ。二、三十分経《た》ったら、こちらから連絡するよ」

深見は終了キーを押した。プリペイド式の携帯電話を助手席に置き、唾液《だえき》に塗《まみ》れたティッシュペーパーを吐き出す。

深見は手の甲で口許《くちもと》を拭って、ラジオの電源スイッチを入れた。ある民放局がニュースを流していた。耳をそばだてる。

マントラ真理教の元教祖と元幹部が脱獄したという報道は流れなかった。やはり、『ラスコーリニコフの会』の犯行予告メールはカムフラージュだったようだ。

深見は、SAT《サット》の矢沢部隊長に電話をした。

「東京拘置所に張りついているSIT《シット》に何か動きがありました？」

「きのうの夜十時過ぎ、拘置所の様子をうかがってた二人の不審な男を銃刀法違反で緊急逮捕したらしい。そいつらは、サバイバルナイフとアーミーナイフを隠し持ってたというんだ」

「何者だったんです？」

「二人とも『ラスコーリニコフの会』のメンバーと称し、桐原たち二人の死刑囚を奪還するための下見をしてたと供述してるようだ。それから、マントラ真理教の信者バッジも大事そうに持ってたそうだよ」

「マントラ真理教の残党なんだろうか」

「二人はそう言い張ってるらしいが、ただの騙《かた》りかもしれないな。A号照会したら、どっちも傷害で検挙されたことがあって、二十八歳と二十九歳なんだよ」

「マントラ真理教が解散に追い込まれたのは、もう二十年以上も前ですよね。山梨の教団本部に家族連れで修行してた信者が大勢いましたが、どちらも当時は子供でしょ？　残党と呼ぶにはちょっとね」

「そうなんだ。それに、ちょっと気になることもあるんだよ」

矢沢が言った。

「どんなことが気になるんです？」

「二人は、関東桜仁会仙名組の準構成員だったという証言もあるそうなんだ。盃《さかずき》を貰ってないことは確かなんだが、どちらも組事務所に出入りしてたみたいなんだ」

「組長や幹部たちは、どう言ってるんです？」

「そんな二人は顔を見たこともないと口を揃えてるというんだよ。深見、どう思う？」

「組長たちがシラを切ってる気もしますが、検挙された二人が何か企《たくら》んでて、仙名組を陥れようとしてるとも思えますね」

「そうなんだよな」

「その二人、『ラスコーリニコフの会』のメンバーやアジトについては黙秘してるんでしょうね？」

「ああ、そうらしい。しかし、勾留期限ぎりぎりまで取り調べるそうだから、そのうち口を割るかもしれないな」

「だといいですね」

深見は先に通話を切り上げた。ピースをくわえかけたとき、矢沢の妻の千絵から電話がかかってきた。

「深見君、きのうの夜、渋谷署《うち》の世良主任を怒らせるようなことをしたんじゃゃない？」

「そんなことしてませんよ。世良刑事が署内で何か言ってるんですか？」

「深見君が何か危《ヤバ》いことをやってることは間違いないから、取りあえず別件でしょっ引いて、調べ上げるべきだって刑事課長に朝から何度も訴えてるのよ。本当に心当たりはないの？」

「ええ。きのうは、友人の一ノ瀬とずっと酒を酌《く》み交《か》わしてたんですよ」

「どこで？」

「あいつの事務所で」

「信じていいのね？」

千絵が念を押した。

深見は後ろめたさを覚えながらも、即座にうなずいた。

悪人たちから金を脅し取っているうちに、いつか捕まってしまうかもしれない。世話になった警察関係者を失望させることは避けたいと思う。

そろそろ矢沢夫妻とは離れるべきなのか。しかし、兄と姉のように慕っている二人と遠ざかるのは辛《つら》い。

「あっ、そうだ。深見君は、本庁組対《そたい》の柏木護と多少のつき合いがあるんだったよね？」

「ええ。柏木がどうかしたんですか？」

「彼ね、先日、司法試験に合格したんだってさ」

「本当ですか⁉」

「そうみたいよ。それで柏木刑事は十月一杯で依願退職して、司法修習生になるんだって。偉いね。暴力団係《マルボウ》で、司法試験にパスした者は過去にひとりもいないんじゃない？」

「でしょうね。快挙だな。柏木は、そのことを言わなかった。なぜなんだろうか」

「深見君、最近、柏木刑事と会ったの？」

「ええ、ちょっとね。教えてもらいたいことがあって、日比谷公園の『松本楼』でお茶を飲んだんですよ」

「そう。司法試験に合格したことを打ち明けたら、自慢してると受け取られると思ったんだろうか」

「そうなのかもしれないな」

「今度会ったら、祝福してやるのね。それじゃ、また！」

アマゾネス刑事が先に電話を切った。

深見は終了キーを押し、すぐに柏木の携帯電話を鳴らした。待つほどもなく電話は通話状態になった。

「おまえ、水臭いよ。先日、司法試験に通ったんだってな?」

「ええ、まあ。深見先輩、誰から聞いたんです?」

「そんなことよりも、なんで教えてくれなかったんだ?」

「自慢話をしてるみたいだから、高校のOBの先輩刑事にも教えてないんですよ」

「その先輩刑事って、おれが知ってる奴かい?　誰なんだろうな」

「ま、いいじゃないですか」

柏木が返事をはぐらかした。

「言っちゃ、何か不都合なことでもあるのか?」

「ありませんよ、そんなものは。高校の先輩というのは、渋谷署の世良警部補なんです」

「ああ、彼か」

深見は努《つと》めて平静に言ったが、内面では驚きと憤《いきどお》りが交錯《こうさく》していた。

柏木は深見が非合法な手段で荒稼ぎしていることに薄々ながら、気がついている節《ふし》があった。世良警部補と通じていたのは柏木だろう。

しかし、まだ臆測にすぎない。柏木に直接、確かめることははばかられた。

「深見先輩、ぼくが司法試験に通ったことをあまり他人《ひと》に言わないでもらいたいんです。自慢してると思われたくないんですよ」

「ああ、わかった。警察官《サツカン》になる前から検事か弁護士に憧れてたのか？　それとも、判事になりたかったのかな？」

「大学一年のときから、弁護士になりたいと思ってたんですよ。在学中に少し勉強したんですが、根気がつづかなくて……」

「いったんは夢とおさらばしたんだな？」

「ええ、そうです。で、とりあえず警察官になったんです。職務はそれなりに面白かったんですが、暴力団を根絶《こんぜつ》させることは不可能だとわかったら、なんだか虚《むな》しく思えてきちゃったんですよ」

「で、また夢を追いかける気になって、ついに扉を開けることができたわけか。柏木、やったな。おめでとう！」

「まだ二年間の修習がありますから、祝福されるのは……」

「めでたいじゃないか。難関の司法試験を突破できたんだからさ。おれも大学は法学部だったんだが、司法試験にチャレンジする気迫もなかったね。十一月には民間人になるんだってな」

「ええ」

「何かお祝いをしよう。欲しい物があったら、遠慮なく言ってくれ。といっても、しがない調査員だから、五万、いや、三万程度の品にさせてほしいな」

「深見先輩は金に不自由してないでしょ？」

「なぜ、そう思うんだ？」

「なんとなく余裕がありそうに見えますもん」

「おれはガキの時分から少し見栄っ張りだったんだ。だから、無理してさ、少しいい服を着たり、腕時計を嵌《は》めてるんだよ」

「そうなんですかね」

「実はな、母方の祖父が少しばかり資産を持ってたんだ」

「そういうことにしておきましょうか」

柏木が何か含みのある言い方をして、通話を切り上げた。世良刑事に注進に及んでいるのは、柏木にちがいない。

深見は確信を深め、ふたたび丸めたティッシュペーパーを口の中に突っ込んだ。虻川のオフィスに電話をする。

当の本人が受話器を取った。

「盗聴音声は聴いたよ。いくら出せば、元データを譲ってくれるんだ?」

「三億円なら、手を打ってもいいな」

「高すぎるよ。三千万、いや、五千万でもかまわない」

「出し惜《お》しみしてると、築き上げたものを全部失うことになるぞ。戸倉クリニックに損害を与えたんだ。三億円を用意するんだな」

「いくらなんでも、それは吹っかけすぎだろうが!」

「そっちがそう出てくるなら、話はなかったことにしよう」

「わかったよ。なんとか一億円都合《つごう》をつける。それで、元データを譲ってくれないか」

「電話、切るぞ」

深見は冷然と言った。

「ま、待ってくれ。電話を切らないでくれよ」

「きょうの午後三時までに、こっちが指定した口座にまず一億円振り込んでもらう。残りの二億円は明後日《あさって》の午後三時までに入金するんだ」

「せめて一週間はもらわないと、金の都合はつかないよ」

「及田徹雄に泣きつくんだな。あんたは『博慈会』のために汚れ役を演じたんだから、力になってくれるだろう」

「一応、及田さんに相談してみるよ。きょうの午後三時までに一億円を指定された銀行口座に振り込めば、元データは譲ってくれるんだな？」

蛇川が念を押した。

「金額受け取ってからだ、盗聴音声のデータを渡すのは」

「三億円払うよ、ちゃんとな。だから、先に……」

「おれは、悪人の言葉は信じない主義なんだ」

「くそっ」

「蛇川、おれを怒らせたいのかっ」

「悪かった。謝るから、勘弁してくれないか」

「メモの用意をしろ」

深見は、他人名義の銀行口座を幾《いく》つも持っている。

どれも闇ルートで入手した口座だ。そのうちの一つの口座の名義人と番号を告げ、
深見は終了キーを押した。

口から湿ったティッシュペーパーの塊《かたまり》を取り出し、プリペイド式の携帯電話をグロ

ーブボックスに戻す。煙草を喫《す》おうと思ったとき、いつも使っている携帯電話が着信ランプを瞬《また》かせた。

発信者は戸倉菜摘だった。妙に声が沈んでいる。

「何かあったんだね？」

「父が抗うつ剤を大量に服《の》んで、四十分ほど前に自殺を図ったんです」

「なんだって⁉」

「幸い発見が早かったんです。わたしがすぐに胃洗滌《いせんじょう》をしましたんで、命に別状はないんですけどね」

「それはよかった。なんで院長は自死する気になったんだろうか」

「このままでは、戸倉クリニックは廃業は避けられないと悲観的になってしまったんでしょうね。医療機器のローンが払えなくなってしまったら、クリニックの建物や土地も競売にかけられてしまうんで、父は自分の生命保険金で負債をきれいにしたかったんだと思います。ちょうと生命保険金が三億円なんですよ」

「そう」

「父は、わたしをなんとか二代目の院長にしたかったんでしょうけど、いまの経営状態では再建は難しいと思います。医療裁判が終わったら、戸倉クリニックは畳むことになるでしょうね」

「まだ諦めるのは早い。とにかく、急いで代々木に向かいます」

深見は電話を切ると、ステアリングに片手を掛けた。

第五章　透けた悪銭

1

看護師長が立ち止まった。

三階の特別病室の前だった。戸倉クリニックだ。

「わざわざ案内してもらって、申し訳ありませんでした」

深見は、五十年配のナースに謝意を表した。

「いいえ、どういたしまして。菜摘先生は、大先生のそばに付き添ってます」

「そうですか」

「お二人を力づけてあげてください。菜摘先生の話ですと、医療ミスは仕組まれたものだったらしいですね」

「それは間違いありませんでした。真実が明らかになれば、また戸倉クリニックは患者であふれるようになると思うな」

「そうなってほしいものです。それにしても、奈良橋先生は恩知らずだわ。大先生には目をかけられていたのに、裏切るようなことをして。いくら弱みを押さえられたからといって、故意にミスをするなんてね。ドクター失格ですよ」

「そうですね」

「大先生は当然、奈良橋先生を刑事告訴するおつもりなんでしょ？」

「だと思います」

「内藤亜紀さんがかわいそう。彼女は奈良橋先生に責任をなすりつけられて、誰かに殺されてしまったわけだから。ひょっとしたら、奈良橋先生が内藤さんの口を封じたのかもしれませんね」

「その疑いがあると思ったんで、奈良橋ドクターのことを調べてみたんですよ。しかし、彼は犯人ではありませんでした」

「そうなんですか。奈良橋先生に医療事故を強要した人物が内藤さんを殺害したのかしら？」

「そいつも、手を汚してはいないようなんですよ」

「それでは、いったい誰が内藤亜紀さんを殺したんでしょう？」

「じきにわかるでしょう」

「犯人、早く捕まってもらいたいわ」

看護師長が軽く頭を下げ、ゆっくりと遠のいた。

深見は白い引き戸を拳《こぶし》で叩き、調査用の偽名を告げた。すぐに菜摘の声で応答があった。

「失礼します」

深見は引き戸を静かに横に払った。美しい女医が歩み寄ってきた。

「お呼び立てして、ごめんなさいね」

「いいんだ。院長の具合は？」

「抗うつ剤が消化器内で何錠か溶けてしまいましたが、特に変わりはありません」

「それはよかった」

深見は会釈《えしゃく》しながら、ベッドに歩《ほ》を進めた。

院長は仰向《あおむ》けに横たわり、天井の一点を見つめていた。打ち沈んだ表情だった。

「戸倉さん、医療ミスが仕組まれたものだったとわかったら、また患者は必ず戻ってきてくれますよ」

「その考えは少し楽観的だと思うね。いったん信用を失ったら……」

「父さん、もっと前向きに考えて」

菜摘が父親を窘《たしな》めた。

「医者がこんなことを言ってはいけないんだが、わたしは人生にピリオドを打ちたかったよ。そうすれば、三億の生命保険金が下《お》りる。それで負債を清算すれば、菜摘はこの医院を引き継《つ》げたんだ。わたしは、そうしてあげたかったんだよ」

「そんな形で戸倉クリニックの二代目院長になれても、わたしは少しも嬉しくないわ」

「菜摘……」

「たとえ廃業することになっても、わたしは父さんに生きててほしいの。勤務医になれば、生活には困らないんだから。贅沢《ぜいたく》しなければ、わたしの収入でも父さんを養《やしな》えるしね」

「子供に養ってもらってまで長生きしたいとは思わんよ」

「哀《かな》しいことを言わないで。わたしたちは、たった二人の父娘《おやこ》なのよ。身内で妙な遠慮をし合うなんて、変だわ。何かあったら、支《ささ》え合うのが家族でしょ？」

「そうなんだがね、親には親のプライドってものがある」

「他人行儀だわ、そんなのは」

「もう一、二時間発見が遅ければ、わたしは死ねたんだろうな」

戸倉が呟いた。

「そんなに死にたければ、死んだら？　いま、抗うつ剤をたくさん持ってくるから、好きなだけ服《の》むといいわ！」

「少し冷静になったほうがいいな」

深見は菜摘に助言した。

「野上さんは黙っててください」

「しかし……」

「これは、わたしたち父娘の問題なんですから」

菜摘が深見に言い、戸倉院長に顔を向けた。

「抗うつ剤を大量に服用するのは時間がかかるから、いっそ筋弛緩剤《きんしかんざい》のアンプルを持ってきましょうか。父さん、どうする？」

「菜摘、わたしが悪かったよ。身勝手なことを言ってしまったな。菜摘が怒るのは当たり前だ」

「本当にそう思ってるの？」

「ああ」

「だったら、ちゃんと現実と向かい合ってもらいたいわ。病院の大きな債務に圧《お》し潰《つぶ》されそうになって、弱音を吐きたくなる気持ちは理解できるわよ。でも、父さんはまだ引退するような年齢じゃないわ。逃げ出さなかったドクターやナースを路頭に迷わせるわけにはいかないでしょ？」

「そうだな」

「支えてくれてる医療スタッフのために、父さんもわたしもがむしゃらに働かなければならないのよ」

「だが、患者が日に十人も来てくれない状態じゃ、働きようがないじゃないか」

「足の遠のいた患者さんの家を一軒一軒回って、医療ミスは仕組まれたものだと説明するのよ。そうすれば、患者さんの何割かは戸倉クリニックに戻ってきてくれると思うわ」

「そうだろうか」

「どんな結果になるかわからないけど、手を拱《こまぬ》いてるだけよりは増しよ」

「野上さん、どう思われます？」

戸倉院長が意見を求めてきた。

「やってみる価値はあるでしょうね。そう遠くないうちに蛇川勇の背後関係を暴《あば》けるはずです。そうなれば、刑事告訴もできます。そのことをマスコミが報じてくれるでしょうが、病院側も患者を呼び戻す努力はすべきでしょうね。経営危機に直面してるのに、じっと患者を待ってては早晩《そうばん》、廃業に追い込まれてしまうでしょうから」

「そうだろうね。気を取り直して、真剣に立て直しに励まないとな」

「やっとその気になってくれたのね。父さん、頑張りましょうよ」

菜摘が院長に笑いかけた。戸倉は照れながら、大きくうなずいた。

「野上さんにコーヒーでもと思ってるの。わたしの代わりに少しの間、師長さんにここに来てもらう?」

「ひとりで平気だよ。体にメスを入れられたわけじゃないんだから、師長に来てもらわなくても大丈夫さ」

「それじゃ、ちょっと自宅に戻るわね。父さん、また変な気を起こさないでよ」

「もうつまらんことは考えない。野上さんにゆっくりしていってもらいなさい」

「ええ」

菜摘が短い返事をして、先に病室を出た。深見は菜摘の後《あと》に従った。

二人はクリニックの建物の裏口から院長宅に回った。二階建ての洋風住宅だった。

間取りは5LDKか。

深見は階下のリビングに通された。

二十五畳ほどの広さで、北欧調のソファセットがほぼ中央に据《す》えられている。家具や調度品はどれも値が張りそうだったが、洗練された物ばかりだ。成金趣味はうかがえない。

リビングソファで寛《くつろ》いでいると、菜摘が手早く二人分のコーヒーを淹《い》れた。深見は女医と向かい合った。

「あなたは芯《しん》が強いんだな。親父《おやじ》さんを突き放すような言い方をしたときは、大胆な賭けに出たなと感じたよ」

「わたし、内心は冷や冷やだったんです。父がわたしの言葉の裏にあるものを感じ取ってくれなかったら、また自殺を図っちゃうかもしれないでしょ？」

「親父さんは、すぐに身内の深い愛情を感じたんだよ。だから、ああいうリアクションを示したんだろう。かなりの荒療治だったが、充分に効果はあったと思うよ」

「わたし、ひと安心しました。コーヒー、冷めないうちに召《め》し上がってくださいね」

「この香りはキリマンジャロだな？」

「ええ、そうです。コーヒー、お好きみたいですね」

「女ほど好きじゃないが……」

「そういう気障《きざ》な台詞《せりふ》をしょっちゅう言ってるんですか？」

「口説《くど》きたいと思った相手には言うことにしてるんだ」

「野上さんは黙ってても女性に好《す》かれるタイプなんだから、軽い言動は控えたほうがいいと思います」

「美人ドクターは、正統派ハードボイルドの主人公のような男が好みなんだろうな」

「特に好みのタイプはありません。ただ、自然体で生きてる男性は素敵ですよね。優等生タイプよりも、少し危険な香りのする方に惹《ひ》かれます」

「憶《おぼ》えておくよ」

「野上さんはルックスがいいから、あちこちで言い寄られてるんでしょうけど、厭味《いやみ》なとこはありませんね」

「厭味なとこ？」

「ええ。ハンサムな男性って、どこか自信たっぷりで鼻についてしまう方が多いでしょ？」

「恋愛をだいぶ重ねてきたようだね？」

「それほどではないんですが、年齢なりの観察力はありますので。女性にちやほやされてる男性は、たいていナルシストで自信家ですよね？」

「そうだろうな」

「でも、野上さんは女擦《ず》れしてるとこを見せない。上手に隠しているのかもしれませんけどね」

「早くも見破られてしまったか。実は、いまや数が少なくなったと言われてる肉食系男子なんだ。調査が終わったら、すぐ美しい依頼人に襲いかかろうと考えてる」

「そういう冗談を言うと、野上さんの魅力が半減しちゃうな。三十代の男性にしては、軽すぎますもの」

菜摘が微苦笑し、コーヒーカップを持ち上げた。ほっそりとした白い指が妙になまめかしく見えた。

「確かに軽かったね。ニーチェの哲学を話題にすべきだったかな」

「うふふ」

「いい女だ。一度抱いてみたいね」

深見は意図的《いとてき》に軽薄なことを言った。

すると、菜摘が甘く睨《にら》みつけてきた。二十代前半の女性なら、まず戸惑いと軽蔑の入り混じった眼差《まなざ》しを向けてくる。

だが、菜摘の反応には大人の女の余裕が感じられた。露骨な口説かれ方をされても、決して眉根《まゆね》を寄せたりしない。成熟した女性のゆとりだろう。

深見は改めて菜摘に魅《み》せられた。

菜摘を見つめながら、コーヒーをブラックで啜《すす》る。うまかった。

美人女医がコーヒーカップを持ったまま、急に長い睫毛《まつげ》を翳《かげ》らせた。父親が自殺を図ったことを考えているにちがいない。

「さっきは無神経な軽口をたたいて、済まなかった。そっちの気分転換になればと思ったんだが、裏目に出てしまったようだな」

「野上さんがわざと軽い話をしてくれた狙いはわかりました。わたしも父の衝動的な行為を忘れたくて、雑談を交わしたんですけど」

「当分、ショックは尾を曳《ひ》くだろうな。しかし、親父さんは生きてるんだ。ショックは薄らぐよ、時間とともに」

「ええ、そうでしょうね。でも、しばらくは辛いと思います。父は自分の命と引き換えに戸倉クリニックを存続させようとしたんです、わたしのために。どんな気持ちで抗うつ剤を次々に服《の》んだのかと想像すると、なんとも切なくなって……」

「そうだろうな」

深見は菜摘のかたわらに席を移し、彼女の肩を抱いてやりたくなった。むろん、思っただけだ。

「ごめんなさい」

菜摘がうつむき、目頭《めがしら》を押さえた。

「もう失礼しよう」

「いいんです。もう少しそばにいてください。そばに誰もいなくなったら、子供のようにべそをかきそうだから」

「泣きたいときは泣いたほうがいいんだ。涙を流せば、ほんの少し心が楽になるからね」

「野上さん、あと五分だけ帰らないで」

「わかりました」

深見はコーヒーカップを傾け、壁に飾られたリトグラフに目をやった。

菜摘は懸命に涙を堪《こら》えている。痛ましかった。

またもや深見は、ソファから腰を浮かせたい衝動に駆られた。無言で菜摘の背後に回って、肩に手を掛けてやりたかった。

しかし、そうすることはスタンドプレイと受け取られてしまうかもしれない。それは不本意だ。

深見は偽善的な行為を嫌っていた。善人ぶることは野暮ったい。できることなら、少しでも粋《いき》に生きたいものだ。

それが深見の美学だった。他者にこれ見よがしの優しさや思い遣《や》りを示すことは、ダンディズムに反する。他人を気遣《きづか》う場合は、決して心の負担を感じさせてはならない。

あくまでもさりげなく相手を労《いたわ》る。時には露悪的な物言《ものい》いをして、他者にあれこれ気を遣わせない。そうでなければ、隣人愛の押し売りになってしまう。

深見はソファに坐ったままだった。そっと肩や背中に手を当てただけでも、菜摘の目に大粒の涙が宿《やど》ると予測できたからだ。

五、六分後、菜摘が勢いよく顔を上げた。

「もう平気です。コーヒー、淹れ直しましょうか？」

「いや、いいよ」

「父もわたしも逞《たくま》しく生きていきますから、どうかご心配なく。それから、調査の報酬もきれいにお支払いしますので」

「もちろん、払ってもらうさ」

「野上さんのこと、もっと知りたくなりました。いろいろ訊いてもいいかしら？」

「なんでも質問してくれ。都合の悪いことは返事をはぐらかすから」

深見は菜摘に断ってから、ピースに火を点けた。

二人は雑談を交わしているうちに、次第に打ち解《と》けた。深見は菜摘と語らいながらも、腕時計に数分ごとに目をやった。虻川が指定した銀行口座に一億円を振り込んだかどうかが気になったからだ。

午後三時までに入金するだろうか。指示に従わなかったら、さらに強く虻川を威《おど》さなければならない。

深見は午後三時十分前に院長宅を辞去した。

レンタカーを数分走らせて、住宅街の外れで路肩に寄せた。三時二分過ぎにメガバンクの新宿支店に電話をかけて、入金の有無《うむ》を問い合わせる。

虻川に教えた他人名義の銀行口座には一円も振り込まれていなかった。深見はグローブボックスからプリペイド式の携帯電話を取り出し、丸めたティッシュペーパーを口の中に詰めた。

すぐに彼は『スリーアロー・コーポレーション』に電話をかけた。ところが、社長の虻川は社内にはいなかった。受話器を取った女性社員は外出先は聞いていないと申し訳なさそうに告げた。

深見は終了キーを押し、ステアリングを抱きかかえた。

蛇川は、最初っから盗聴音声のデータを買い取る気はなかったのか。そうではなく、いまも金策中なのだろうか。

判断しかねていると、プリペイド式の携帯電話が着信音を発した。深見は携帯電話を耳に当てた。

「ちょっと金策に手間取ってしまって、午後三時までに一億円を振り込めなかったんだよ」

蛇川が早口で弁解した。

「こっちの要求は呑《の》めないってわけか?」

「違うよ。そうじゃないんだ。五千万円の小切手を二枚ちゃんと用意してある」

「おれは一億円を指定した口座に振り込めと言ったはずだ」

「そうなんだが、午後三時までに入金することができなかったんだよ。どこかで会って、直《じか》にあんたに小切手を渡したいんだがね」

「読めたぜ。おれを誘《おび》き出して、盗聴音声のマスターのありかを吐かせようとしてるんだな。それとも、おれを殺す気になったのかい?」

「そうじゃない。きょう中に五千万円の小切手を二枚渡しておいたほうがいいと思ったんだよ。直に顔を合わせたくないんだったら、明日の午前中に指定の口座に一億円を必ず振り込む。それでいいね？」

「ちょっと待て」

深見は言った。蚯川が自分をどこかに誘《おび》き出そうと企《たくら》んでいたことは間違いないだろう。危険は伴《ともな》うが、蚯川の背後関係を知るチャンスでもある。あえて罠に嵌《は》まってみるか。

「二枚の小切手、手渡しで受け取ってくれる気になったのかな」

「あんた、いま、どこにいる？」

「新宿にいるんだ」

「それじゃ、須賀町の愛人の家で待っててくれ。真鍋美鈴の家なら、一度、無断でお邪魔したから、所在地はわかってる。三十分前後で、あんたの彼女んとこに行くよ」

「それじゃ、先に行って待ってる」

蚯川が電話を切った。

深見は、折り畳んだ携帯電話をグローブボックスに戻した。ギアをＤ《ドライブ》レンジに入れ、アクセルを踏み込む。

いまごろ虻川は仙名組の組長に連絡して、数人の組員を借り受けたいと頼み込んでいるにちがいない。組員たちに深見を生け捕りにさせる気でいるのだろう。

深見は最短コースを選んで、須賀町に急いだ。目的地に着いたのは二十数分後だった。

真鍋宅の前には、虻川のベンツが横づけされている。美鈴の自宅の前を素通りし、周囲をゆっくりと二周した。

気になる車輛は見当たらない。やくざ者らしい男たちの姿も目に留《と》まらなかった。組員たちはタクシーで乗りつけ、すでに虻川の愛人宅に身を潜《ひそ》めているのか。

深見はクラウンを真鍋宅から五十メートルあまり離れた路上に停め、そのまま様子をうかがう。

三十分が過ぎ去った。そのうち虻川が待ちくたびれて、電話をかけてくるだろう。あるいは、愛人宅の前の路上に様子を見に現われるのではないか。

深見はレンタカーの運転席を離れなかった。

一時間が経過しても、虻川から電話はかかってこない。路上にも姿を見せなかった。組員らしい男たちも美鈴の自宅から顔を覗かせない。

どうも妙だ。虻川は待ち疲れて、愛人宅で寝入ってしまったのか。そういうことは考えにくかった。

さらに時間が流れ、薄暗くなってきた。

深見はレンタカーから降りた。用心しながら、真鍋宅に接近する。門扉《もんぴ》とベンツの間に入り込み、目を凝《こ》らす。

動く人影はない。

家の中もひっそりとしている。美鈴は、三宿セントラル病院でまだ働いているのだろう。

深見は門扉を押し開け、姿勢を低くした。腰を屈《かが》め、アプローチを進む。

と、ポーチの下に何かが転がっていた。

男物の紐靴《ひもぐつ》だった。片方だけしか見当たらない。

深見はしゃがみ込んで、靴の周《まわ》りを仔細《しさい》に観察した。

血痕が点々と散っていた。血糊《ちのり》は、ほとんど凝固《ぎょうこ》している。

どうやら蚯川は愛人の白宅内で暴漢に襲撃され、鈍器《どんき》で頭部かどこかを殴打されたらしい。そして、力ずくで連れ去られたのだろう。

深見は膝を伸ばした。

ポーチに上がり、ハンカチを抓《つま》み出す。深見はドア・ノブにハンカチを被《かぶ》せ、ゆっくりと回した。なんの抵抗もなくノブは回転した。

深見はドアを細く開け、玄関の三和土《たたき》に滑り込んだ。

うっすらと血臭《けっしゅう》が漂《ただよ》っている。深見は耳に神経を集めた。

なんの物音もしなかった。

人のいる気配は伝わってこない。無人なのだろう。しかし、油断は禁物だ。

深見はライターの炎で足許を照らしながら、家の中を検《しら》べた。居間のソファが横倒れに転がり、コーヒーテーブルの位置が大きくずれていた。アクセントラグも歪《ゆが》んでいる。

フローリングには、複数の靴痕がくっきりと残っていた。居間で人間が揉《も》み合ったことは一目瞭然《いちもくりょうぜん》だった。

虻川を拉致したのは、『博慈会』の及田代表に雇われた荒くれ者なのか。及田は虻川の口から病院転売のからくりが世間に洩れることを恐れて、手を打つ気になったのではないか。

虻川勇は、仙名組の組長と親しかった。しかし、二人は利害だけで繋がっていたと思われる。

いまの渡世人の多くは任俠道を弁《わきま》えていない。義理人情よりも欲を選んでいる。

自分に何らかの得を与えてくれる者に尻尾《しっぽ》を振り、番犬役を果たす。仙名が虻川に背を向け、及田代表の言いなりになったのだろうか。

そうならば、虻川は仙名組の構成員たちに拉致されたのだろう。どこかに監禁されるのか。それとも、人里離れた場所で射殺されたのだろうか。

指先が熱くなっていた。深見はライターの火を消し、玄関に引き返しはじめた。

2

人質がミニスカートを脱いだ。

渋々だった。ついに恐怖に克《か》てなくなったのだろう。

深見はさすがに気が咎《とが》めた。

ランジェリー姿になった仙名早穂《さほ》は、全身をわなわなと震わせていた。仙名組長の長女だ。二十一歳の女子大生である。

西新宿の高層ホテルの一室だ。聖和《せいわ》女子大の前で待ち伏せし、仙名隆幸の娘を拉致したのである。人質には、なんの罪もない。もちろん、恨《うら》みもなかった。

しかし、こうするほかなかった。後ろめたさは拭えない。

蛇川の射殺体が群馬県の赤城《あかぎ》山中で発見されたのは、きのうの正午前だった。蛇川は頭部と胸部を撃たれていた。

警察発表によると、死亡推定日時は一昨日《おととい》の午後十時から十一時半の間だった。被害者は至近距離から、二発の拳銃弾を浴びせられていた。頭部には銃創のほか、鈍器による裂傷もあった。

蛇川は愛人の真鍋美鈴宅で何者かに襲われ、車の中に押し込まれたのだろう。そして赤城山中に連れ込まれ、撃ち殺されたと思われる。

群馬県警捜査一課は所轄署にきょうの午後に捜査本部を設けたが、容疑者はまだ割り出していない。初動捜査では有力な手がかりは摑んでいないと報じられていたから、短期間で事件は解決できないだろう。

深見は蛇川の殺害に仙名組が関与していると睨《にら》み、組長を拉致する計画を立てた。だが、仙名は外出時には必ず三人のボディーガードを伴っていた。護衛たちが丸腰であるわけがない。下手に仙名組長に接近したら、蜂の巣にされてしまうだろう。

深見は作戦を変更し、きょうの午後四時過ぎに仙名の娘を人質に取ったわけだ。言うまでもなく、早穂の父親を誘き出すことが狙いだった。

「わたしをどうするつもりなの？」

早穂が震え声で問いかけた。ブラジャーとパンティーは対《つい》で、苺《いちご》のプリントが入っている。ごく平均的な女子大生だ。

「きみをレイプしたりしない。だから、安心してくれ。おとなしくしてれば、乱暴な真似はしないよ」

「こんな恰好《かっこう》にさせられたのは、なぜなんですかっ。本当は、わたしに変なことをする気でいるんでしょ？」

「きみの体には指一本触《ふ》れない。ランジェリーだけにさせたのは、逃げられちゃ困るからだよ。きみを人質に取ったのは、どうしても親父《おやじ》さんに直《じか》に確かめたいことがあるからだ」

「父があなたに何かひどいことをしたの？」

早穂が訊いた。

「そうじゃない」

「なら、家族に何かしたんですね？」

「それも違う。スマホを持ってるんだろ？」

「はい」

「ちょっと借りるぞ」

深見はソファの上に置かれたシナモンベージュのバッグを摑み上げ、スマートフォンを取り出した。カメラのレンズを下着姿の早穂に向け、手早くシャッターを押す。

「やめて！」

早穂が胸と股間を手で隠し、前屈《まえかが》みになった。彼女の父親の携帯電話の番号とメールアドレスは造作なくわかった。

深見は写真メールを送信し、すぐに仙名組長の短縮番号をプッシュした。電話が通じた。

「あんたの娘は預かってる」

「誰なんでえ、てめえは！」

「ミスターAとでもしておくか」

「まさか娘を姦《や》ったんじゃねえだろうな？　早穂を犯してたら、てめえのマラをちょん斬って喉の奥に突っ込んでやるっ」

「ヤー公も自分の娘には人並の愛情を持ってるようだな」

「当たり前じゃねえか。狙いは何なんだ！　銭《ぜに》が欲しいんだろ？　いくら欲しいんだっ。言ってみろ」

仙名が声を荒《すさ》ませた。

「目的は金じゃない」

「てめえ、何を考えてやがるんだ」

「あんたに訊きたいことがあるだけだよ。午後六時までに西新宿の『新宿ハイアット・センチュリーホテル』の一六〇七号室に来い。単身で、丸腰でな。もし付録と一緒とわかったら、気の毒だが、人質には死んでもらう」

「えっ⁉」

「殺す前に少しベッドでかわいがってやってもいいな」

「やめてくれ、そんなことは。おれひとりで、そっちに行く。だから、早穂には何もするな」

「あんたが約束を破らなけりゃ、こっちも紳士でいるよ」

「電話、娘と代わってくれ」

「いいだろう」

深見はスマートフォンを持ち主に手渡した。早穂はパーリーピンクのスマートフォンを耳に当てると、涙声で恐怖を訴えた。

父と娘の会話は五分近く交わされた。通話を切り上げた早穂は、だいぶ落ち着きを取り戻していた。

「もう服を着てもいいよ」

深見は早穂に穏《おだ》やかに言った。

早穂が黙ってうなずき、長袖《ながそで》のシャツブラウスとスカートを身にまとった。デニム地のジャケットも羽織《はお》った。

深見は早穂をソファに坐らせ、向かい合う位置に腰かけた。

「ルームサービスで何か飲み物と軽食を届けさせようか？」

「いいえ、結構です。意外に親切なのね」

「きみには、迷惑をかけたからな。運が悪かったと諦《あきら》めてくれ」

「あなたの友達が父に何かで辛い目に遭《あ》わされたんでしょ？」

「好きなように考えてくれ。営利目的の誘拐《ゆうかい》じゃないことは確かだ」

「ええ、それから暴行目的じゃないこともね」

「父親の声を聴いて、かなり安心したようだな」

「はい。父はやくざの親分をやってるけど、子供たちにはとっても優しいの。三つ違いの兄やわたしにずっと愛情を注《そそ》いでくれたんですよ。母も大事にしてますね。でも、浮気癖は直らないみたいだけど」

「そうか。大学では何を専攻してるんだ？」

「一応、文化人類学を勉強してるんです。あまり優秀な学生じゃありませんけどね。兄は大学院生なんですよ。父は組長をやってますけど、自分の子供たちには堅気でいてもらいたいと思ってるみたいですね」

「親心としては、当然だろうな。将来は何になりたいんだい？」

「できたら、学校の先生になりたいの。でも、無理だろうな。父親が組長ですもんね。教員の採用試験には通らないと思うわ。教師になれなかったら、マスコミ関係の仕事に就《つ》ければと思ってるんです」

「そう」

「やだわ、わたしったら。誘拐されたのに、こんなお喋りをしたりして。ストックホルム症候群にかかってしまったのかしら？　人質が誘拐犯に少しずつ同情して、相手に恋愛感情まで懐《いだ》いてしまうなんてことはあり得ないと思ってたんだけど」

　早穂が頬を赤らめた。

「彼氏はいるんだろう？」

「何人かいたんですけど、父親が堅気じゃないとわかったとたん……」

「逃げちゃったのか？」

「そうなんです」

「そういう奴らは見込みがないよ。フラれてよかったのさ」

「そう思って、わたし、自分を納得させてきたんです。でも、ちょっと寂しい気もしますね。やくざの娘に生まれただけで、そういうハンディを背負わされちゃうわけだから」

「親父さんはそういうことがわかってるから、人一倍、子供たちをかわいがってるんだろう」

「多分、そうなんでしょうね。父を懲《こ》らしめたいと思ってるんだろうけど、殺したりしないで」

「殺す気なんてない。ただ、本当に確かめたいことがあるんだ」

「そうなの。父は必ずわたしを迎えに来ると思うわ。でも、気をつけてね」

「どういう意味なんだ？」

「父は何がなんでも娘のわたしを救い出そうとして、刃物をこっそり忍ばせてるはずです。ピストルは持ってこなくてもね」

「そういうことは想定してるさ。こっちは荒っぽいことには馴《な》れてるんだ」

「あなたも筋者なの⁉　サラリーマンには見えないけど、やくざじゃないんでしょ？」

「筋は噛んでないが、はぐれ者さ」

「でも、悪い人じゃなさそうだわ。父が刃物をちらつかせたら、わたしが楯《たて》になってあげる。父は、わたしには甘いの。すぐに物騒《ぶっそう》な物は捨てると思います」

「人質に庇われたんじゃ、様《さま》にならないよ。きみは、おれの指示に従ってればいいんだ。わかったな？」

「は、はい」

「おかしな娘《こ》だな」

深見は苦笑した。

取り留《と》めのない話をしているうちに、五時四十五分を回った。深見は人質の片腕を取って、一六〇七号室を出た。仙名が組員を引き連れてくることも考えられなくはなかったからだ。

深見は早穂の腕を引き、エレベーターホールとは逆方向に進んだ。

廊下の先に非常口がある。非常口の横に少しへこんだスペースがあった。

深見たちは、その空間に身を隠した。人質を後ろに立たせ、廊下に視線を投げる。
四、五分経《た》つと、エレベーター乗り場から五十絡《がら》みの男が歩いてきた。
仙名組長だ。ひとりだった。黒っぽい背広を着て、きちんとネクタイを結んでいる。

緊張した面持《おもも》ちだ。

「親父さんが来たよ」

深見は早穂に小声で告げた。

早穂が廊下に飛び出しそうになった。深見はすぐに人質を押し留《とど》めた。

仙名が一六〇七号室の前に立った。

部屋のチャイムを鳴らし、右手を腰に回した。やはり、何か得物《えもの》を隠し持っているようだ。

「こっちだ」

深見は仙名に声をかけて、早穂の右の二の腕を強く摑んだ。

仙名が慌《あわ》てて右腕を腰から離す。深見は早穂を引っ張りながら、目顔《めがお》で仙名に先に部屋に入るよう促《うなが》した。

仙名が小さくうなずき、一六〇七号室のドアを開けた。

ドアは半開きの状態だった。深見は人質を前に立たせ、彼女の背を強く押した。

前方に突っ立っていた仙名に娘がもろにぶつかった。仙名はよろけながら、半身で早穂の体を受け止めた。

その右手には、匕首《あいくち》が握られていた。刃渡りは二十センチ前後だった。

深見は前に躍《おど》り出た。

すぐさま彼は、右足を飛ばした。空気が縺《もつ》れた。下から仙名の右腕を蹴り上げる。

短刀が宙《ちゅう》を泳ぎ、床《ゆか》に落ちた。仙名が匕首を拾い上げかけた。

すかさず深見は短刀の柄《つか》を踏みつけ、仙名に右のショートフックを見舞った。

仙名が突風に煽《あお》られたように横に倒れた。

深見は匕首を拾い上げた。

「父さん、なんで刃物なんか持ってきたのっ」

早穂が詰《なじ》った。

「おまえを確実に救い出したかったんだ」

「でも、約束を破るのはよくないわ。父さんは卑怯《ひきょう》よ」

「早穂、おまえはそいつの味方をするのか⁉」

仙名が目を剝《む》いた。

「そういうわけじゃないけど、約束は約束でしょ？」

「おまえ、この男に抱かれたのか？　そうなんだな。だから、誘拐犯の肩を持ちやがったにちがいねえ」

「父さんなんか、大っ嫌い！　わたしたちの間には何もなかったわ。おかしな勘繰《かんぐ》り方はしないでちょうだい」

「でもな、早穂……」

「彼は、そのへんの犯罪者じゃないわ。父さんに確かめたいことがあるんで、やむなくわたしを人質に取っただけなの」

早穂が叫ぶように言った。父親は呆気《あっけ》に取られた様子だった。

「きみは、ベッドに腰かけて待っててくれ」

深見は早穂に言った。早穂が素直にベッドルームに移る。

部屋はスイートだった。ドアに面した部屋にはソファセットやライティング・ビューローが置かれ、右側に寝室がある。

深見は屈《かが》み込み、短刀の刃を仙名組長の首筋に寄り添わせた。

「誰なんだよ、てめえは？」

「いいから、黙って聞け！　あんたは蛇川勇と共謀して、戸倉クリニックの奈良橋に故意に医療ミスをさせたなっ」

「なんの話かさっぱりわからねえな。いったい何のことなんでえ」

「首から血煙が上がってもいいんだな？」

「堅気《ネス》が突っ張るんじゃねえ。こっちは代紋しょってるんだっ」

仙名が吼《ほ》えた。

深見は口を歪《ゆが》め、匕首の刃を起こした。垂直に立てた刀身に圧迫を加える。押さえた頸動脈《けいどうみゃく》の横の血管が瘤《こぶ》のように盛り上がった。

「て、てめえ、本気なのか⁉」

「捨て身になった堅気《かたぎ》を甘く見ると、あの世でぼやくことになるぜ」

「短刀《ドス》の刃を寝かせてくれ」

「もう死んだ虻川がたいていのことは吐いてるんだ。空とぼけても、意味ないんだよ」

「そうなのか。だったら、ばっくれても仕方ねえな。虻川は戸倉クリニックを乗っ取って……」

「『博慈会』に転売して、利鞘を稼ぎたかったわけだ？」

「ああ、そうだよ。虻川は首都圏で手に入れた私立総合病院を次々に『博慈会』に譲渡して、がっぽり儲けてた。『博慈会』は黒字経営だから、もっともっとチェーン・クリニックを増やしたがってたんだ」

「その話は省《はぶ》いてもいい。虻川は、戸倉クリニックの経営権を五千万円で譲ってくれと院長に打診した。しかし、あっさり断られてしまった。で、仙名組に出入りしてた二人のチンピラに戸倉院長を拉致させようとした。だが、それもうまくいかなかった。そうだな？」

「その通りだよ」

仙名が不貞腐《ふてくさ》れた顔で答えた。

「外科医の奈良橋にミスの責任をなすりつけられた内藤亜紀のことは知ってるな？」

「戸倉クリニックで看護婦をやってた女か？」

「そうだよ。その亜紀は虻川の弱みを握って、三百万円の預金小切手を脅し取った」

「その看護師は、自宅マンションで誰かに絞殺されたんじゃなかったっけ？　うん、間違いねえな」

「てっきり虻川があんたに相談して、第三者に内藤亜紀を始末させたと思ってたんだが、『スリーアロー・コーポレーション』の代表取締役は強く犯行を否認した」

「そっちは元刑事だな。そういう喋り方をするのは、警察にいた人間と相場が決まってる。そうだよな？」

「おれの身許調べはやめろ」

「そう言われてもな」

「あんた、どっちの手も小指《エンコ》を飛ばしてないんだな。部屋住みのころから兄貴分たちや組長に取り入って、要領よく立ち回ってきたんだろう」

「うるせえや」

「一応、一家を構えてるんだ。ちょっとは箔《はく》をつけろや」

「え？」

「右手を床《ゆか》にくっつけて、指を拡《ひろ》げろ。小指に匕首《ヤッパ》の刃を当てたら、おれが靴で踏みつけてやろう。痛みを感じたときは、もう小指は飛んでるはずだ。仙名、右手を床につけるんだっ」

「冗談じゃねえ。いまさら小指《エンコ》を飛ばしたら、逆に笑い者にされちまうよ」

「小指を落としたくなかったら、おれのことをもう詮索《せんさく》するな。いいなっ」

「わかったよ」

「あんた、内藤亜紀を葬《ほうむ》った人間に見当がついてるんじゃないのか？」

「思い当たる奴なんかいねえな」

「及田徹雄を庇ってるわけか」

「どういう意味なんだよ？」

「内藤亜紀は、虻川が『博慈会』のために首都圏の医院を幾つも乗っ取ったことに気がついたんだろう。そして、殺されたナースは及田からも少しまとまった口止め料をせしめようと脅迫したのかもしれない。そう考えれば、『博慈会』の総大将が怪しいってことになる。もちろん、及田自身は手を汚すわけがない。あんたが実行犯を用意したんじゃないのか？」

深見は目に凄《すご》みを溜《た》めた。

「何を言いだしやがるんだ⁉ おれは看護師殺しには、まったくタッチしてねえよ。及田さんとは面識があるけど、気やすく電話をかけ合うほど親しくねえんだ。蛇川さんとは違うんだよ」

「そうかい。急に気が変わった」

「どういう意味なんだ？」

「あんたの目の前で、娘を姦《や》ることにした。まだ迎え腰も使えないんだろうが、逆に仕込み甲斐《がい》がありそうだからな」

「話が違うじゃねえかっ」

仙名が気色《けしき》ばんだ。

深見は取り合わなかった。本気で早穂を穢《けが》す気になったわけではない。組長を心理的に追い込んだのだ。

「おれは何も隠しちゃいねえ。本当に内藤亜紀という看護師の事件にはノータッチなんだ。それから、別に及田さんをかばってもいないぜ」

「それじゃ、虻川の射殺事件はどうなんだい？　及田代表に頼まれて、あんたの組の者たちに虻川を拉致させ、赤城山中で撃ち殺させたんじゃないのか？」

「ばか言うねえ。そんなもったいないことをするかよ。虻川は銭の匂いを嗅ぎつけて、おれと組まねえかと言ってたんだ。そんな相棒を死人《マンジュウ》にしたら、みすみす甘い汁を吸えなくなるじゃねえか」

「その話を詳しく話してくれ」

「そいつは勘弁してくれや」

仙名が拝む真似をした。

ふたたび深見は匕首の刃を垂直に立て、指先に力を込めた。

「わ、わかったよ。そっちは知らねえだろうが、及田さんは来春に自分の政党を立ち上げる気でいるんだ。けど、政界で力を持ってる連中をぶっ潰《つぶ》さない限り、大きくは躍進できねえ」

「だろうな」

「それでさ、及田さんはちょっとした手品を使ったんだ。『ラスコーリニコフの会』なんて架空のテロ集団の名を使ってさ、マントラ真理教の残党たちの犯行に見せかけ、民自党の世襲議員たち四十人を党本部ごと爆殺したんだよ。それから民自党とタッグを組んでた公正党の国会議員も三十人ほど党本部ごと軍事炸薬で爆死させて、公正党をコントロールしてる『救国学会』の池宮名誉会長も死なせた」

「それから？」

「七月の都議選で第一政党になった民友党の犬山代表と大泉代表代行も遊説先で暗殺させたんだよ」

「そういう凶悪な事件が続発したが、黒幕は『博慈会』の及田代表だったのか」

「ああ、そうなんだよ。政界の実力者たちがこの世から消えてしまえば、及田さんが立ち上げる政党は確実に政界に進出できる。『博慈会』は、なにせ金を持ってるからな」

「しかし、組織票がなかったら、とても大きな政党にはならないはずだ」

「及田さんは、民自党で首相秘書官を務めたことのある鵜飼という選挙のプロを参謀にして、『救国学会』に次《つ》ぐ新興宗教団体の『光成会』と三番手の『健やかな家』をうまく取り込んだんだよ。二つの教団の信者数を併《あわ》せれば、公正党の母体の『救国学会』を上回るんだ」

「大変な組織票だな」

「及田さんが立ち上げる政党は博慈党という名なんだが、十年以内には政権政党になるんじゃねえか」

仙名が言った。

「『光成会』と『健やかな家』は信者の票を提供して、どんな見返りを得られるんだ？」

「二つの教団には、すでに三十億円ずつの協力金が『博慈会』から寄附されたんだが、その金がそっくり蒸発しちゃったんだよ。『光成会』と『健やかな家』の教団主の偽造委任状を持った人物が預金先に現われ、スイスの秘密口座に振り込んじゃったというんだ。大口の詐欺だな。秘密口座の名義人を割り出すことは難しいんで、結局、『博慈会』は年内に二つの教団に三十億ずつ寄附し直すらしいよ」

「つまり、大口詐欺に引っかかったんで、及田代表は二度も寄附をさせられる羽目になったわけか」

「そうらしいぜ。虻川は、まんまと二つの教団に渡った計六十億をネコババした奴に見当がついてると言ってたよ。あの男は、そいつに消されたにちがいねえ。そいつが誰なのかわからねえけどな」

「内藤亜紀は、六十億円を着服した人物と何らかの接点がありそうだな」

「あっ、そういえば、その看護婦だった女は戸倉クリニックを辞めてから、気晴らしに銀座の『ミラージュ』ってクラブで週に二日ほどヘルプとして働いてたらしいよ」

「その話、誰から聞いたんだ？」

「虻川だよ。旦那がそのクラブに飲みに行ったら、奈良橋って外科医と組んでたナースが店にいたんで、びっくりしたと言ってた」

「そうか。娘を連れて帰ってもいいよ。この短刀《ドス》は後《あと》で捨てておく」

深見は立ち上がって、仙名から離れた。

仙名が起き上がり、大声で娘の名を呼んだ。すぐに早穂が寝室から出てきた。

「話は終わったよ。迷惑かけて悪かったな」

「ううん、いいの。ちょっと怖かったけど、いい体験になったわ。いつかどこかで、あなたと会えたらいいな」

「何を言ってるんだ」

仙名が娘を叱りつけ、部屋から連れ出した。

銀座のクラブで何か手がかりを得られるかもしれない。深見は匕首《あいくち》の刀身で掌《てのひら》をぴたぴたと叩きながら、ソファに足を向けた。

3

先客は一組しかいなかった。

まだ時刻が早いせいだろう。午後八時半を回ったばかりだった。『ミラージュ』だ。

店は、並木《なみき》通りに面した飲食店ビルの五階にあった。銀座七丁目だ。

深見は黒服の若い男に導《みちび》かれ、奥のテーブル席についた。深々としたソファに腰を沈めると、黒服がカーペットに片膝を落とした。

「お飲み物はいかがいたしましょう？」

「オールド・パーをボトルで貰おう。今夜は水割りにしておくか」

「かしこまりました。女性のご指名は？」

「ここで週に二回ほどヘルプで働いてた娘《こ》の源氏名《げんじな》は何だったけな？」

「芽衣《めい》さんのことだと思います」

「ああ、そういう名だったな。その彼女と店で一番親しくしてたホステスさんをおれの席につけてもらいたいんだ」

「芽衣さんをかわいがってた麻耶《まや》さんをお席につかせましょう」

「そうしてくれないか」

深見は脚《あし》を組んだ。

黒服が立ち上がり、テーブルから離れた。深見は煙草に火を点けた。

深く喫《す》いつけたとき、隅で控えている七、八人のホステスに見られていることに気づいた。値踏みされているようだ。

ホステスたちに上客になりそうだと思われたらしい。彼女たちは相前後して営業スマイルを浮かべた。深見はホステスたちに笑顔を向けた。

ボーイが飲み物のセットを運んできた。

そのすぐ後、黒服の男がハーフっぽい顔立ちのホステスを伴《ともな》ってきた。二十六、七歳だろう。プロポーションがいい。

「麻耶さんです」

黒服の男が紹介し、彼女を深見の左隣に侍《はべ》らせた。麻耶が名乗って、和紙の小型名刺を差し出した。

深見は名刺を受け取り、垂水という偽名を使った。

「そのお名前、芽衣ちゃんから聞いたことがあるわ。もしかしたら、フリーライターをしてる方ですか？」

「そう」

「やっぱりね」

「彼女の本名が内藤亜紀だってことは知ってた？」

「ええ、知ってました。わたしも三年前まで、大学病院で看護師をやってたんですよ。そのころに看護学校の同窓会で内藤さんと知り合って、年に四、五回は一緒に食事をしてたんです」

「そうだったのか」

「代々木の戸倉クリニックを辞めてから、彼女、なんだか退屈そうだったの。それで、ここでヘルプをやってみないかと誘ってみたんですよ。そしたら、彼女、その気になったんです」

麻耶がウイスキーの水割りを手早く作った。

深見は麻耶のカクテルとオードブルを追加注文した。

「内藤さんが殺されてしまったなんて、わたし、いまでも信じられない気持ちです。彼女、戸倉クリニックを辞めて半年ほど落ち込んでたんですよ。だけど、理想の男性と出会えたとはしゃいで、垂水さんのことばかり話してたの。殺される数時間前にも内藤さん、電話であなたのことを喋ってました」

「そうだったのか」

「彼女、いったい誰に殺されてしまったんですか？」

「わからないんだ。しかし、このままじゃ、彼女が浮かばれないと思って、探偵の真似事をする気になったんだよ」

「そうなんですか」

麻耶が言って、カクテルとオードブルを運んできたボーイを犒《ねぎら》った。ボーイが下がると、深見たちはグラスを触《ふ》れ合わせた。

「内藤さんは、いつもわたしのお客さんのヘルプをしてくれてたの」

「きみが席を立った隙《すき》に彼女に言い寄ってた客はいなかった？」

「何人かはいたみたいですけど、彼女、うまくあしらってました。わたしを出し抜くようなことは、ルール違反だと心得ていましたんでね。わたしにつき合って、常連客のアフターには一緒に行ってくれましたけど」

「きみの客の中で、亜紀に何か相談を持ちかけたことのある客はいなかった？」

「いますね、それは。以前、民自党で首相秘書官をやってた鵜飼民生先生が彼女に『東アフリカでナースの仕事をしてみる気はないか』って真剣に言ったことがあるらしいんですよ。一年間で千五百万円の報酬を払うと大真面目に言ったみたいなんです」

「破格の年俸だな。何か危《ヤバ》いことをやらされるんじゃないのか。東アフリカのソマリアは年中、内戦が起こってるんだ。ソマリア沖では、いまも海賊グループが暗躍してる」

「そうみたいですね。二〇〇七年の秋ごろ、日本企業がチャーターしたパナマ船籍のタンカーがソマリア人海賊グループに乗っ取られて船長たちが人質に取られ、二億円前後の身代金を支払わされたんでしょ？」

「よく憶《おぼ》えてたな。そうなんだ。それまではアメリカやヨーロッパの大企業に関わりのある商船やタンカーが狙われることが多かったんだが、日本企業のチャーター船も標的にされるようになったんだよ」

深見はウイスキーの水割りを傾けた。

イエメンとソマリアの間に横たわるアデン湾やソマリア沖に、東部アフリカ人グループの海賊がたびたび出没するようになったのは二〇〇六年以降だ。

ソマリアは政情不安定で、内乱が繰り返されてきた。仕事や住居を失った男たちが暴徒化し、紅海を抜ける世界各国のばら積み船やタンカーを襲うようになったのである。最初のうちは武装した海賊団は乗組員たちから金品を奪い、高速ボートで逃走していた。

しかし、それではあまり旨味《うまみ》がない。海賊たちは外国の商船やタンカーを乗っ取り、船長を人質にして、海運会社や荷主から身代金をせしめるようになった。海賊グループは四十以上あると言われている。

二〇〇七年の被害件数は六十件に満たなかった。

だが、翌年の二〇〇八年には百十一件と急増した。そのうち乗っ取られた船は四十二隻で、その多くが身代金を払っている。

今年は六月末日までに海賊被害件数が百二十件で、乗っ取られた船は二十五隻を数えている。

二〇〇八年度から英米、欧州連合、中ロ印の海軍がソマリア周辺海域で海賊グループの取り締まりに当たってきた。日本も、自国関係船舶などを自衛隊が護衛している。

それでも、海賊による船舶乗っ取り事件は増加傾向にある。

国交省の発表ではこれまでにソマリア周辺海域で乗っ取られた日本関係船舶は一隻となっているが、日本船主協会は六隻と認めている。六件とも人質は一カ月以内に解放されているが、それは身代金を支払ったことを意味する。ただ、額は不明だ。

身代金の相場は、二百万米ドル程度とされている。日本円にして、約一億九千万円だ。支払額が三百万米ドルを上回ったケースも幾つかあると報道されている。

身代金の受け渡しは〝空輸〟が主流だ。身代金を要求された企業はパラシュートに米ドル入りのケースを括《くく》りつけて、乗っ取られたタンカーや商船の甲板《デッキ》にヘリコプターから落とす。

海賊グループは身代金を素早く自分たちの高速ボートに移し、ただちに逃げ去るわけだ。安全圏まで船長を弾除《たまよ》けにする場合もある。

「その話をしたとき、尻軽《しりがる》のナースなら、年俸二千万円まで払うと鵜飼さんは言ったらしいの」

「怪我人の手当てをしてやったついでに、東アフリカ人男性の性欲も満足させてやってほしいってことなんだろうな」

「ええ、そうなんでしょうね。もちろん、内藤さんは断ったそうです。そしたら、鵜飼先生は『ソマリア人と寝てくれる看護師を紹介してくれたら、ひとりに付き百五十万円の謝礼をあげるよ』と言って、内藤さんに自分の名刺を手渡したんですって」

麻耶が言って、カクテルグラスを持ち上げた。

深見は考えはじめた。『博慈会』の選挙参謀になった鵜飼は、何か非合法ビジネスで荒稼ぎしているのではないか。

ソマリア人海賊団を焚《た》きつけて、日本企業に関わりのあるタンカーや商船を乗っ取らせ、船長ら乗組員を人質に取らせているのかもしれない。そして、海運会社や荷主から億単位の身代金をいただく。荒唐無稽《こうとうむけい》な推測だが、まったくリアリティーがないわけではないだろう。

海賊たちが逃亡の途中で、各国の海軍と銃撃戦になるかもしれない。負傷した男たちをソマリア国内の病院に運んだら、犯行の露見に繋がる。

そこで、闇治療が必要になるのではないか。性にオープンな日本人看護師がいれば、怪我を負った海賊たちを繋ぎ留《と》めておくこともできるだろう。せしめた身代金を実行犯グループと山分けしたとしても、海賊ビジネスはおいしい。

「鵜飼先生は野心家だから、危ない裏仕事をやってるんじゃないのかしら？」

「どんな野心を懐《いだ》いてるのかな」

「鵜飼先生は優秀な官僚を引き抜いて、政治家養成所を主宰したいんですって。それには、まとまったお金が必要でしょ？」

「だろうね」

「選挙プロデューサーとして、かなり稼いでるような話をしてたけど、それだけでは資金が足りないんじゃないのかな。それで、何かダーティー・ビジネスに手を染めたのかもしれませんよ」

「そうなんだろうか」

「ソマリア海域には、しょっちゅう海賊が出没してますよね？　ひょっとしたら、鵜飼先生は海賊ビジネスで荒稼ぎしてたりして。もちろん、半分は冗談ですけど」

麻耶がオードブルにフォークを伸ばした。生ハムを器用に掬《すく》い、深見の口許に運んできた。

深見は生ハムを口に入れ、グラスを呷《あお》った。麻耶が自分と同じ推測をしたことに驚いたが、そのことは口にしなかった。

内藤亜紀は鵜飼の裏ビジネスのことを調べ、選挙プロデューサーに口止め料を要求したのだろうか。

鵜飼は慌《あわ》てて、犯罪のプロに亜紀を始末させたのか。鵜飼のことを少しマークしてみるか。密かにそう思ったとき、麻耶が耳許に顔を近づけてきた。

「垂水さん、無駄になるかもしれませんけど、ちょっと鵜飼先生のことを調べてみたら？　ただの勘なんですけど、わたし、内藤さんの事件に何らかの形で鵜飼先生が関わってるような気がしてるんですよ」

「そう」

「更衣室で、鵜飼先生に関する情報をメモしてきます」

「悪いね」

深見は低く応じた。麻耶がごく自然に立ち上がって、更衣室に足を向けた。深見はピースに火を点けた。

一服し終えたとき、麻耶が席に戻ってきた。

深見はテーブルの下で、メモを受け取った。鵜飼民生の事務所は四谷三丁目にあった。自宅は世田谷区深沢《ふかさわ》二丁目にあるようだ。

深見は礼を言って、二つ折りにされた紙切れを上着の内ポケットに入れた。

「でも、あまり深追いはしないでくださいね」

「どうしてだい？」

「鵜飼先生は裏社会の人たちにも結構、知り合いがいるようだから」

「気をつけるよ。愛想なしだが、チェックしてくれないか。改めて飲みに来るよ」

「はい。お待ちしています」

麻耶が片手を挙げ、黒服の男に合図した。

勘定は、それほど高くなかった。深見は支払いを済ませ、麻耶と店を出た。

エレベーターホールで、そっと万札の束《たば》を麻耶に握らせる。紙幣はいちいち数えなかったが、十枚以上はあるだろう。

「こんなことをされたら、わたし、困ります」

「別に邪魔になる物じゃないから、取っておいてくれ」

「でも、チップとしては多すぎるわ」

「下心があるわけじゃないんだ。ちょっとした臨時収入があったんだよ」

「そういうことなら、お言葉に甘えさせてもらいます。ありがとうございました。階《し》下《た》までお送りします」

麻耶が言った。深見は見送りを断り、ひとりで函《ケージ》に乗り込んだ。

飲食店ビルを出ると、暗がりに走り入る人影が視界の端に映《えい》じた。その後ろ姿には見覚えがあった。張り込まれていたのか。

レンタカーは、右手にある立体駐車場に預けてある。深見は逆方向に歩きだした。

尾行者の有無《うむ》を確かめることは、さほど難しくない。

急に駆けだしてみる。尾《つ》けられている場合は、追っ手は必ず小走りになるものだ。もしくは急ぎ足になる。

深見は並木通りの舗道を走りはじめた。

新橋方面に八十メートルほど駆け、急に足を止める。体を反転させると、案《あん》の定《じょう》、尾行者が小走りに駆けてきた。

本庁組織犯罪対策部の柏木刑事だった。

柏木が焦《あせ》って身を翻《ひるがえ》した。すぐに深見は追った。柏木が脇道に入り、さらに路地に駆け込んだ。逃げ足は速《はや》かった。

意外に知られていないことだが、銀座には割に路地が多い。

道幅二メートル程度の路地裏に小料理屋やスタンドバーが連《つら》なっている。通《つう》たちに好まれている飲食店ばかりだ。高級クラブのホステスや板前たちも、よく利用している。ことに家庭料理の店は人気があるようだ。

柏木は路地から路地に逃げ込み、なかなか追いつけない。深見は追いながら、何度も柏木の名を呼んだ。しかし、徒労だった。

柏木の後ろ姿がふっと掻《か》き消えたとき、前方からハイヒールを両手に持った三十歳前後の女が走ってきた。誰かに追われている様子だ。派手な身なりをしている。

「お願い、あたしを救《たす》けて！」

女が全身で抱きついてきた。ハイヒールが深見の肩と背中にぶつかった。

柏木を逃したくはない。だが、困っている他人を放っておくこともできなかった。

「どうしたんです？」

「街金《まちきん》の取り立て屋があたしを風俗のお店に売り飛ばそうとしてるの。借りたお金の利払いもできなくなってしまったんで」

「おれが話をつけてやろう」

「そうしてもらえるとありがたいわ」

女が深見の後ろに隠れた。

深見は身構えた。前から二人の男が駆けてくる。どちらも堅気には見えない。ともに三十一、二歳だろう。

「事情はよく知らないが、利払いはどのくらい滞《とどこお》らせてるんだ？」

「八十万ちょっとだね」

男のひとりが言った。

「利払いだけでもすりゃ、きつい取り立てはストップできるんだな？」

「ま、それはね」

「だったら、これを持ってけ」

深見は懐《ふところ》に手を突っ込み、帯封の掛かった百万円の束を摑み出した。札束を男たちに投げつける。二人組の片方が両手で札束をキャッチした。

「失《う》せろ！」

深見は言った。男たちが顔を見合わせ、ほとんど同時に踵《きびす》を返した。

「あたしのために、あんなことまでしてくれて、本当にありがとう。あなた、神さまみたいな男性《ひと》ね。立て替えてもらったお金はいつか必ず返すわ。だから、あなたの名刺を一枚ちょうだい」

「いいんだ、さっきの百万のことは。ギャンブルで得た泡銭なんだよ。気にしないでくれ」

「あたし、これでもミニクラブのオーナーママだったのよ。お店は八丁目の金春《こんぱる》通りにあったんだけど、四カ月前に畳んじゃったの。でもね、まだプライドが残ってる。他人に憐《あわ》れまれるのは屈辱だわ」

女が険《けわ》しい顔つきになった。

「どうすればいいんだ？」

「あたしね、近くの東和ホテルに泊まってるの」

「だから？」

「あたしの部屋に来て、好きにして……」

「別段、女には不自由してないよ」

「でしょうね。あなた、いい男だもの。それはわかってるけど、こっちの気持ちも少しは汲《く》んでよ。あたし、商売に失敗して文なしになっちゃったけど、銀座の女ってプライドはまだ保《たも》ってるの。行きずりの男性《ひと》に憐れまれたままじゃ、惨《みじ》めすぎるわ」

「弱ったな」

深見は腕を組んだ。

もう柏木を追っても見つからないだろう。女好きとしては、願ってもない誘いだ。目の前に立っている相手は整形美人と思われるが、その肢体《したい》は肉感的だった。抱き心地はよさそうだ。

しかし、甘い罠を仕掛けられているような気もする。そのときはそのときだ。

「ね、あたしに恥をかかせないで。百万円分の価値があるかどうかわからないけど、せいぜい奉仕させてもらうわよ」

女がにっと笑って、深見の股間に指を這《は》わせてきた。指の使い方には技《わざ》があった。

「わかった。そっちの部屋に行こう」

「よかったわ。これで、あたし、ちゃんと借りは返せそう」

「ハイヒールを履《は》けよ」

深見は言った。女がハイヒールを履き、腕を絡《から》めてきた。

「あたし、仁科里奈《にしなりな》っていうの。あなたのお名前は？」

「ナンパ用の名前かな。ま、いいわ。行きましょう」

「垂水だ」

「ああ」

二人は路地から表通りに出て、東和ホテルまで歩いた。自称里奈の部屋は四〇七号室だった。入室する。

二人はバードキスを交わし、ざっとシャワーを浴びた。里奈の体は熟《う》れていた。砂時計を連想させる体型だった。黒々とした飾り毛は、逆三角形に小さく刈り込まれていた。

二人は前戯を施《ほどこ》し合い、体を重ねた。

深見が下だった。里奈の構造は悪くなかった。とば口は締まりがよく、襞《ひだ》の群れが吸いつくようにまとわりついてくる。

「思いっきり感じさせちゃう」

里奈が笑いを含んだ声で言い、腰を弾ませはじめた。上下に動き、自分の秘部を圧《お》し潰《つぶ》すように腰を旋回させる。

深見は下から、ワイルドに突き上げはじめた。

里奈の上半身が不安定に揺れる。まるでロデオに興《きょう》じているようだ。結合部から湿った音が断続的に響きはじめた。煽情的《せんじょうてき》だった。

「やだ、あたしのほうが先に感じてきちゃった」

里奈が喘《あえ》ぎ、下唇を嚙んだ。

そのとき、四〇七号室のドアがそっと開いた。路地裏で見かけた二人組が入室してきた。やはり、ハニートラップだった。深見は小さく苦笑した。

札束をキャッチした男は、ドイツ製のポケットピストルを握っていた。MS5だ。スチール製のバレル・ライナーを組み込んだ亜鉛ダイキャスト製で、安い護身拳銃として知られている。口径は六・三五ミリと小さい。

深見は素早く上体を起こし、里奈を強く抱き寄せた。そのままフラットシーツに背中を密着させる。

「あたしを楯《たて》にする気ね？　放してよ」

「そうはいかない。誰に頼まれて、手の込んだ罠を仕掛けたんだ？」

「言うわけないでしょ」

「ま、そうだろうな」

「ね、離れてよ。いつまでも弾除《たまよ》けにされたんじゃ、たまらないわ」

里奈が全身でもがいた。

深見は腰をリズミカルに躍《おど》らせた。硬度を失いかけていた分身が、ふたたび力を漲《みなぎ》らせはじめる。

「てめえ、ふざけやがって。早くペニスを抜かねえと、頭をぶち抜くぞ」

ポケットピストルを持った男がベッドに走り寄ってきて、銃把《グリップ》に両手を添えた。深見は体を傾け、里奈の背中を銃口に向けた。

「まだ撃たないでよ」

里奈が掠《かす》れた声で訴えた。MS5を持った男が横に動いた。

深見は里奈を抱き寄せたまま、体をハーフターンさせた。ポケットピストルを握った男が舌打ちして、元の位置に戻る。

深見は、MS5を持った男を左脚で思うさま蹴った。

男が床に転がった。ポケットピストルは暴発しなかった。

深見は里奈を払い落とし、跳《は》ね起きた。里奈がベッドから転げ落ち、長く唸《うな》った。腰を強く打ちつけたらしい。

深見はベッドの上に立ち上がった。

もうひとりの男に跳び蹴りを見舞おうとしたとき、脇腹に尖《とが》った痛みを覚えた。麻酔ダーツ弾が突き刺さっていた。

矢の先には、鋭い返しが付いていた。ダーツ弾を引き抜こうとしても、容易には抜けない。

強く引っ張ると、痛みで気が遠くなりそうになった。アンプルの麻酔液は、すでに半分近く体内に注入されている。

深見はベッドから跳《と》んだ。

だが、麻酔ダーツ銃を構えた男の手前までしか跳べなかった。床に着地し、バランスを崩した。倒れてしまった。すぐに起き上がるつもりでいた。

しかし、手脚が痺《しび》れて動かない。ほどなく意識が混濁《こんだく》した。

それから、どれほどの時間が経過したのか。

深見は我に返った。

走るダンプカーの荷台の上だった。裸ではなかった。きちんと服を着せられ、靴も履《は》かされている。

ただし、体の自由は利かない。樹脂製結束バンドで両手と両足首を縛《しば》りつけられていた。本来は工具などを括《くく》るときに用《もち》いられるバンドだ。

いったん縛ると、まず緩《ゆる》まない。そんなことから、犯罪者たちは手錠代わりに結束バンドを使っている。

ダンプカーは走行中だった。

夜空には星が瞬《またた》いている。道は未舗装のようだ。体が幾度も弾み、左右に転がった。

夜気《やき》には樹木の匂いが溶け込んでいる。人里離れた林道の中なのだろう。

ダンプカーを運転しているのは、ポケットピストルを持っていた男なのか。それとも、麻酔ダーツ弾を放った者なのだろうか。

里奈と称した女を含めて三人の雇い主は誰なのか。『博慈会』の及田代表臭いが、選挙プロデューサーの鵜飼も怪しい。

本庁の柏木刑事の不審な行動も気になる。柏木は、いったい誰と繋がっているのか。謎が解けないうちに殺されたら、死んでも死にきれない。

美しい女医の依頼をまだ完璧にはこなしていなかった。それも心残りだったが、菜摘と甘やかな秘密を共有もしていない。何かがはじまりそうなのに、くたばるわけにはいかない。死んでたまるか。

「おーい、車を停めろ！　停めるんだっ」

深見は荷台の上で、大声を張り上げつづけた。

だが、虚《むな》しかった。声が嗄《しゃが》れたころ、ダンプカーが急に停まった。すぐに少しずつバックしはじめた。

ふたたび停止すると、荷台が迫《せ》り上がりはじめた。

モーター音が一段と高くなったとき、深見の体は勢いよく滑りだした。谷の底に投げ落とされた。

硬い物や尖《とが》った物体の上を弾みながら、転げ落ちた。

体が静止したのは、塩化ビニールの太い管《くだ》の上だった。

産業廃棄物《はいきぶつ》処理場なのだろう。茨城県か千葉県の山の中なのか。あるいは、埼玉県の外れなのだろうか。

はるか頭上で、ダンプカーが遠ざかっていく走行音がした。打ち身と擦《す》り傷の痛みはあるが、意識ははっきりとしている。

死にはしないだろう。

深見は胸底《きょうてい》で呟《つぶや》き、ひとまず目を閉じた。

4

身動きもままならない。

膀胱《ぼうこう》が破裂しそうだ。もはや限界だった。

深見は廃棄物の中に埋もれながら、放尿しはじめた。生ぬるい液体がチノクロスパンツやトランクスを濡らしていく。なんとも不快だ。深見は小便を漏らした自分を恥じた。惨《みじ》めでもあった。しかし、生理のメカニズムには抗しようがなかった。

気にしないことだ。

深見は自分に言い聞かせて、斑《まだら》に明け初《そ》めはじめた東の空を見た。きょうは秋晴れになりそうだ。

頭をもたげ、眼球を動かす。改めて産業廃棄物処理場であることが確認できた。地形は擂《す》り鉢《ばち》状になっていた。とてつもなく広い。

下の方には、数台のショベルカーが見える。

作業員たちは毎日、ここで働いているのか。数日置きに作業しているのだろうか。あるいは、一週間以上も作業員たちは通ってこないのか。

さすがに深見は不安になってきた。

何日も作業員たちが現われなければ、衰弱死するだろう。喉の渇《かわ》きと飢えに苦しめられているうちに、きっと幻覚や幻聴に悩まされるにちがいない。やがて息絶え、朽《く》ち果ててしまうのか。

「おーい、誰かいないのか？　ちょっと力を貸してもらいたいんだ」

深見は大声で救いを求めつづけた。

だが、無駄骨を折っただけだった。そのうち陽《ひ》が昇りはじめた。初秋の陽光は割に鋭い。

深見は陽射《ひざ》しに顔を背《そむ》けて、乾いた唇を舌の先で湿らせた。

前夜の三人は、おそらく深見の万札をそっくり抜き取ったのだろう。現金は、初めから諦《あきら》めている。しかし、銀行のキャッシュカード、運転免許証、携帯電話、レンタカーの鍵は無事であってほしいと切実に願った。

腕時計は奪われていない。現金以外の物は持ち去られていない気がする。

太陽がぎらつきはじめたころ、ショベルカーに人間が近づく気配が伝わってきた。作業員だろう。

「誰か、誰か、こっちに来てくれないか」

深見は声を振り絞った。

叫びつづけていると、足音が近づいてきた。駆け足だった。深見は大声で救いを求めた。

「あなた、どうしたか？　なんで、そんな所にいるの？」

足音が熄《や》み、下から男のたどたどしい日本語が聞こえた。外国人らしい。

「ダンプカーの荷台から穴の中に落とされたんだ。手足を結束バンドできつく縛られてるんで、自分では動けないんだよ」

「なぜ、そんなことされたか？　それ、わからないね。教えてください」

「おれにもわからないんだよ。麻酔ダーツ弾を打ち込まれて意識を失ってる間に、こうなっちまったんだ」

「あなた、何か悪いことをした？」

「おれは悪い奴らの罠に嵌《は》まったんだよ。とにかく、結束バンドをほどいてくれないか。頼む！」

「オーケーね。いま、わたし、あなたの近くに行く」

「早く来てくれ」

深見は相手を急《せ》かした。外国人と思われる男が廃棄物を踏みながら、ジグザグに近寄ってくる。

東南アジア系の顔立ちだ。中肉中背だった。まだ二十代だろう。青っぽい作業服姿だ。

「サンキュー！　出身はタイか、カンボジアかな？」

「いいえ、インドネシアです。わたし、スハルトというね」

「おれは垂水って名だよ。ここは、どこなんだい？」

「千葉県ね。君津《きみつ》市の東の外れで、周《まわ》りは山林です。わたし、この処理場で働いてる」

「まず結束バンドをほどいてくれないか」

深見は両手首を前に突き出した。

スハルトと名乗ったインドネシア人がゴム手袋を外して、結束バンドを緩《ゆる》めようと試《こころ》みる。だが、縛《いまし》めは固かった。

「カッターナイフは？」

「わたし、それ、持ってないね。でも、ペンチはある。持ってます」

「ペンチを使ってくれないか」

深見は言った。

スハルトが言われた通りにした。両手足の結束バンドが断《た》ち切られた。

深見は立ち上がった。手首を撫《な》でさすっていると、足許の塩化ビニール管が崩れた。

深見はよろけ、滑り落ちそうになった。

スハルトが素早く深見の体を支えてくれた。

「ありがとう」

深見は礼を述べ、地べたが剥《む》き出しになっている場所まで慎重に下《くだ》った。ポケットの中身を検《あらた》めてみる。

万札は、すべて抜き取られていた。ほかの所持品は奪われていない。

「この近くに作業員の宿舎があるのかな？」

「泊まれません。でも、休憩できるよ。きょうはわたしだけしかいない。あなた、そこで少し休んだほうがいいです」

かたわらに立ったスハルトが言った。

「親切なんだな」

「日本人と仲良くしてないと、わたし、インドネシアに強制送還されちゃいます。それ、困る。わたしの国、いい仕事ないね。ずっと日本で働きたい」

「オーバーステイなんだな？」

「不法入国ね。わたし、丸《まる》シップに乗ってました。インド鮪《まぐろ》、獲《と》ってた。遠洋漁業ね。日本の大手水産会社の船だったけど、二等航海士だけが日本人でした。船長はフィリピン人で、ほかはインドネシア人やマレーシア人ばかり。仕事は重労働なのに、給料安かったね。だから、わたし、焼津《やいづ》港で水揚げしてるとき、こっそり上陸しちゃいました」

「もっと割のいい仕事に就《つ》きたかったんだな?」

「そう、そうね。でも、わたし、不法入国者だから、働くとこありませんでした。いまの会社の社長さん、元やくざ《ギャングスター》ね。顔はちょっと怕《こわ》いけど、ハートは優しい。わたしのこと、雇ってくれた。日給五千円だけど、会社の寮は三食付きね。わたし、イスラム教徒なんです。仕事の途中でメッカに向かってお祈りしても、社長さん、怒らない。本当に善い人《い》ね」

「ずっと日本で働けるといいな」

「それ、嬉しいことね。あなた、わたしが不法入国したことを誰にも言わないでくれる?」

「もちろん、密告なんてしないよ。そっちは恩人だからな」

「わたしたち、友達ね」

「ああ、そうだな」

深見は笑顔を向けた。スハルトが握手を求めてきた。深見はスハルトの手を強く握り返した。

「あなた、歩けますか? 歩くこと辛かったら、わたし、背負ってあげるよ」

「ちゃんと歩ける」

「それなら、休憩所に行きましょう」

スハルトが歩きだした。

深見はインドネシア人に従った。体に力が入らない。麻酔ダーツ弾を乱暴に引き抜かれたようで、傷口が少し疼《うず》いている。

擂り鉢状の底は、一本の通り道と繋がっていた。その道を登り切ると、プレハブ造りの休憩所があった。

平屋だ。思いのほか広い。

食堂テーブルセットと長椅子が置かれ、流し台が設置されていた。簡易シャワー室とトイレもある。

深見はシャワーを借りた。

頭髪と体を洗い、小便の染《し》みたチノクロスパンツ、トランクス、靴下を洗濯する。洗ったものを固く搾《しぼ》って、そのまま身につけた。不快だったが、仕方ない。

シャワールームを出ると、スハルトが待ち受けていた。

「わたし、予備のズボンとパンツ持ってます。洗いざらしだけど、よかったら……」

「ありがとう。しかし、サイズが違うからなあ」

「そうか、そうね。わたし、そこまで考えませんでした。頭よくないね」

「そのうち乾くだろう」

「わたしの弁当、半分食べてもいい。ペットボトルのお茶も飲んでください」

「気持ちだけ貰っとくよ。商店や銀行のある場所に出たいんだ。道順を教えてくれないか」

「休憩所の前の林道をまっすぐ下《くだ》ると、国道一二七号線にぶつかるね。右に曲がって道なりに行くと、左側に君津駅前に出る通りがあります」

「わかったよ。世話になったな」

「もう行くんですか⁉ それ、よくない。あなた、少し休んだほうがいいね」

「のんびりとしていられない事情があるんだ」

深見は言った。

「でも……」

「縁があったら、またどこかで会おう。元気でな」

「はい。わたしのペットボトルのお茶、あなたにあげる。持ってって。喉が渇いてるはずね。それに、君津駅までは長く歩かなければならない。水分摂《と》らないと、あなた、途中で倒れてしまうよ」

「そっちは、これから重労働をしなきゃならないんだから、自分のことを心配しろって」

「あなた、ナイスガイね。ずーとずーと友達でいたかったよ」

スハルトが別れを惜《お》しんだ。

深見はスハルトの肩を叩いて、休憩所を出た。上着の内ポケットには数枚の五千円札と千円札が入っている。

深見は一瞬、有り金をスハルトに手渡したい誘惑に駆られた。しかし、すぐに思い留《とど》まった。他人の厚意や親切に対して金銭で報《むく》いようとすることは、どこか思い上がった行為だ。品位も欠く。

「スハルト、体に気をつけろよ」

深見は一度だけ後方を振り返り、先を急いだ。

いつしか午前十時半を回っていた。ひたすら林道を下る。

二十分ほど歩くと、国道一二七号線にぶつかった。

国道沿いに飲料水の自動販売機があった。天然水のペットボトルを買い求め、その場で飲み干す。生き返ったような心地だ。

予備用に緑茶のペットボトルを購入し、君津駅方面に向かう。五百メートルほど歩くと、パン屋が目に留《と》まった。

深見は調理パンと缶コーヒーを買った。歩きながら、飲み喰《く》いする。

少しずつ体力が回復してきた。

国道を左に折れ、君津駅をめざす。駅前通りに達すると、深見は信用金庫の君津支店に立ち寄った。

ATMで百万円を引き下ろし、駅近くの商店で衣類一式と靴を買い揃えた。喫茶店のトイレで着替えをして、不要になった衣服や靴を処分する。

君津駅で上《のぼ》り列車の到着時刻を調べると、二十分以上も待たなければならないことがわかった。もどかしい。

深見は客待ち中のタクシーに乗り込んだ。行き先を銀座までと告げると、初老の運転手はたちまち愛想がよくなった。

タクシーは館山《たてやま》自動車道から宮野木《みやのぎ》JCT《ジャンクション》経由で湾岸道路をたどり、首都高速に入った。銀座七丁目の有料駐車場に着いたのは、およそ一時間後だった。

深見はレンタカーを引き取り、クラウンをコリドー街に移動させた。泰明《たいめい》小学校の近くの路上に車を駐《と》め、グローブボックスからICレコーダー付きの盗聴器を取り出す。『博慈会』の及田代表に揺さぶりをかけてみることにしたのだ。

深見は丸めたティッシュペーパーを口の中に詰めてから、『博慈会』の本部に電話をかけた。新聞記者を装って、及田に電話を回してもらう。

「及田でございます」

「この録音音声を聴いてもらおう。先日、あんたと虻川が鳥居坂のスポーツクラブのスカッシュコートで交わした遣《や》り取りだよ」

深見はICレコーダーの再生ボタンを押し込み、携帯電話を近づけた。

やがて、音声が途《と》切《ぎ》れた。深見は携帯電話を右耳に当てた。

「もう弁解の余地はないな。あんたは虻川に戸倉クリニックを乗っ取らせようとした。そのため、外科医の奈良橋は虻川に医療ミスを強要された。担当ナースの内藤亜紀は、奈良橋に責任をなすりつけられそうになった。戸倉クリニックを手に入れたくて、汚ない手を使ったことは認めるなっ」

「きみは……」

「返事をはぐらかすな」

「否定はせんよ」

「あんたは保身のため、共犯者の虻川を誰かに始末させたんじゃないのか？　内藤亜紀殺しにも無関係じゃないんだろう」

「わたしは、どんな殺人事件にも関わってない」

「白々しいな。あんたが民自党本部、公正党本部爆破事件など一連の大量殺人や暗殺の黒幕だってことはわかってるんだ。それから来春、博慈党を立ち上げようとしてることもな。あんたは『光成会』と『健やかな家』の信者たちを取り込むため、二つの教団にそれぞれ三十億円ずつ寄附した。もっとも、その六十億は教団関係者を装った人物に詐取《さしゅ》されてしまったようだがな」

「わたしが自分の政党を結成する気でいることは確かだが、その準備の実務にはノータッチだったんだよ。信頼してるブレーンにすべて任せてあるんだ」

「聞き苦しい弁解だな。あんたが一連の国会議員殺人事件のことを知らないわけがない」

「そうした一連の事件のことは知ってるが、わたし自身が指示したり、命令したことは一度もないんだ」

「すべて顧問弁護士の望月数馬と選挙参謀の鵜飼民生がシナリオを練ったことだと言い逃れる気か。往生際が悪いな」

「言い逃れなんかじゃない。事実だよ。わたしが蛇川君に首都圏の私立総合病院の経営権を入手させて、それらのクリニックを買い取り、『博慈会』の傘下に収めてたことは素直に認めよう。それからブレーンたちが『光成会』と『健やかな家』の信者の票を得られることになったと報告してきたんで、二つの教団に三十億円ずつ寄附したことも事実だ。しかし、世襲議員や政界の実力者たちの殺害にはまったく関わってない。それは、天地神明《てんちしんめい》に誓ってもいいよ」

「あんたが嘘をついてないとしたら、望月と鵜飼は『博慈会』の味方をしてる振りをして、その実、ぶっ潰すことを肚《はら》の中では考えてたんだろうが！」

「彼ら二人が何を企《たくら》んでると言うんだね？」

及田代表が問いかけてきた。

「まだ確証は得てないんだが、望月は欧米型の巨大な〝ローファーム〟を築きたいと野望を燃やしてるようなんだ。優秀な弁護士、公認会計士、弁理士なんかを束《たば》ねて、あらゆる企業トラブルを法的に解決し、強力な法律事務所のトップになりたいようなんだよ」

「鵜飼君は何を企んでるんだ？」

「選挙のプロは優れたキャリア官僚をスカウトして、有力な国会議員に育てるための政治家養成所を設立したいみたいだな。どちらも、莫大な軍資金が必要なんだろう。それだから、望月と鵜飼はいったん『光成会』と『健やかな家』に寄附された三十億円をそれぞれ巧妙な手口でネコババしたのかもしれない」

「ま、まさか⁉」

「それだけじゃない。鵜飼はソマリア人海賊団を焚《た》きつけて、日本企業関連船舶を乗っ取らせ、身代金をたっぷりせしめた疑いもあるんだ。もしかしたら、望月弁護士は共犯者なのかもしれないな」

「彼は、鬼検事と呼ばれてた男だぞ。いくら金が必要でも、海賊ビジネスで悪銭を得ようと考えるわけがない」

「あんたほどの遣《や》り手でも案外、脇が甘いんだな。意外だったよ。それはそうと、あんたは戸倉クリニックに迷惑をかけたんだ。おれの口止め料を含めて五億円出してもらう。断ったら、さっき流した録音音声を全マスコミに聴かせることになるぞ」

「そんなことをされたら、『博慈会』は……」

「社会的に葬《ほうむ》られることになるだろうな。もちろん、博慈党を立ち上げても、国会にはひとりも送り込めないだろう」

「五億出せば、録音音声のマスターは渡してもらえるんだね？」

「ああ」

「金の受け渡し方法は？」

「これから教える五つの口座に一億円ずつ三日以内に振り込んでくれ。入金を確認したら、マスターはあんたの自宅に書留で送ってやるよ」

深見は、口座屋から買い取った五つの銀行口座の名義人とナンバーを教えた。

「ちゃんとメモしたよ。金は明日の午後にでも振り込む。きみの話が気になってきたな。元公安調査官にでも、望月と鵜飼のことを調べさせてみよう」

「二人の参謀に覚《さと》られないようにするんだな」

「ああ、わかってる。きみは、そのへんの恐喝屋じゃなさそうだ。一度ゆっくり飯でも喰《く》わんか」

「あんたの番犬になれってか？」

「番犬なんかじゃない。右腕として、わたしに力を貸してほしいんだよ」

及田が猫撫で声で言った。

「いくら出す？」

「きみは、どのくらい欲しいんだ？」

「駆け引きがうまいな。年に三億や五億は自分でも楽に稼げる」

「七億出そう」

「たったそれだけか」

「不満らしいな。それなら、三億上乗せしよう。それから、3P用に囲ってる美人姉妹も付けよう。二人とも元モデルなんだが、ナイスバディなんだ」

「あんたのお古にゃ興味ない」

「お古じゃないんだ。もう若くないんでバイアグラを服《の》んでも、なかなかその気になれないんだよ。姉妹のヌードは拝んでるんだが、どちらとも一度もまぐわってないんだ。具合は二人ともよさそうなんだがね」

「考えてみよう。取りあえず明日の午後、約束の金額を振り込んでくれ。また連絡する」

深見は電話を切って、湿った紙の塊《かたまり》を口から吐き出した。

一服してから、本庁の柏木刑事に電話をする。すぐに通話状態になったが、深見は黙したままだった。

「間違い電話か」

「柏木、なかなかの役者だな。誰に頼まれて、『ミラージュ』の入ってる飲食店ビルの前で張り込んでたんだ？　おまえはおれを尾《つ》けて、渋谷署の世良に情報を流してたんだなっ」

「…………」

「なんとか言え！　仁科里奈と名乗った女は、鵜飼の知り合いなのか。里奈と芝居をうった二人組は、どこの構成員なんだ？」

「深見先輩、鵜飼って誰なんです？　仁科なんとかって女も知らないな」

「昨夜《ゆうべ》、銀座でおれに追いかけられたことも忘れちまったか？」

「まったく記憶にないですね」

「そうかい。ま、いいさ。おまえは司法修習が終わったら、望月弁護士の下で働くことになってるんだろうな」

「えっ⁉」

柏木が息を呑《の》んだ。

「図星だったようだな。望月は遣《や》り手の弁護士、公認会計士、弁理士たちを次々にスカウトして、〝ローファーム〟の人材固めを着々と進めてるんだろう？　〝ヤメ検〟は選挙プロデューサーの鵜飼と共謀して、『博慈会』が『光成会』と『健やかな家』に三十億円ずつ寄附した金をまんまと着服して、おのおのの野望の軍資金にするわけだ。病院乗っ取り屋の虻川勇とナースだった内藤亜紀を手にかけたのは、おまえなんじゃないのか。望月にうまいことを言われてな」

「こっちは現職刑事ですし、二年後には弁護士になれるんですよ。人生を棒を振るわけないでしょ？」

「スパイ行為しかしてないってわけか。笹森たちを民自党本部ごと爆殺したことを考えると、別人の犯行《ヤマ》なんだろうな。そいつは、望月と鵜飼に雇われたのかっ。傭兵《ようへい》崩れなのかい？　柏木、教えろ！」

深見は声を張った。

柏木が無言で通話を打ち切った。すぐにリダイアルしてみたが、先方の電源は切られていた。

深見はクラウンを虎ノ門に向けた。

一ノ瀬法律事務所を訪れたのは、十六、十七分後だった。友人は所長室にいた。

深見は一ノ瀬と向かい合うと、美人女医の調査依頼の内容と経過を語った。むろん、虻川を強請《ゆす》って口止め料をせしめ損なったことや及田徹雄に五億円を要求した事実は伏せた。

「要するに、深見は一連の事件の絵図を画《か》いたのは望月弁護士と鵜飼だと思ってるんだな？」

「ああ。そこで一ノ瀬に教えてほしいんだが、望月が優秀な弁護士、公認会計士、弁理士なんかを引き抜いてるって噂を耳にしたことはあるか？」

「そういう噂は春先から、おれの耳に入ってたよ。すでに五千万円の支度金を貰って待機中の弁護士が十数人はいるって噂もある。望月さんが大規模な〝ローファーム〟のオフィス用に六本木ヒルズの高層階を全フロア借りたことは間違いないよ。それから、『博慈会』の二重帳簿の件が東京国税局にリークされてもいるようだ」

「リークしたのは望月なんだろう。〝ヤメ検〟先生は、『博慈会』をぶっ潰す気なんだろうな」

「深見は、そう読んだか。おれの推測は逆だよ。望月さんは、かつて東京地検特捜部のエースだった。東京国税局の偉いさんたちとはつき合いが深い。その気になれば、大口脱税の揉み消しは可能だろう」

「なるほどな。望月は及田徹雄に恩を売っといて、『博慈会』の内部留保を少しずつ吸い上げる気なのかもしれない」

「そう考えてもいいだろうな。それから、鵜飼民生が政治家養成所を創設するための資金の一部を海賊ビジネスで捻《ひね》り出した疑いは濃いね」

一ノ瀬が言って、ソファの背凭《せもた》れに上体を預けた。

「自信ありげだが、その理由《わけ》は？」

「おれがソマリアの難民キャンプを六月に慰問したことは、おまえも知ってるよな？」

「ああ。一ノ瀬がただの偽善者じゃないことはわかってる。仕事が忙しいのに、十日以上もソマリアでボランティア活動したんだからな。ポーズで、そんな真似はできない」

「それはともかく、ソマリアの首都のモガディシオのホテルで選挙プロデューサーを見かけたんだよ。鵜飼は通訳を介して、軍人崩れのソマリア人犯罪集団のボスに何か発破《はっぱ》をかけてた。おそらく日本企業の関連船舶を早く乗っ取れとせっついてたんだろう。ソマリアに駐在してる商社マンやプレス関係者は、現地のアウトローには決して近づかない。彼らと接触したがる外国人は武器商人とか、人身売買組織の人間に限られてる。だから、鵜飼が現地の悪人どもをけしかけて、海賊ビジネスに励んでるんではないかと思ったわけさ」

「一ノ瀬の筋《すじ》の読み方は正しいんだろう」

「それからな、選挙プロデューサーには日本人の用心棒みたいな男が寄り添ってたよ。おれたちよりも二、三歳上だろうな。深見なんかよりも筋骨隆々としてたから、元第一空挺団員か元陸自《りくじ》のレンジャー隊員なんじゃないか。まさかＳＡＴ《サット》の先輩隊員じゃないと思うがね」

「体を張って闘うことが三度の飯よりも好きな隊員がいたから、そういう野郎がいるかもしれないな。半分、冗談だが……」

「虻川という奴と看護師だった内藤亜紀は望月や鵜飼の悪事を嗅ぎつけ、ソマリアで見かけた体格《ガタイ》のいい用心棒に殺《や》られたんじゃないのか」

「そうなんだろうな。しかし、実行犯よりも殺しを命じた奴のほうが悪質だね」

「深見、そうなんだが、おまえはきのう、殺されかけたんだ。戸倉クリニックの調査はもう片づいたんだから、もう手を引けって」

「いま手を引いたら、戸倉クリニックは経営危機を乗り切れないんだよ」

「おまえ、望月弁護士や鵜飼を追いつめて、恐喝めいたことをする気でいるんじゃないのか？」

「冗談も休み休み言ってくれ。貧乏したって、犯罪者にはならないよ。それより、お茶ぐらい出してもいいんじゃないのか？」

深見は一ノ瀬をからかって、上着のポケットから煙草とライターを掴み出した。

5

街灯が瞬《またた》きはじめた。

深見はレンタカーの運転席から、鵜飼民生の事務所を見上げていた。

雑居ビルの三階だった。ブラインドの隙間から、照明の光が零《こぼ》れている。

午後六時過ぎだ。

深見は一ノ瀬のオフィスを辞去した直後、警視庁組織犯罪対策部に電話をした。柏木が刑事用携帯電話の電源を切ったままだったからだ。

職場の上司の話によると、柏木は早退したとのことだった。頭痛がすると訴えていたらしい。仮病だろう。

柏木の自宅は北区赤羽《あかばね》にある。深見はクラウンを柏木宅に走らせた。だが、留守だった。当分、身を隠す気なのだろう。

深見は柏木の行方《ゆくえ》を追うことを後回しにして、四谷三丁目にある選挙プロデューサーの事務所を張り込みはじめたわけだ。

鵜飼が自分のオフィスにいることは、偽のセールス電話で確認済みだった。

張り込んでから数時間が経過している。だが、鵜飼はいっこうに姿を見せない。望月弁護士の動きを探《さぐ》るべきか。

深見は迷いはじめた。そのとき、注視していた雑居ビルから鵜飼が現われた。ひとりではなかった。SAT《サット》時代の先輩隊員の佐久間朋憲《さくまとものり》と連れ立っていた。深見よりも二つ年上だ。

佐久間はゲイで、隊員時代は毎日のようにシャワールームで後輩たちにセクシュアル・ハラスメントを繰り返していた。

深見もシャワーを浴びているとき、いきなり性器を握られたことがある。一瞬の出来事だった。

佐久間は歪《ゆが》んだ笑みを浮かべ、悠然と立ち去った。ショックが大きく、深見はただ呆然《ぼうぜん》としていた。苦々しい思い出だ。

佐久間は後輩隊員たちに同じ行為を重ねつづけた。当時、SAT第一小隊の隊長だった矢沢が見かねて佐久間に鉄拳を浴びせた。

佐久間は翌月、亀有署の交通課に飛ばされた。しかし、数カ月後に依願退職してしまった。その後の消息は知らない。

どういう経緯があったのかわからないが、現在、佐久間は鵜飼の用心棒めいたことをしているようだ。

二人は雑居ビルの並びにあるティー&レストランまで歩いた。店の中に入ったのは鵜飼だけだった。

深見は、レンタカーをティー&レストランの斜め前まで走らせた。

佐久間が通りかかったタクシーに手を挙げた。深見はティー&レストランの嵌《は》め殺しのガラス窓から、店内をうかがった。

鵜飼は窓際の席で、なんと仁科里奈と向かい合っていた。前夜、銀座の路地裏で深見を罠に仕掛けた女だ。

佐久間を乗せたタクシーが走りだした。

深見は追わなかった。

二十分ほど過ぎると、里奈ひとりがティー&レストランから出てきた。彼女は四谷三丁目交差点に向かって歩きはじめた。鵜飼はテーブルについて、ステーキを食べていた。

深見はレンタカーを降り、素早く車道を横切った。ガードレールを跨《また》ぎ、里奈の背後に忍び寄る。まだ気づかれた様子はうかがえない。

深見は里奈の片腕をむんずと摑み、脇道に引きずり込んだ。

「あ、あんたは……」

「また会えて光栄だよ。悪女は、それなりにチャーミングだからな」

「あたしをどうする気なの⁉」

里奈は怯《おび》えた表情になった。

「姦《や》りまくって、切り刻んでやるか。それとも、往来で大型犬と獣姦させようか。どっちがいい？」

「どっちもいやよ」

「だろうな」

深見は、里奈を雑居ビルとマンションの間に連れ込んだ。通りからは見えにくい場所だった。一一〇番通報される心配はないだろう。

「あたしを殺すつもりなの？　もしもそんなことをしたら、義友会野中《のなか》組が黙っちゃいないわよ。あたしは、組長の世話になってる情婦《おんな》なんだから」

「きのうの二人の男は、野中組の組員なんだな？」

「そうよ」

「あいつらがおれを君津の外れの産廃場までダンプで運んで、処分場の中に落としたわけだ？」

「ええ、そうよ。あの二人は、もう高飛《ジャンプ》びしたわ。あんたが追っても無駄ね」

里奈がせせら笑った。

深見は、里奈の背を雑居ビルの外壁に強く押しつけた。

「おれを罠に嵌《は》めろと言ったのは、鵜飼なんだな？」

「あたし、何も喋らないわよ」

「すぐ喋りたくなるさ」

「あたしに焼きを入れるってわけ？　やりゃいいじゃないの！」

里奈が開き直った。

「女に手荒なことはしたくなかったんだが、やむを得ないな」

「顔だけは殴らないで」

「整形した鼻から、プロテーゼが抜け落ちちゃうか？　元の低い鼻を見てみたい気もするが……」

深見は里奈の左の乳房を鷲掴《わしづか》みにして、大きく捻《ひね》った。里奈が顔をしかめた。

おっぱいは女の急所だ。もう片方の隆起を捩《ねじ》った。里奈は苦痛を訴えながらも、口を割ろうとしない。

「粘るな。不本意だが、もう少し痛めつけるぞ」

深見は膝頭で、里奈の恥骨《ちこつ》を蹴り上げた。

里奈が長く唸《うな》って、その場にしゃがみ込んだ。深見は里奈を摑み起こし、またもや恥骨を蹴った。

里奈の腰が砕《くだ》け、膝を落としそうになった。

「もう蹴らないで。そうよ、鵜飼さんに野中が頼まれたの。それでさ、あたしが色仕掛けを使って……」

「やっぱり、そうだったか。鵜飼は、『博慈会』が二つの教団に寄附した六十億円を弁護士の望月と共謀して横領したんだな？」

「そこまでは知らないけど、政治家養成所を作るのにかなりの資金が必要だと言ってたことがあるわ。だからさ、いろいろ裏仕事に精出してるんじゃないの？」

「鵜飼はソマリア人犯罪者たちを焚《た》きつけて、日本商社絡《がら》みのタンカーやばら積み船を乗っ取らせて、身代金をせしめてるんだなっ」

「そのへんのことはよくわからないけど、鵜飼さんが佐久間ってSAT隊員崩れのボディーガードにソマリア海域を航行予定の日本企業関連船舶の船種や荷主を調べさせてたことは間違いないわ。それから、野中の隠し口座に五井物産やセントラル石油なんかから数億円の入金があったこともね」

「野中組長が鵜飼に口座を貸してやったんだな？」

「そうなんだと思うわ」

「民自党本部と公正党本部が爆破され、『救国学会』の名誉会長、民友党の犬山代表なんかも暗殺されたことは知ってるな？」

「うん、知ってる」

「民自党本部を占拠した十人の実行犯は、そっちの彼氏の野中組長が集めたのか？」

「ううん、そうじゃない。笹森とかいう実行犯たちは、鵜飼さんが用心棒の佐久間って男に集めさせたのよ。野中が、そう言ってたわ」

「民自党の世襲議員たちと一緒に笹森たち十人の実行犯を爆殺したのは、佐久間なんだろう？」

「それは知らないわ。でも、鵜飼さんが『博慈会』のために働いてる振りをして、軍資金を引き出そうとしてることは確かよ。野中、最近は堅気の悪人たちにはかなわねえなんて苦笑してたから」

「そうか。きょうは、なんで鵜飼と会うことになったんだ？」

「きのうの謝礼を受け取りに来たのよ。あんたが死ななかったんで、約束の五百万は貰えなかったけど」

「受け取ったのは半額ぐらいなんだな？」

「それ以下よ。貰ったのは二百万だけ。鵜飼さん、案外、しっかりしてるのよね。あたしが知ってるのはそれだけよ。もう帰ってもいいでしょ？」

「もう一つ教えてくれ」

「何よ？」

「鵜飼の事務所に柏木って現職刑事が出入してるんじゃないのか？」

「えっ、鵜飼さんは現職刑事も抱き込んでたの⁉　野中以上の悪党ね。でも、あたしはそういう話、聞いたことがないわ」

「そうか。おれのことを鵜飼や野中に喋ったら、そっちを殺すぞ」

「どっちにも言わないわよ。喋ったら、あたしの立場が悪くなるじゃないの」

「それもそうだな」

「ね、相談があるの。あんたが鵜飼さんを強請《ゆす》る気でいるんなら、あたし、協力するわよ。野中は奥さんと別れる気がないから、いつまでも愛人をやっててもあまりメリットないからさ。あたしたち、体の相性は悪くなかったでしょ？」

里奈が色目を使った。

「ま、そうだな」

「あたし、うまく鵜飼さんをどこかに誘《おび》き出してやる。彼を二人で丸裸にしてやらない？」

「そっちと組む気はない。消えてくれ」

深見は顎《あご》をしゃくった。

里奈がつんとして、通りに走り出た。

深見は苦く笑いながら、表通りに引き返した。ティー＆レストランを覗くと、鵜飼の姿は見当たらなかった。レンタカーの中に入り、張り込みを開始する。

友人の一ノ瀬から電話がかかってきたのは、八時四十分ごろだった。

「深見、『博慈会』の及田代表が鳥居坂のスポーツクラブのスカッシュコート内で射殺されたぞ。少し前にテレビの速報が流れたんだ」

「もっと詳しいことを教えてくれ」

「及田代表はプレイ中に背後からサイレンサー付きの拳銃で頭部を撃ち抜かれて、即死だったらしい。犯人を目撃した者はいないそうだ。鵜飼か望月のどちらかが殺し屋《プロ》に及田徹雄を殺《や》らせたんだろう」

「ああ、おそらくな」

「深見、もう手を引けよ。おまえも命を狙われてるんだ。いくらなんでも危険だよ。

捜査当局だって、間抜けばかりじゃない。どんな悪事も必ず暴《あば》かれるさ」

「そうだな。命のスペアはないわけだから、これ以上、無鉄砲なことはやめるよ」

深見は親友に言って、電話を切った。もちろん、尻尾《しっぽ》を丸める気などなかった。

鵜飼が表に出てきた。選挙プロデューサーは雑居ビルの前で、タクシーを拾った。

深見は鵜飼を乗せたタクシーを尾行しはじめた。

タクシーは四谷から赤坂見附経由で青山通りを抜けて、目黒区青葉台の邸宅街に入った。どうやら行き先は、望月弁護士の自宅らしい。

ほどなくタクシーが豪邸の前で停まった。

望月邸だった。鵜飼がタクシーを降り、望月の自宅に入っていった。

深見は高級住宅街の路上のレンタカーを駐《と》め、張り込みはじめた。

柏木は弁護士宅に匿《かくま》われているのか。深見は鵜飼よりも先に柏木が外に出てきたら、現職刑事をただちに締め上げる気になった。

時間がいたずらに過ぎ去った。午後十時を回っても、望月邸からは誰も出てこない。

焦《じ》れかけたころ、意外な展開になった。あろうことか、柏木から電話がかかってきた。

「自分、いま戸倉菜摘さんと一緒にいるんですよ。正確には、軟禁してるってことになるのかな」

「柏木、女医はどこにいるんだっ」

「逗子《ずし》マリーナのクルーザーの船室にいます。佐久間さんが美人ドクターの見張りを務《つと》めてくれてるんですよ」

「菜摘を電話口に出してくれ」

「いいでしょう、自分、いま桟橋《さんばし》にいるんですよ。少しお待ちください」

「彼女に何も悪さはしてないな？」

深見は確かめた。

「ご心配なく。佐久間さんはご存じのように女性には興味はありませんし、自分の前途は明るいわけですから、妙な振る舞いはしませんよ」

「望月の手先になんかなったら、将来はないぞ」

「そうでしょうか。深見先輩こそ、このままではお先真っ暗でしょ？　あなたが恐喝で喰《く》ってることは、もう望月先生もご存じなんですよ。先生は、あなたを自分のブレーンに迎えてもいいとおっしゃってます。自分があなたを抹殺するのはやめてほしいとお願いしたんですよ」

「礼は言わないぞ」

「ええ、結構です。そのまま待っててください」

柏木の声が途切《とぎ》れた。代わりに靴音と舷《ふなばた》を打つ波の音がかすかに響いてきた。

やがて、菜摘の声が深見の耳に届いた。

「野上というのは偽名だったのね。本当は深見さんなんだと柏木という刑事に教えられました」

「そのあたりの事情は落ち着いてから話すよ。とにかく、きみはおとなしくしててくれないか。必ず救《たす》ける。おれは大物弁護士や元国会議員の秘密を握ったんだ」

「わたしがお願いした調査と関わりがあるんですか？」

「それはないんだ。だから、おれがマリーナに行けば、きみはすぐに解放されるはずだよ」

深見は、もっともらしく言った。非合法ビジネスのことを悟《さと》られたくなかったからだ。

「どのくらいで、こっちに来られます？」

電話の声が柏木に替わった。

「一時間半もあれば、マリーナに着くと思う。クルーザーの艇名《ていめい》は？」

「『マドンナ号』です。望月先生の自慢のクルーザーで、全長二十三メートルもあるんですよ。それじゃ、午前零時過ぎには桟橋に立ってます」

「わかった」

深見は電話を切り、クラウンを発進させた。

玉川通りから第三京浜道路を進み、横浜横須賀道路に入った。逗葉《ずよう》新道をたどって、湘南道路を走る。じきに左手に逗子マリーナが見えてきた。

深見はレンタカーをマリーナの入口付近に停め、桟橋に走った。午前零時を数分過ぎていた。

大小のヨットやクルーザーが舫《もや》われ、小さく揺れている。潮の香《か》は、それほど強くない。『マドンナ号』は桟橋の突端近くに係留《けいりゅう》されていた。

船体は白だった。操舵室《そうだしつ》は暗かったが、船室の円窓《まるまど》からトパーズ色の明かりが洩《も》れている。

深見は歩きながら、闇を透《す》かして見た。

桟橋のどこにも柏木は立っていない。

まだクルーザーの船室にいるのか。『マドンナ号』の甲板に目をやったとき、船室から佐久間が不意に姿を見せた。

「深見、待ってたぜ」

「柏木はどこにいるんだ？」

深見は上着のポケットにさりげなく手を滑り込ませ、ＩＣレコーダーのスイッチをオンにした。

「柏木は司法試験にパスしたらしいが、めでたい奴だな。望月先生は本気で奴を二年後に自分の〝ローファーム〟に迎える気なんかなかったんだ。駆け出しの弁護士なんか少しも役立たないからな」

「望月は柏木を利用しただけなのか？」

「そういうことだ。先生の指示で、さっき柏木を永久に眠らせた。奴の首の骨をへし折ってやったんだよ。死体は、このクルーザーの真下に沈んでる。三つも体に錨《アンカー》を括《くく》りつけておいたから、すぐに浮き上がってくることはないだろう。仮に遺体が浮いても、望月先生が疑われることはないさ」

「あんたは、こっちに来る前に及田徹雄も殺《や》ったなっ」

「ああ、こいつでな」

佐久間が腰の後ろから、消音器を装着させた拳銃を引き抜いた。

オーストリア製のグロック31だった。大型ピストルだ。全長は十八センチ六ミリもある。サイレンサーも十七センチはありそうだ。

「望月は鵜飼と共謀して、及田が政界を支配したいという野心を懐いてることを知り、民自党本部爆破など一連の凶悪事件をマントラ真理教の残党の仕業《しわざ》と見せかけた。さらに及田に二つの教団に六十億円を寄附するよう仕組んだんだな？」

「そうだ。望月先生と鵜飼さんはちょっとしたマジックを使って、それぞれが三十億ずつネコババしたんだよ。先生たちは実に悪知恵が発達してるね」

「鵜飼は、あんたを使って海賊ビジネスでも荒稼ぎしたんだろう？」

「さすが深見だな。そこまで調べ上げてたか。ソマリア人の無法者に日本企業絡みの船舶を乗っ取らせて、五井物産、角紅商事、セントラル石油なんかから十億ほど身代金をせしめたんだ」

「やっぱり、そうだったか。あんたは、虻川勇や内藤亜紀も始末したんだな？」

「あの二人は望月先生と鵜飼先生がつるんでると見当をつけて、口止め料を要求したらしいんだよ。で、おれが汚れ役を引き受けたってわけさ」

「あんたは、そこまでして金が欲しいのか。おれも銭は好きだよ。しかし、真っ当に生きてる人間の金を奪ったことは一度もない」

「そうじゃないんだよ。金なんかどうでもいいんだ。おれはな、人殺しの快感が忘れられなくなってしまったんだよ。だから、民間人になってから、ずっとプロの殺し屋をやってきたんだ」

「そうだったのか。望月とは、どういう縁で……」

「先生と血縁はないんだが、遠い親類なんだよ。望月先生と鵜飼さんは、深見のことを抹殺したがってた。しかし、おれは先生におまえを味方にしたほうが得策だと言ったんだ。それだから、望月先生はおまえをブレーンのひとりにする気になったってわけさ」

「おれは誰の下でも働きたくない。死んでも望月のブレーンになんかならないっ」

「そうか。それじゃ、おまえともお別れだな。深見のことは好きだったのに、とても残念だよ。こっちに来るんだ！」

「わかった」

深見は栈橋から、『マドンナ号』の甲板《デッキ》に跳《と》び移った。クルーザーがわずかに揺れた。

「人質の女医には気があるようだな？」

「そうだとしたら、何なんだっ」

「船室《キャビン》に降りて、彼女の前でおれの下のピストルをしゃぶってもらうか」

「そんなこと、殺されたってしない」

「くわえてもらう。深見、早くひざまずけ！」

「撃ちやがれ」

「その前に女医の頭を撃ち抜くぞ。それでもいいのか？」

「くそったれ！　あんたのリクエストに応《こた》えてやるよ」

「SAT時代にくわえてもらいたかったたね」

佐久間が声を和《なご》ませ、スラックスのファスナーを一気に引き下げた。

深見は甲板に両膝をつくなり、佐久間の腹に頭突きを入れた。佐久間が尻餅《しりもち》をついた。深見は消音器付きの拳銃を奪い取った。

佐久間が起き上がり、右舷に走った。海に飛び込む気なのだろう。

深見は立ち上がった。グロック31のスライドを引く。初弾が薬室に送り込まれた。

佐久間が手摺《てすり》を跨ぎ、高く跳《と》んだ。

深見は二発連射した。的《まと》は外さなかった。

放ったシグ弾は、佐久間の後頭部と背中に命中した。発射音は、ごく小さかった。

空気が洩《も》れたような音がしたきりだ。キャビンにいる菜摘には聞こえなかっただろう。

佐久間は暗い海に没した。

それきり水の音はしなくなった。深見はハンカチでグロック31の銃把と引き金《トリガー》を入念に拭《ぬぐ》ってから、桟橋の向こう側に投げた。

数秒後、キャビンから菜摘が恐る恐る顔を突き出した。

「男たちは逃げたよ。拳銃を持ってた奴の腹に頭突きを入れたら、海に飛び込んだんだ」

「さっきの水の音は、そうだったのね」

「そうだ。きみまで巻き添えにして済まなかった。もう安心だよ。東京に戻ろう」

「その前に、このクルーザーの持ち主を調べる必要があるんじゃない？」

「もうわかってるんだ。こんなことになった経過は、車の中で話すよ」

深見は菜摘の手を取って、クルーザーから桟橋に移った。

「電話であなたの声を聴いたとたん、いっぺんに悪い予感が消えたの。なぜか、野上さん、ううん、深見さんと一緒に東京に戻れると確信したんです」

菜摘が言った。

「そう」

「東都銀行渋谷支店で一度、救《たす》けられたことがあるせいかしら？」

「そうなんだろうか。さ、帰ろう」

深見は菜摘を促《うなが》した。菜摘がうなずいた。

二人は桟橋を無言で歩きだした。まだ手は繋いだままだった。

診察室の前のベンチは患者で埋まっていた。

一週間後の戸倉クリニックである。午前十一時過ぎだった。

深見は顔を綻《ほころ》ばせた。彼は一昨日、外科医の奈良橋に医療ミスの真相を毎朝日報の記者に打ち明けることを強《し》いた。医師の資格を失うことを恐れた奈良橋は、すんなりとは命令に従わなかった。深見は殺された内藤亜紀のことを持ち出し、説得しつづけた。

奈良橋は良心の呵責《かしゃく》に耐えられなくなり、ついに真実を明かす気になった。真相は新聞で大きく報じられ、戸倉クリニックは患者たちの信頼を取り戻すことができた。

ただ、戸倉父娘は虻川勇と及田徹雄を刑事告訴はできなかった。

二人がすでに故人になってしまったからではない。犯罪を立件できる証拠を深見が提供しなかったせいだ。

できることなら、そうしてやりたかった。しかし、それを実行したら、身の破滅である。

深見は罪滅《ほろ》ぼしのつもりで、きのう、匿名で戸倉クリニックに三億円を寄附した。

四日前に彼は望月と鵜飼から五億円ずつ脅し取っていた。佐久間との遣《や》り取りを収録した音声を聴かせ、他人名義の口座に振り込ませたのだ。

この調子なら、菜摘は確実に二代目院長になれるだろう。

深見は待合室ロビーに背を向け、表に出た。代々木駅方向に歩いていると、友人の一ノ瀬弁護士から電話がかかってきた。

「望月と鵜飼が死んだよ」

「なんだって⁉」

「さっきから、テレビに速報が流れてる。望月は箱根の別荘に鵜飼を招いて先に猟銃で射殺してから、自分も同じショットガンで……」

「そうか」

「望月は命を棄《す》ててでも、自分の名誉を守りたかったんだろうな。鵜飼は何があっても、しぶとく生き抜くつもりだったんだろうがね」

「そうだったのかもしれない」

「深見は、こういう結末になることを半《なか》ば予想してたんじゃないのか。それどころか、そう仕向けたんじゃないの？　いただくものをいただいた後《あと》、彼らの悪事をそのうちマスコミにリークするとか仄《ほの》めかしたんじゃないのか？」

「一ノ瀬、臆測《おくそく》や推測で物を言わないでくれ」

深見は危《あや》うくうろたえそうになった。

友人の勘は鋭い。望月にそういうことを匂わせたことは事実だった。一種の保険をかけたわけだ。

「なんか焦《あせ》ってる感じだな」

「どうしておれが焦らなきゃならないんだよ」

「ま、いいさ。それより、おまえ、おれが主宰してる非営利団体に数千万カンパしてくれないか。数千万どころか、二、三億は出せそうだな」

「宿なしのおれに何を言い出すんだ⁉」

「何を言ってる。高級ホテルのスイートルームを塒《ねぐら》にしてる男がさ。うちの調査員の目は節穴《ふしあな》じゃないぞ」

「おまえ、事務所の調査員におれのことを探《さぐ》らせてたのか⁉」

「そんな真似はさせてないよ。ただな、調査員が深見はいつも余裕綽々《よゆうしゃくしゃく》に見えるのが不思議だって口癖のように言ってるんで、おれも何かで裏収入を得てるとは思ってたんだ」

「おれは気の小さな人間だぜ。危《ヤバ》いことなんてできるわけないじゃないか」

「気が小さいって？　いろんな女とよろしくやってる男のどこが小心なんだよ。他人《ひと》事《ごと》ながら、心配になるほど大胆不敵じゃないか。ヤー公以上に肝《きも》が据《す》わってる」

「そう見えるか……」

「ああ。深見、地球には一日一ドルで暮らしてる貧者が何億人もいるんだ。泡銭が唸《うな》ってるんだったら、気前よく五、六億カンパしてくれよ。富はなるべく多くの人間で分配するもんだろうが」

「おれも、そう思ってる」

「友達を官憲《かんけん》に売ったりしないよ」

「一ノ瀬、おれを脅迫してるのか⁉」

「とにかく寄附のこと、真面目に考えてくれないか。近々、また電話するからさ」

一ノ瀬の声が沈黙した。

別段、悪銭を出し惜《お》しんでいるわけではない。巨額をカンパする気はある。しかし、説得力のある動機が必要だろう。どんな名目で泡銭を吐き出せばいいのだろうか。妙案が浮かばない。

深見は歩《ほ》を運びながら、本気で悩みはじめた。

二〇〇九年九月　徳間文庫刊
（『黒白の境界線』を改題）

本作品はフィクションであり、実在の個人・団体とは一切関係がありません。（編集部）

実業之日本社文庫 み72

裏捜査《うらそうさ》

2016年8月15日　初版第1刷発行

著　者　南 英男《みなみひでお》

発行者　岩野裕一
発行所　株式会社実業之日本社
〒153-0044　東京都目黒区大橋 1-5-1
クロスエアタワー 8 階
電話 [編集]03(6809)0473 [販売]03(6809)0495
ホームページ　http://www.j-n.co.jp/
印刷所　大日本印刷株式会社
製本所　株式会社ブックアート

フォーマットデザイン　鈴木正道(Suzuki Design)

ISBN978-4-408-55307-8（第二文芸）